Elogios para *As Mentiras que Conto*

"Julie Clark conseguiu novamente! Em seu mais recente e fascinante suspense doméstico, Clark lança o leitor numa rota de colisão com duas mulheres dinâmicas e complicadas — que farão de tudo para consertar seu passado e encontrar o caminho para um futuro diferente. *As Mentiras que Conto* é um sucesso!"

— Laura Dave, autora de *A Última Coisa que Ele Me Falou,* best-seller nº 1 do *New York Times*

"Outro incrível suspense de Julie Clark. *As Mentiras que Conto* entrelaça as histórias de duas mulheres fortes e complicadas — uma vigarista brilhante e uma jornalista determinada a desmascará-la. Um livro de ritmo acelerado e lindamente construído."

— Sarah Pekkanen, coautora de *The Golden Couple*

"*As Mentiras que Conto* é sensacional. É inteligente, perspicaz e tem uma narrativa ambígua e explosiva, com as duas personagens principais mais intrigantes que já conheci. Julie Clark conseguiu novamente!"

— Mary Kubica, autora de *Local Woman Missing,* best-seller do *New York Times*

"Clark surpreende com *As Mentiras que Conto*. Um Robin Hood moderno e com um toque feminista. Este é um dos melhores livros que você lerá este ano. Indispensável!

— Liv Constantine, autora do best-seller
internacional *A Outra Sra. Parrish*

"*As Mentiras que Conto* é um jogo de gato e rato único e fascinante, com duas protagonistas femininas artisticamente arquitetadas. O livro entrega, ao mesmo tempo, um mistério astuto e viciante, além de uma exploração brilhante e instigante do que realmente significa fazer o bem no mundo."

— Kimberly McCreight, autora de *A Good Marriage*
e *Friends Like These*, best-sellers do *New York Times*

AS MENTIRAS QUE CONTO

Outras Obras de **Julie Clark**

The Ones We Choose
The Last Flight

AS MENTIRAS QUE CONTO

Você já **CRUZOU O MEU CAMINHO** antes.
Farei com que você **NUNCA ME ESQUEÇA.**

JULIE CLARK

Tradução de **Camila Moreira**

ALTA BOOKS
GRUPO EDITORIAL
Rio de Janeiro, 2024

As Mentiras que Conto

ALTA NOVEL é um selo da EDITORA ALTA BOOKS do Grupo Editorial Alta Books (Starlin Alta e Consultoria Ltda.)

ISBN: 978-85-508-2165-8

Impresso no Brasil — 1ª Edição, 2024 — Edição revisada conforme o Acordo Ortográfico da Língua Portuguesa de 2009.

Dados Internacionais de Catalogação na Publicação (CIP) de acordo com ISBD

C592m Clark, Julie

As mentiras que conto / Julie Clark ; traduzido por Camila Moreira. - Rio de Janeiro : Alta Books, 2024.
288 p. ; 13,7cm x 21cm.

ISBN: 978-85-508-2165-8

1. Literatura americana. 2. Romance. I. Moreira, Camila. Título.

2023-2290 CDD 813.5
CDU 821.111(73)-31

Elaborado por Vagner Rodolfo da Silva - CRB-8/9410

Índice para catálogo sistemático:
1. Literatura americana : Romance 813.5
2. Literatura americana : Romance 821.111(73)-31

Produção Editorial: Grupo Editorial Alta Books
Diretor Editorial: Anderson Vieira
Vendas Governamentais: Cristiane Mutüs
Gerência Comercial: Claudio Lima
Gerência Marketing: Andréa Guatiello

Coordenadora Editorial: Illysabelle Trajano
Produtora Editorial: Beatriz de Assis
Assistente Editorial: Viviane Corrêa
Tradução: Camila Moreira
Copidesque: Sara Orofino
Revisão: Ana Beatriz Omuro & Denise Himpel
Diagramação: Rita Motta
Capa: Paulo Gomes

Rua Viúva Cláudio, 291 — Bairro Industrial do Jacaré
CEP: 20.970-031 — Rio de Janeiro (RJ)
Tels.: (21) 3278-8069 / 3278-8419
www.altabooks.com.br — altabooks@altabooks.com.br
Ouvidoria: ouvidoria@altabooks.com.br

Editora
afiliada à:

Para papai, que me disse que eu era capaz.
Para mamãe, que me mostrou que eu era capaz.

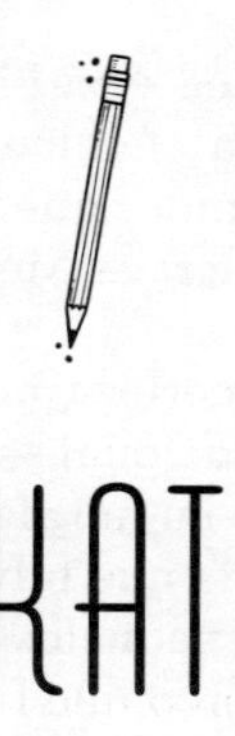

KAT

Presente — Junho

Ela está de pé, do outro lado do cômodo, conversando e rindo com um pequeno grupo de doadores. Um quarteto de jazz está tocando no canto, e notas animadas e deslizantes dançam ao nosso redor, um tom baixo de classe e dinheiro. *Meg Williams.* Eu beberico o vinho, saboreando a experiência vintage, sentindo o peso da taça de cristal, e a observo. Há poucas fotografias dela por aí — um antigo retrato desbotado de um velho anuário escolar e outro encontrado no quadro de funcionários da Associação Cristã de Moços, de 2009 —, ainda assim, eu a reconheci imediatamente. Meu primeiro pensamento: *ela está de volta*. Seguido de perto pelo segundo: *finalmente*.

Assim que a vi, escondi minhas credenciais de jornalista na bolsa e me mantive nos arredores do salão. Compareci a todos os eventos da campanha de Ron Ashton nos últimos três meses, observando e esperando Meg aparecer. Fui avisada por um alerta do Google que criei há dez anos. Depois de uma década de silêncio, o alerta ressurgiu em abril, após a criação de um novo site: *Meg Williams, Corretora de Imóveis*. Eu sempre soube que ela retornaria. O fato de tê-lo feito com seu nome verdadeiro me dizia que Meg não pretendia se esconder.

Ainda assim, quando ela entrou, sorrindo ao entregar seu casaco na porta, meu senso de equilíbrio mudou, me jogando em um momento que eu nunca soube ao certo se chegaria. É possível se preparar para determinada situação, imaginá-la de diversas maneiras diferentes, e ainda assim se ver sem fôlego quando tudo realmente acontece.

Falei com Meg uma única vez, há dez anos, mas ela não reconheceria que fui eu quem atendeu o telefone naquele dia. Foi uma chamada de trinta segundos que mudou a trajetória da minha vida, e dizer que eu considerava Meg parcialmente responsável por isso era um eufemismo.

Scott, meu noivo, com certeza argumentaria que o custo — tanto financeiro quanto emocional — seria alto demais. Que não podemos nos dar ao luxo de eu me afastar de trabalhos remunerados para buscar uma história que talvez nunca aconteça. Que me aprofundar naquela época, naqueles eventos e naquelas pessoas poderia destruir todo o esforço que fiz em busca da superação. O que ele não entende é que esta é a história que finalmente me libertará — não apenas dos textos insignificantes pelos quais recebo migalhas para escrever, mas também dos grandes demônios que Meg deixou para mim há muito tempo.

Eu me aproximo de um grupo maior de pessoas e assinto durante a conversa, mantendo os olhos nela o tempo todo. Observando-a se misturar e circular por aí. Assistindo a Meg observá-lo. Passei incontáveis horas destrinchando os últimos anos dela em Los Angeles, e não importava para onde eu olhasse, Ron Ashton estava no centro de tudo. Apesar de não conhecer o coração dela — não ainda, pelo menos —, eu sei que ela não é o tipo de mulher que deixaria passar uma oportunidade de equilibrar o jogo.

Meg joga a cabeça para trás e gargalha de algo que alguém disse. Quando Ron se aproxima dela por trás, eu fico maravilhada de poder estar presente neste momento. De ser a única pessoa neste salão que sabe o que está prestes a acontecer.

Bem, não a única. Ela sabe.

Eu me viro um pouco para fingir olhar, através de uma grande janela, a vista deslumbrante do centro da cidade até o oceano, e os observo se cumprimentarem. Um gracejo divertido, algumas risadas. Ele se inclina para poder ouvi-la melhor, e eu me pergunto como Meg consegue fazer isso. Como consegue enganar as pessoas, fazendo-as acreditar que ela é quem diz ser, a ponto de confessarem seus mais profundos desejos, a ponto de se abrirem às suas manipulações e aos seus truques, oferecendo-se de bom grado às trapaças dela.

Observo enquanto um cartão de visita é entregue e guardado antes de afastar o olhar, minha mente focada no ponto de entrada dela. Que agora se tornará o meu.

MEG

Presente — Junho
Vinte e duas semanas antes das eleições

Começa como sempre começou.

Comigo deslizando silenciosamente ao seu lado — sem movimentos bruscos, sem barulho. Como se eu sempre tivesse estado ali. Como se sempre tivesse pertencido àquele lugar.

Desta vez é uma arrecadação de 10 mil dólares a entrada. Após quase dez anos, me sinto como se estivesse em casa no meio da extravagante pompa dos ricos — obras de arte originais nas paredes, peças antigas que custam mais do que a maioria arrecada no ano inteiro e funcionários contratados que finjo não notar, movendo-se silenciosamente por lares como este, construído no topo de uma montanha com toda a Los Angeles brilhando abaixo de nós.

Se você é um dos meus alvos, saiba que o escolhi com cuidado. É provável que você esteja no meio de uma grande mudança em sua vida — um emprego perdido, um divórcio, a morte de um familiar próximo. Ou em uma disputa acirrada numa eleição que você está prestes a perder. Pessoas emotivas se arriscam, não pensam com clareza e ficam ansiosas para acreditar em qualquer fantasia que eu lhes apresente.

As redes sociais se tornaram minha principal ferramenta de pesquisa, com check-ins, localizações e a autopromoção desinibida. E todos aqueles testes que alguns dos seus amigos fazem e compartilham? Cachorro ou gato? Quantos irmãos e irmãs? A maioria das perguntas parece inofensiva, mas da próxima vez que vir uma delas, preste mais atenção. Nomeie cinco lugares onde já morou ou Quatro apelidos que você tem — ambas permitem que eu me aproxime de você. *John? Sou eu, Meg! De Boise, lembra? Eu conheci a sua irmã.*

É tão fácil que chega a ser criminoso.

Passo horas observando e pesquisando. Criando perfis das diferentes pessoas na sua vida, em busca daquela de quem poderei ser amiga, daquela que me levará até você. Quando termino, sei tudo o que é possível saber sobre você e as pessoas ao seu redor. Quando você diz "*prazer em conhecê-la*", já te conheço há meses.

Isso preocupa você? Pois deveria.

— JÁ PROVOU OS bolinhos de siri?

Veronica aparece ao meu lado, com um guardanapo de coquetel em sua mão. Nós nos tornamos próximas nos últimos seis meses, desde que voltei a Los Angeles, e nos conhecemos numa aula de ioga em Santa Monica, nossos tapetes posicionados um ao lado do outro no fundo da sala. O que começou com um cumprimento amigável de uma desconhecida no início da aula se transformou numa amizade promissora. É incrível como os *stories* do Instagram te ajudam a estar no lugar certo, na hora certa, ao lado da pessoa certa.

— Ainda não — digo para ela. — Ouvi dizer que vão servir filé mignon no jantar, então estou reservando espaço para isso.

Há um calor em meu peito, uma chama lenta de excitação que sempre sinto quando começo um trabalho novo. Esta é a parte de que mais gosto, eu acho, a de jogar a isca. A de saborear a deliciosa antecipação do que está por vir. Não importa quantas vezes já o tenha feito, nunca me canso do suspense que este momento traz.

Veronica amassa o guardanapo.

— Você está perdendo, Meg.

Ainda é um choque ouvir as pessoas usarem meu verdadeiro nome. Já usei tantos ao longo dos anos, a maioria variações do meu — Margareth, Melody, Maggie. Um passado no qual já fui estudante universitária, fotógrafa independente e, mais recentemente, decoradora de interiores e coach de vida pessoal para celebridades, meras mentiras elaboradas. Papéis que interpretei de maneira quase perfeita. Contudo, esta noite, estou aqui como eu mesma, alguém que não era há muito tempo.

Não tive escolha. Minha porta de entrada para este trabalho requeria que eu tirasse uma verdadeira licença de corretora de imóveis, e não havia como burlar o número da identidade e as digitais. Mas tudo bem, porque desta vez quero que meu nome seja conhecido. Quero que Ron Ashton — empreendedor, político local e candidato a senador — saiba que fui eu quem tomou tudo dele. Não apenas seu dinheiro, como também a reputação que ele passou anos construindo.

Eu o vejo do outro lado do cômodo — os ombros largos a alguns centímetros acima dos demais, o cabelo grisalho penteado perfeitamente —, conversando com o marido de Veronica, seu gerente de campanha.

Veronica segue meu olhar.

— David disse que as eleições estão próximas. Que Ron não pode dar um único passo em falso nessa reta final — comenta ela.

— Como ele é? — pergunto. — Cá entre nós.

Veronica pensa por um momento.

— O típico político. Um mulherengo enrustido. Acha que é a reencarnação do Reagan. David diz que Ron é obcecado pelo presidente. "Ele não para de falar da droga do Reagan."

Ela solta uma risada curta e balança a cabeça.

— Mas o que *você* acha?

Veronica me olha com uma expressão divertida.

— Acho que ele é como qualquer outro político por aí: patologicamente ambicioso. Mas ele paga bem o David, e os benefícios adicionais são ótimos. — Então ela cutuca meu ombro. — Estou feliz que tenha vindo. Acho que haverá algumas pessoas que seria bom você conhecer. Talvez alguns novos clientes.

Tomo outro gole de vinho. Meu único motivo para estar aqui esta noite é agarrar um cliente em particular.

— Seria bom para os negócios. É difícil recomeçar.

— Você vai conseguir. Tem anos de experiência em Michigan para comprovar. Quero dizer, o modo como lidou com a compra da nossa propriedade na rua 80. Eu ainda não sei como fez para os vendedores abaixarem o preço daquele jeito.

Reprimo um sorriso. Pouco depois de nos conhecermos, durante o sushi após a ioga, Veronica mencionou que eles queriam investir em uma propriedade, mas a corretora que contrataram não encontrava nada na faixa de preço.

— Ela mostrou aquela propriedade em Kelton para vocês? — perguntei à época, sabendo exatamente o que eles esperavam encontrar. — A casa tradicional de um andar que está anunciada por 1,7 milhões de dólares?

Os olhos de Veronica se arregalaram.

— Não, e essa teria sido perfeita. Vou conversar com ela sobre isso.

— Vendeu muito rápido no dia em que foi anunciada, já não adianta. Sua corretora trabalha na Apex Realty, em Brentwood, certo? Sempre recebemos e-mails anunciando as ofertas dela... 10 milhões, 20 milhões. — Peguei um pedaço de sushi e o segurei entre os hashis. — Posso garantir que gerenciar listas de propriedades nessa faixa de preço é bem complicado.

Minha história era que eu havia acabado de me mudar de volta para Los Angeles, após uma carreira de sucesso vendendo propriedades em Ann Arbor. Meu novo site se conectava direto com outro em Michigan, e apresentava uma lista de propriedades surrupiada do Zillow e do Redfin.

Veronica abaixou os hashis.

— Ela foi ótima quando compramos a casa em Malibu, mas talvez o preço esteja abaixo da capacidade dela. — Tomei um gole da água saborizada de limão e deixei Veronica pensar sobre isso. Por fim, ela disse: — Adoraria lhe dar o negócio. Talvez você possa colocar suas anteninhas de fora e ver o que encontra.

Achei algo para eles quase na mesma hora. Uma residência tradicional de um andar em Westchester, numa rua arborizada. Pisos de madeira, uma janela saliente e uma cozinha totalmente remodelada. Quando mostrei a Veronica o anúncio inicial, descrevendo as características da casa e o preço, ela recusou.

— Isso é quase 500 mil dólares acima do nosso orçamento.

Em outra vida, eu fiz aulas de design digital em busca de uma formação. Ainda tenho o certificado de conclusão guardado em uma caixa, em algum lugar do depósito. Obviamente é uma falsificação, mas aprendi o suficiente para me virar no início, e ainda mais nos anos seguintes.

— Acho que podemos baixar o preço de forma significativa. Vamos dar uma olhada e ver o que achamos. A chave é um cadeado com segredo, então podemos ir agora se quisermos.

A listagem que havia entregado a ela era bastante precisa — quartos, metragem quadrada, aquecimento, ventilação e ar-condicionado. Eu apenas inflacionei o preço. A partir daí, comecei a "negociação para baixar o valor", para um pouco mais de 200 mil dólares acima do preço real.

Isso só funcionou porque aplicativos como Zillow e Redfin não existem para pessoas como Veronica e David. Na faixa de imposto deles, ninguém faz nada que possa ser terceirizado. Contadores e tesoureiros pagam suas contas. Empregadas domésticas e governantas abastecem a casa e cozinham suas refeições. E uma corretora imobiliária de confiança faz as pesquisas, coordena com os representantes de vendas para separar as propriedades, agenda visitas particulares e gerencia a transação para eles.

David e Veronica assinaram os papéis quando eu pedi, transferiram os fundos para onde indiquei e, se alguma vez perceberam que nunca conheceram representantes ou vendedores, isso não passou de um pensamento passageiro.

No fim, David declarou ter sido a transação mais fácil que ele já fizera. Por que não seria, quando todo mundo conseguiu exatamente o que queria? Os vendedores conseguiram 200 mil dólares acima do preço pedido. Veronica e David pensam que conseguiram o melhor negócio do mundo, graças ao que inventei. E eu consegui uma reputação brilhante e irrefutável dentro de seu círculo de amigos.

O principal elemento de um bom golpe é um forte fio de legitimidade. De *quase* ser quem você diz ser. Como em um set de filmagem, eu sou real. Minhas ações são reais. Apenas os antecedentes são falsos.

Agora, David se junta a nós, envolvendo a cintura de Veronica com seu braço.

— Meg, você está deslumbrante — comenta ele. — Espero que minha esposa não a esteja entediando com os detalhes da reforma.

Forço um sorriso.

— De modo algum — digo. — Na verdade, estávamos falando sobre Ron. Ouvi dizer que as eleições estão apertadas.

David assente.

— Nossas pesquisas internas mostram que eles estão quase empatados. A angariação desta noite vai ajudar muito no empurrão final.

— Você deve estar exausto. Veronica me disse que você nunca está em casa.

David pisca para a esposa.

— Parece que você duas estão aprontando bastante na minha ausência. Obrigado por mantê-la ocupada.

— É um prazer.

Quando a conversa dos dois se volta para suas férias anuais de inverno no Caribe, eu me desligo e observo a multidão se misturar e se conhecer, pequenos grupos se formarem e se transformarem em novas configurações enquanto o quarteto no canto entra em outro ritmo. Los Angeles é tão diferente da Pensilvânia, onde estava morando, que foi preciso fazer um ajuste arriscado, suavizando minha abordagem, me certificando de que todas as minhas particularidades combinassem com quem afirmo ser. Aqui as pessoas são naturalmente cautelosas, procurando um plano, um problema, um truque. Já é esperado que ninguém que você conheça seja bem quem diz ser.

Eu me esforço muito para entrar no círculo de amizade das pessoas de modo que ninguém note que não tenho um próprio. Há anos não tenho amigos de verdade, desde antes de deixar Los Angeles. Tento não pensar em Cal, ou me perguntar onde ele está, ou se ainda está com Robert. Tenho poucos arrependimentos na vida, mas a maneira como as coisas terminaram com Cal é um deles.

Um fio de ansiedade me percorre quando penso no meu espaço de tempo mais uma vez. Ao contrário dos meus trabalhos anteriores, este tem um prazo de validade — quatorze dias antes da eleição. O que me deixa com vinte semanas. Cento e quarenta dias. Pode parecer muito, mas haverá pouquíssimo espaço para erros ou atrasos. Existem objetivos específicos que precisarei atingir ao longo do caminho para garantir que tudo dê certo. O primeiro é ser apresentada a Ron, e isso precisa acontecer esta noite.

Como parte da minha pesquisa de antecedentes, mergulhei no portfólio imobiliário de Ron, pesquisando registros públicos para ter uma ideia de quanto ele tem de capital próprio e de influência. Graças à sua candidatura, também pude examinar seus impostos. Um detalhe que se destacou foi a quantidade de riscos financeiros que ele assumira e quantos acabaram favorecendo-o. Penso em como ele enganou minha mãe, como roubou o que nos era de direito, e me pergunto quantas outras pessoas Ron usou e descartou ao longo de sua caminhada para senador estadual.

— Meg, uma ajudinha. Saint John ou Saint Croix?

Os olhos de Veronica estão suplicantes.

Eu sei que ela prefere Saint Croix.

— A última vez que estive em Saint John foi há cerca de três anos. — Balanço a cabeça como se estivesse triste com a lembrança. — Por mais que eu ame aquela ilha, fiquei muito desapontada. Vocês se hospedam no Villas, certo?

David assente.

— Eles sempre cuidaram muito bem de nós.

Torço o nariz de desgosto.

— Acho que eles se sindicalizaram. Definitivamente não foi a experiência que eu esperava.

— Meu Deus — diz ele. — Então será Saint Croix.

Veronica celebra com um pequeno aplauso e diz:

— Não sei por que você nunca me escuta.

Uma voz atrás de nós interrompe nossa conversa.

— Espero que os três estejam discutindo minha festa da vitória.

Eu me viro e fico cara a cara com Ron Ashton, o homem que destruiu minha vida, lançando minha mãe numa espiral decadente da qual ela nunca se recuperou, me deixando para morar sozinha em um carro do último ano do meu ensino médio em diante.

Sorrio.

— O homem do momento — digo, estendendo a mão. — Meg Williams.

Uma pequena parte de mim vibra ao saber que estou oferecendo a ele a mais pura verdade. Passei anos fantasiando sobre este momento, imaginando se ele reconheceria a mim ou ao meu sobrenome. Se veria a sombra das feições da minha mãe no meu rosto. Imaginando se eu teria que me virar e transformar nosso encontro em uma reunião feliz, uma coincidência ingênua com insinuações sexuais. O suficiente para passar por cima do obstáculo de nossa conexão anterior e convencê-lo de que eu não sabia de nada na época, e que sei ainda menos agora. Mas a expressão dele é um quadro em branco, e estou aliviada por permanecer anônima.

Seu aperto de mão é quente e firme, e o mantenho por uma fração de segundo a mais do que o normal, até ver um lampejo de interesse em seus olhos. Ele se lembrará deste momento. Voltará a esta lembrança e se perguntará se poderia ter tomado uma decisão diferente. Meu trabalho é garantir que a resposta para essa pergunta seja *não*.

— Meg acabou de se mudar de Michigan para Los Angeles — explica Veronica. — Foi ela quem nos conseguiu aquele negócio espetacular na propriedade de Westchester.

O interesse de Ron aumenta, como eu sabia que aconteceria. De acordo com as redes sociais de Ron, ele trabalha com o mesmo corretor de imóveis há quase quinze anos. Um homem que teve duas queixas por assédio sexual no Conselho de Corretores de Imóveis da Califórnia. Foi muito fácil criar a terceira e última queixa, deixando Ron Ashton sem representante há quase quatro meses. Para um empreendedor, isso é um problema.

— Imóveis — diz ele. — Como é o seu histórico de vendas?

— Em Michigan, fiquei entre os melhores dos últimos dez anos. Mas aqui em Los Angeles? Está devagar.

É sempre bom dar um tom de humildade. As pessoas gostam de saber que são melhores do que você.

— Você tem um cartão? — pergunta Ron. — Talvez eu entre em contato.

Tiro um da minha bolsa e entrego a ele.

— Dê uma olhada no meu site. Mesmo tendo acabado de chegar à cidade, não sou uma novata no negócio, e conheço bem Los Angeles. Adoraria conversar mais com o senhor se estiver interessado. — Então me viro para Veronica e digo: — Em Saint Croix, você precisa comer no The Riverhead.

Conforme Veronica começa a descrever o itinerário deles, sinto um formigamento na parte de trás do meu pescoço que aprendi a nunca ignorar. Dou um pequeno passo para trás e olho para a minha esquerda, como se tentasse me certificar de que não daria um passo em falso. Ao erguer o olhar, esquadrinho o outro lado do salão, procurando por alguém que pudesse estar me observando, mas tudo o que vejo é uma sala cheia de pessoas conversando e rindo, bebendo e celebrando um homem que esperam enviar para Sacramento.

Sorrio e aquiesço para Veronica, mas não a escuto mais. Estou repassando minha chegada, as pessoas com quem falei — o manobrista, a equipe de campanha na entrada principal, os vários colaboradores. Uma conversa fiada inofensiva e necessária para uma corretora de imóveis nova na cidade tentando construir sua base de clientes. Todos foram relembrados, e todos estão ocupados.

Talvez seja apenas a familiaridade de estar de volta a Los Angeles. O ar aqui é singular, uma mistura de grama e escapamento de carro, e às vezes, se você estiver perto o suficiente, um cheiro de sal na brisa do oceano. Estou longe de onde cresci, mas, sob todas as minhas camadas — todas as identidades que tive, os anos que se passaram —, eu ainda sou a mesma pessoa que era quando fui embora. Uma mulher em fuga, extasiada com o poder de saber que poderia me tornar qualquer pessoa. Ser capaz de qualquer coisa. Tudo o que eu precisava fazer era dizer a um homem o que ele queria ouvir.

DEZ ANOS ATRÁS

Venice, Califórnia

MEG

Nasci para ser uma vigarista, embora só tenha percebido esse talento após atuar como uma por um tempo. Achava que o que eu fazia era *improvisar* — um encontro, uma refeição grátis, uma marmita com os restos da minha comida e, às vezes, da dele também. Tentei não pensar no que minha mãe diria — quase quatro anos desde que ela falecera — se soubesse no que me meti. Avaliando quais homens seriam do tipo que usa amaciante nos lençóis, ou que mantêm produtos de higiene pessoal — xampu, sabonete, pasta de dente — debaixo da pia do banheiro, onde eu poderia pegá-los. Porém, em outubro de 2009, foi preciso aceitar que viver assim não estava mais dando certo.

A chuva batia nas janelas do cibercafé onde eu estava, segurando uma xícara de chocolate quente — mais chocolate do que café — e percorrendo meu perfil no site de relacionamentos Círculo do Amor. Olhei para a rua onde a minivan da minha mãe estava estacionada e tentei calcular quanto tempo restava no parquímetro. Meus pés doíam após um dia inteiro em pé atrás do balcão da academia Y, onde eu recepcionava pessoas para seu treino diário, entregava-lhes uma toalha e fingia não estar morrendo por dentro.

Era um trabalho que eu não podia me dar ao luxo de perder. Era onde tomava banho todo dia, guardava minhas roupas e podia jogar um pouco de roupa suja junto das toalhas que deveria lavar. Pagava a gasolina, o que mantinha funcionando o carro onde eu dormia. Toda semana, eu recebia apenas o suficiente para cobrir minhas despesas pessoais, mais o pagamento dos juros do funeral da minha mãe — alguns milhares de dólares de uma dívida que ela nunca pretendera que eu tivesse. Não havia margem para erros. Não podia arcar com uma multa de estacionamento, ou uma cárie, ou mesmo uma afta. Estava a uma infecção urinária de distância de um abrigo para moradores de rua.

Mas a noite passada havia me assustado. Eu tinha estacionado em uma rua tranquila e arborizada em Mar Vista, uma das muitas entre as quais alternava durante o mês. Era uma das minhas favoritas — havia pouco tráfego de pedestres e poucas luzes.

Tinha me aconchegado em meu ninho de cobertores, escondida atrás do vidro fumê, o teto solar entreaberto para evitar que as janelas embaçassem. Alguém na vizinhança estava ouvindo *Fields of Gold*, do Sting, que minha mãe amava. A música flutuou até mim enquanto eu adormecia, meus músculos relaxaram e minha mente abraçou a escuridão.

Fui acordada de repente pelo som de alguém tentando abrir a trava da porta do passageiro. Através da janela, pude ver uma figura enorme e sombria usando roupas escuras, um capuz sobre a cabeça, e apenas um fino pedaço de vidro nos separando. Agi por instinto, saltando do banco de trás, agarrando minhas chaves e me apoiando na buzina enquanto as enfiava na ignição. Me afastei do meio-fio, quase batendo em outro carro estacionado em meu surto para fugir.

Demorei uma hora, dirigindo sem rumo, até que minhas mãos parassem de tremer, até que meu coração parasse de martelar. Estremeci ao pensar no que poderia ter acontecido se ele tivesse entrado. Fiquei imaginando cenários, cada um mais horrível que o outro. A mão da figura sobre a minha boca. Ser conduzida para um local ermo. Ser jogada em uma vala.

Meus olhos estavam secos pela falta de sono enquanto relia meu perfil do site de namoro, onde apenas o meu nome e idade eram verdadeiros. Meg Williams, 21 anos. Profissão: Marketing. Gostos: música ao vivo, jantar fora, viajar. Amo rir e estou sempre pronta para uma aventura! Faixa etária: 18 – 35. À procura de diversão, não de casamento. A última parte era a frase que me mantinha alimentada. Eu conseguia pelo menos três encontros por semana e me esforçava para ganhar um jantar e não apenas um café. Quando se vive em um carro, a última coisa de que você precisa é mais líquido. Aceitava todo convite e me tornei uma especialista em flertes on-line, dando a ilusão de que coisas boas poderiam acontecer após um jantar que incluísse guardanapos de pano, aperitivos e um menu de sobremesa.

Um mínimo de três encontros por semana me economizava, pelo menos, cinquenta dólares — dinheiro que eu esperava juntar para custear um lugar para morar. Mas algo sempre atrapalhava. Registro de automóvel. Aumento do preço do combustível. Uma multa de estacionamento.

E assim, naquela tarde chuvosa de outubro, eu finalmente desisti e admiti que precisava de mais do que apenas uma noite de alívio a cada poucos dias. Precisava de um lugar seguro para morar e alguém disposto a oferecê-lo para mim. Não encontraria isso nos homens na minha tela, todos na casa dos 20 ou 30 anos. Eles estavam interessados em encontros casuais. Uma ficada sem compromisso. Não uma namorada instantânea morando com eles.

Eu precisaria escolher alguém mais velho.

Cliquei nas minhas configurações e coloquei a faixa etária entre 35 e 40 anos. Isso seria velho o suficiente? Mulheres de 40 anos já tinham passado da validade, mas homens usufruem de uma data estendida.

— Merda — murmurei baixinho e coloquei até 55 anos.

Eu me lembrei da minha mãe, uma mulher linda que insistiu em fazer tudo sozinha, tornando minha infância dez vezes mais difícil do que precisava ser. Ela nunca aceitava ajuda quando lhe ofereciam e, como sempre parecia haver algum tolo apaixonado por ela, isso acontecia com frequência. Ela recusou quando um deles se ofereceu para pagar um par de sapatos novos ou uma semana no acampamento de verão para mim. Recusou ofertas de lugares para morar quando precisávamos de um. Reparos no carro. Uma refeição inesperada em um bom restaurante ou um dia na Disneylândia. Não era como se eu quisesse que minha mãe se vendesse. Apenas concordar de vez em quando em fazer coisas que tornariam nossas vidas um pouco melhores.

Mas ela acreditava que mulheres deveriam se sustentar sozinhas. Queria encontrar um parceiro de verdade, não uma esmola. Pensou que o tinha encontrado em Ron Ashton, mas não viu o interior apodrecido dele até que fosse tarde demais.

Uma nova página começou a carregar perfis de homens com o dobro ou o triplo da minha idade, muitos com o cabelo completamente grisalho, e minha respiração travou ao me imaginar sentada a uma mesa com um deles, fingindo uma atração que eu nunca sentiria.

Naveguei de perfil em perfil. Muito velho. Muito esquisito. Normalmente, quando clico em um encontro em potencial, tento achar algo que tenhamos em comum, e, se não encontrar, invento. Adoro Steely Dan! Uma pesquisa rápida no Google mostraria os concertos agendados da banda. Até fui a Vegas para ver o último show deles em agosto. Épico! No fim da noite, se o cara parecesse legal o suficiente, a verdade não importava.

Mas agora os homens na minha tela eram de uma geração completamente diferente. Qualquer conexão pessoal com eles talvez envolvesse Barry Manilow e uma profunda afeição por Tom Brokaw.

Tomei um gole de chocolate quente, mudei para o perfil seguinte, e quase me engasguei ao ver o rosto na tela.

— Ah, meu Deus!

Cory Dempsey. O Sr. Dempsey, meu professor de matemática do ensino médio. Seus olhos azuis eram tão vibrantes na tela quanto eu me lembrava, e ele tinha o mesmo cabelo castanho desgrenhado e encaracolado ao redor das orelhas. As meninas o adoravam, e os meninos queriam ser como ele. Seu perfil dizia que sua idade era 48 anos, mas ele sempre parecera mais jovem — mais parecido com os alunos do que com os outros professores. Envolvente e enérgico, era sempre eleito o professor mais popular pela turma do terceiro ano, incluindo a minha.

Mas a sua excelente didática não era o motivo pelo qual as pessoas sussurravam sobre ele. No banheiro das meninas, nos cantos do refeitório, nas arquibancadas durante o jogo de futebol americano.

O Sr. Dempsey é tão gostoso.

Depois da aula de matemática, o Sr. Dempsey começou a flertar comigo. Aposto que eu poderia ter chegado nele.

Ai, meu Deus, me poupe. Você não é especial, ele flerta com todo mundo.

Li o perfil dele novamente. Cory Dempsey.

Profissão: Diretor de Ensino Médio.

Status: Solteiro, nunca fui casado.

Gostos: basquete, fantasy football, surfe, inspirar os jovens de hoje a se tornarem o melhor que podem ser.

É claro que Kristen veio à minha mente de imediato. Não éramos exatamente amigas — ela era popular, e eu apenas uma anônima que se sentava ao seu lado na aula de inglês. Mas a garota sempre me incluía em trabalhos em grupo e fazia questão de me cumprimentar no corredor enquanto todos me ignoravam, como se eu fosse invisível.

Para eles, eu era *A Garota da Sacola*, devido à bolsa reutilizável de mercado que usava para carregar meus livros, que não justificavam o preço de uma mochila. Mas Kristen sempre me defendeu.

— Deixa de ser babaca — retrucou ela para Robbie Maxon certa vez. — Semana passada vi você tirando meleca no laboratório de química.

Kristen desviou o foco da conversa, direcionando-a com tanta maestria que ninguém percebeu enquanto eu me esgueirava para fugir dali, a pesada sacola de compras machucando meu ombro, grata pela gentileza dela.

— Por que você é tão legal comigo? — perguntei certa vez.

Estávamos sozinhas no banheiro, ombro a ombro diante das pias, eu lavando as mãos enquanto ela aplicava brilho labial.

Os olhos dela encontraram os meus pelo espelho.

— É o Código das Meninas. Temos que cuidar umas das outras porque ninguém mais fará isso — explicou ela.

E então, no meio do ano, Kristen simplesmente desapareceu. Um dia ela estava sentada ao meu lado, fazendo piadas com sua melhor amiga, Laura Lazar, e no outro, havia sumido. No começo, pensei que ela estivesse apenas doente. Porém após algumas semanas, ficou claro que não voltaria. Ninguém parecia saber para onde Kristen tinha ido ou por quê.

É claro que as pessoas tinham suas teorias.

Ela foi para um internato na Suíça.

Ganhou uma vaga no colégio Miss Porter.

A avó dela está doente, então a família se mudou para a Flórida.

Ela engravidou e foi para um desses lares para moças solteiras.

Laura Lazar se recusava a falar sobre o assunto, alegando que não sabia. Mas percebi que ela estava mentindo. Laura sabia o motivo do desaparecimento de Kristen, e eu acreditava saber também.

No ensino médio, eu já dominava a arte de me misturar. De encontrar cantos onde as pessoas não notariam as bordas puídas das minhas roupas de segunda mão, ou o fato de que meu cabelo estava precisando de uma boa lavagem. Eu via coisas que as outras pessoas não viam.

Como Kristen saindo de fininho da sala de aula do Sr. Dempsey na hora do almoço, as bochechas coradas e o cabelo levemente despenteado, puxando a barra da saia para baixo. Ou a tarde em que a vi olhar por cima do ombro antes de entrar no banco do carona do carro dele.

Nada óbvio, mas o suficiente para me fazer notar como ela se tornara subjugada. Como seus amigos tinham que se esforçar para engajá-la nas conversas.

O que quer que tenha acontecido entre o Sr. Dempsey e Kristen, não era da minha conta. E, depois de um tempo, presumi o mesmo que todo mundo: que Kristen havia se mudado e esse era o fim da história.

EU JÁ NÃO era aquela menina invisível, que se escondia pelos cantos. Nos três anos após o ensino médio, tinha aprendido a me moldar na mulher que sabia como entrar numa sala com uma roupa projetada para chamar a atenção. Como pedir vinho em um restaurante caro e para que servia o garfo minúsculo. Como aplicar maquiagem com um toque leve e como manter o batom longe dos meus dentes. Se cruzasse com o Sr. Dempsey na rua, eu seria o tipo de mulher que ele notaria, mas nunca reconheceria.

Teria o Sr. Dempsey algo a ver com a abrupta partida de Kristen? É possível. Eu poderia me aproveitar disso? Sem dúvida.

Eu me imaginei enviando uma mensagem para ele. Olá, Sr. Dempsey! Meu nome é Meg Williams, turma Wolverine de 2006! *Roar!*

O garoto que jogava ao meu lado bateu no mouse, ganhando um olhar feio do rapaz que trabalhava no balcão. Olhei de volta para minha tela, imaginando o primeiro encontro com o Sr. Dempsey e as típicas perguntas que as pessoas faziam — onde eu cresci, sobre minha família, o que eu fazia da vida. *Fui criada por uma mãe solteira, até ela falecer de câncer devido à falta de acesso a cuidados médicos de qualidade. Atualmente moro no meu carro, bem ao sul da linha da pobreza. Adoro Bruce Springsteen e os Dodgers.*

Não poderia simplesmente enviar uma mensagem e rezar para dar certo. Se ele dissesse não, seria o fim. Primeiro, eu precisava aprender tudo o que pudesse sobre ele — no que ele acreditava. O que o repugnava. Com o que mais se importava, para que eu pudesse espelhar essas características.

Do lado de fora, a chuva batia forte nas janelas, e pensei no barulho que faria no teto do carro naquela noite enquanto eu tentava dormir, meus nervos ainda em frangalhos. Então imaginei como seria ter uma casa com fechaduras nas portas e nas janelas. Como seria ouvir a chuva no telhado de uma casa em vez de no de um carro. Como seria ter uma televisão para assistir e outro ser humano com quem conversar.

Saí do meu perfil, voltando para a página inicial do Círculo do Amor e cliquei no botão *Nova Conta*.

O PRIMEIRO PERFIL falso que criei — Deirdre, 43 anos, talvez um pouco *new age*, definitivamente negando a idade — não funcionou. A mensagem dela — Você parece ser o tipo de homem que eu gostaria de conhecer melhor — nem sequer recebeu uma resposta, então dois dias depois voltei ao cibercafé para tentar de novo.

Sandy. Trinta e dois anos. Status: Solteira, nunca fui casada. Profissão: Garçonete. Gostos: nascer do sol nas montanhas, vodca com tônica às 5h da tarde, viagens de carro para Mammoth. A mensagem de Sandy para o Sr. Dempsey: Você é gostoso. Sandy queria sexo.

Em poucos minutos, o ícone abaixo da mensagem mudou de Enviado para Lido. Eu me inclinei para frente. Três pontos mostravam que o Sr. Dempsey estava respondendo.

Um minuto. Dois minutos. Imaginei o que ele poderia estar escrevendo — algo sedutor, um elogio, talvez. Não importava que eu não me parecesse em nada com Sandy. Só precisava dela por um tempinho.

Finalmente, a mensagem dele apareceu. Obrigado, mas estou à procura de algo com um pouco mais de comprometimento. Te desejo sorte!

Encarei a tela, analisando suas palavras, minha mente elaborando meu próximo passo. Pensei novamente em Kristen, que tinha apenas 17 anos. Se eu tivesse feito Sandy ser uma década mais jovem, a resposta dele teria sido diferente? Outra pesquisa de imagem, outra foto. Uma loira, capturada em meio a uma risada, o sol se pondo atrás dela. Eu era como a Cachinhos Dourados, se a personagem fosse uma mulher desabrigada de 21 anos com uma paixão por encanamento interno e disposta a dormir com um homem para obtê-lo.

Amelia. Vinte e um anos. Status: Nunca fui casada. Profissão: Estudante (graduação em educação infantil), dando um tempo por enquanto, mas esperando voltar logo. Gostos: Surfar. Romance. Procura um relacionamento sério.

Minha mensagem para o Sr. Dempsey foi: Talvez possamos pegar algumas ondas?

Cliquei em Enviar e saí do perfil, sabendo que essa seria minha última tentativa com o Sr. Dempsey por um tempo. Uma pequena parte de mim se perguntou que tipo de diretor de ensino médio tinha um perfil em um aplicativo de namoro, onde qualquer um dos seus alunos poderia vê-lo.

A resposta veio quase imediatamente. *Um que não se importava. Um que até gostaria disso.*

NAQUELA NOITE, parei para dormir em um estacionamento bem iluminado, apesar de não ter fechado os olhos por mais de três ou quatro horas no total. Cada som — a porta de um carro se fechando, uma sirene, passos — me acordava, e foi um alívio entrar bem cedo no estacionamento da academia na manhã seguinte. Sempre trabalhei no primeiro turno do dia, ligando as luzes, tirando as toalhas da secadora e dobrando-as. Isso me tirava da rua antes que alguém pudesse reclamar sobre uma pessoa dormindo no carro. Além do tempo para tomar banho e jogar uma trouxa de roupa na lavadora, eu também adorava o silêncio. Nenhuma desagradável equipe de vendas, nenhum caos do clube infantil ou do exército de mães da ioga com enormes carrinhos de bebê para corrida e garrafinhas de água. Apenas os ratos de academia matutinos, que ainda estavam meio adormecidos ao passar o cartão no leitor e pegar uma das minhas toalhas.

Encarei as janelas de vidro à minha frente, e a rua escura refletia minha imagem. Meu cabelo molhado estava preso em um rabo de cavalo. A camisa polo branca com o logotipo Y na frente brilhava, apesar das minhas feições estarem embaçadas nas bordas, que era como eu me sentia na maioria das vezes. Como se estivesse lentamente sendo apagada pelo espaço ao meu redor, e logo as únicas coisas restantes seriam as chaves do meu carro e uma pilha de toalhas desdobradas.

Liguei o computador e entrei no aplicativo de encontros, sem esperar nada. Porém, além do ícone de Lido, havia uma resposta.

Onde você gosta de surfar?

Olhei por sobre o ombro, como se alguém pudesse aparecer por trás e ver o que eu estava fazendo. Além do aglomerado de escritórios escuros, havia o leve zumbido das esteiras e o barulho de pesos, mas todo o resto estava silencioso. Uma corrente de energia passou por mim.

Fiz uma rápida pesquisa no Google em busca dos *melhores pontos de surfe em Los Angeles* e tentei pensar no tipo de pessoa que Amelia poderia ser. Com o que ela poderia se importar e quem ela poderia sonhar em se tornar. Então comecei a moldar sua história de vida. Amelia Morgan, nascida e criada em Encino. Talvez ela tenha feito alguns semestres na Cal State Northridge, antes de trancar o curso. O tipo de pessoa que o Sr. Dempsey poderia pensar em ajudar.

O cursor piscou dentro do espaço em branco da mensagem, e senti o peso disso, da importância de elaborar a resposta perfeita. Zuma, digitei de volta. Uma praia perto da fronteira norte do condado de LA faria mais sentido para uma garota que cresceu no vale. Também seria improvável que o Sr. Dempsey — Cory — fosse um visitante regular de lá. Melhores ondas de Malibu!, adicionei.

Apertei Enviar e senti uma onda de nervosismo. Eu não ignorava uma oportunidade perdida. Em um momento você pode estar diante de uma vida inteira e, no próximo, está na lojinha de um lava-jato uma vez por semana, para que sua minivan não deixe transparecer que alguém estava vivendo nela.

Olhei mais uma vez para a foto de perfil dele. Um dente ligeiramente torto acrescentava um pouco de personalidade a um sorriso muito branco. Ombros atléticos musculosos após anos de surfe. Muito melhor do que muitas das minhas outras opções.

— EI, GAROTA — chamou meu melhor amigo, Cal, ao chegar às 8h30. — Robert e eu fomos ver *Sem Limites para Vingar* ontem à noite e, ai, meu Deus, você precisa assistir. Talvez possamos marcar uma matinê nesse fim de semana.

Olhei por cima do ombro, onde Johnny, nosso gerente, estava sentado, os lábios franzidos como um professor de escola dominical, digitando em seu computador.

— Estou com a agenda lotada esse fim de semana — respondi.

— Que pena. Quer almoçar hoje?

— Marcado.

Cal bateu no balcão com os nós dos dedos e disse:

— Se cuide, campeã.

Pelo menos uma década mais velho do que eu — *uma pessoa de uma certa época nunca revela sua verdadeira idade* —, Cal era o único que sabia que eu morava no meu carro.

Ele encontrava pequenas maneiras de ajudar, sem me fazer sentir envergonhada. Quando ele e o namorado, Robert, viajavam, sempre pediam para eu cuidar da casa, mesmo sem ter plantas para regar ou animais de estimação para alimentar. Ele também me levava para almoçar pelo menos uma vez por semana, supostamente para me agradecer por pressionar novos membros a se inscreverem em sessões de treinamento com ele. Sempre pedia a mais, depois me dava as sobras. Cal começou na Y como eu, trabalhando na recepção enquanto ia para a faculdade à noite para obter um diploma de treinador. Ele vivia me importunando para fazer as aulas. *A faculdade comunitária foi inventada para pessoas como nós.* Suponho que eu poderia fazer isso, só não saberia no que me inscrever. Como uma pessoa pode melhorar se a imagem do seu futuro é uma página em branco? O que eu aprenderia? Contabilidade? Estética? Soldagem?

— Meg — chamou Johnny do escritório. — Lembre-se de dobrar as toalhas em três partes primeiro, depois pela metade.

DURANTE TODA A MANHÃ, eu mantive o site do Círculo do Amor aberto no computador à minha frente, escondido atrás de algumas outras janelas. Por volta das 11h, voltei ao site e reli a última mensagem de Cory. Você é o melhor tipo de distração, mas quase perdi uma reunião de pais.

Amelia e Cory trocaram mensagens a manhã toda, começando com um flerte dele. Não acredito que tenho surfado nas praias de LA desde sempre e nunca esbarrei em você. Mas, nas horas desde a primeira mensagem, ele também revelara muito sobre si mesmo, e eu estava coletando informações, tentando extrair mais.

Comecei com uma pergunta simples. O que é importante para você?

A resposta dele foi previsivelmente sentimental. Minha família. Acima do sucesso pessoal ou da riqueza, acima da saúde, tudo.

Seu maior arrependimento era não ter feito as pazes com o avô antes de ele falecer. Foi doloroso, mas aprendi muito com isso. Quem somos se não estamos constantemente aprendendo e crescendo? Acho que são as lições difíceis que mais nos ensinam.

Quando perguntei sobre seu emprego, ele escreveu: Engajar mentes jovens é tanto uma emoção quanto um privilégio.

Aprendi também os pequenos detalhes, coisas que consolidariam uma conexão. Ele era alérgico a gatos. Não entendia de hóquei, mas fingia que sim. Desprezava qualquer coisa com gengibre e amava café preto. Dizia ser um otimista consciente.

Não se sinta mal, eu também precisei pesquisar no Google.

Amelia compartilhou detalhes também, dizendo a Cory como havia largado a faculdade no segundo ano para ajudar os pais a cuidar do irmão mais novo, que teve leucemia (*ele está bem agora, mas voltar para a faculdade é difícil!*). Como perdeu o emprego porque delatou uma colega de trabalho por roubar comida, sem perceber que a mulher era a namorada do gerente.

Fiquei espantada com a facilidade com que as histórias vieram. Elas chegavam, totalmente formadas, e tudo o que eu precisava fazer era recontá-las. Não consigo acreditar como é fácil conversar com você, digitei. A maioria dos caras aqui faz três perguntas superficiais e depois vai direto para a cama.

Eu gostava de ser Amelia. Ser capaz de me livrar dos meus problemas e me tornar uma pessoa diferente era libertador. Amelia tinha opções, enquanto eu, não, e com alguns toques nas teclas ela poderia ter ainda mais. Hoje pode estar desempregada, mas amanhã pode encontrar um emprego ainda melhor, simplesmente porque eu disse isso.

— O que está fazendo? — A voz de Johnny, logo acima do meu ombro, me fez pular. Eu me afastei do site de encontros, mas ele já o vira. — Nada de assuntos pessoais no computador. Se eu pegar você de novo, vou ter que te dedurar.

— Sinto muito — respondi. — Não vai acontecer outra vez.

Odiava me humilhar, mas precisava desse emprego.

Fechei a aba do navegador e voltei a olhar pela janela, e quando Johnny despejou uma nova rodada de toalhas recém-lavadas sobre o balcão à minha frente, eu lhe ofereci um sorriso brilhante e comecei a dobrá-las.

APÓS O TRABALHO, dirigi até a biblioteca pública em Santa Mônica, sem querer gastar mais uma fortuna em um cibercafé. Se quisesse comer no fim de semana, eu precisava marcar pelos menos um encontro. Entrei no grande espaço onde havia enormes caixas de devolução de livros e a mesa da bibliotecária, que se estendia por uma parede inteira, e deixei minha memória viajar até o passado. Bibliotecas sempre foram meu refúgio. Minha mãe costumava me levar todos os fins de semana e nós passávamos horas lendo num canto, isoladas do mundo exterior. Ela enchia a sua maior bolsa com lanches — barras de granola, pequenos sacos de batatinhas e biscoitos — e nos acomodávamos assim que a biblioteca abria, escolhendo as melhores cadeiras do segundo andar com vista para a rua abaixo. Nós nos revezávamos procurando livros, comendo disfarçadamente e lendo o dia todo. Só saíamos quando as luzes piscavam e o anúncio de encerramento era feito.

Abordei a bibliotecária que trabalhava no balcão de informações e mostrei meu cartão da biblioteca. Ela apontou para o banco dos computadores e disse:

— Pode escolher.

Havia apenas duas pessoas online — um homem mais velho, que poderia ser ou não um morador de rua, e um adolescente que deveria estar na escola. Escolhi o computador mais perto do fim da fileira e entrei na conta de Amelia.

Não havia novas mensagens de Cory, e fiquei surpresa com o lampejo de decepção que tive. Como eu havia me tornado rapidamente viciada na adrenalina de uma nova mensagem dele.

Então entrei na minha conta. Havia três homens com quem eu estava trocando mensagens, cada um deles uma versão ligeiramente diferente da mesma pessoa. Jason, um investidor de capital de risco que parecia começar cada frase com a palavra eu. Sean, um corretor imobiliário de Manhattan Beach. E Dylan, o promotor de eventos.

Até agora, meus critérios tinham sido bastante simples: eles deveriam ter um emprego, fazer pelo menos três perguntas sobre mim, e não podiam se parecer com o terrorista Unabomber. Sempre fiz questão de encontrá-los em locais públicos, e nunca fui para a casa de alguém que me deixasse insegura. Mas, às vezes, eu não tinha certeza até ser tarde demais. Dedos correndo pelo meu cabelo que puxavam com muita força. Mãos que apertavam demais. Contusões em lugares facilmente ocultos. Isso não acontecia com frequência, mas, quando acontecia, eu havia aprendido a compartimentalizar. A desligar meus pensamentos e ir para outro lugar em minha mente até que tivesse acabado.

Olhei a última mensagem de Jason — um convite para um restaurante que havia acabado de abrir em Venice —, imaginando uma noite interminável acariciando seu ego, antes de fechar o chat sem respondê-lo.

Então mudei para o site da faculdade comunitária, só para poder dizer a Cal que eu tinha pesquisado. *Contabilidade. História da Arte. Administração de Negócios.* As palavras começaram a ficar borradas até que meus olhos se atentaram ao Certificado de Arte Digital. Este curso de seis meses irá guiá-lo através dos conceitos básicos de HTML, web design e Adobe Photoshop. Os alunos ganharão habilidades valiosas para qualquer negócio existente, ou que permitirão trabalhar para si mesmos como freelancers. Estudei as imagens de amostras que acompanhavam o curso de Photoshop. Uma foto num retrato de família tirada num parque com várias pessoas no fundo. A segunda imagem era a mesma foto, dessa vez com todas as pessoas atrás removidas, como se ninguém tivesse estado ali.

Cliquei no botão de matrícula e entrei em choque. Incluindo as taxas de inscrição, concluir o curso e obter o certificado custaria quase duzentos dólares. Mais caro ainda se as aulas obrigassem a comprar algum material necessário. E ainda havia o equipamento de que eu precisaria ao terminar — um computador. Software. Para alguém que ganhava menos de 150 dólares por semana após os impostos — e a maior parte já sumia só de cair na minha conta —, 200 dólares era o mesmo que 2 milhões. Fechei a janela, sentindo a pontada de arrependimento que sempre sentia quando uma porta se fechava.

Saí do meu perfil e acenei para a bibliotecária. Eu tinha cerca de quatro horas de luz do dia para encontrar um lugar para estacionar à noite.

EM VEZ DISSO, fiz um desvio por Brentwood, as ruas tão familiares para mim quanto um velho amigo. O mercado Brentwood Country Mart, onde minha mãe costumava comprar sorvete para mim e, se eu tivesse sorte, um livro da livraria de lá. A esquina onde caí de bicicleta e esfolei o joelho. O grande toco de uma árvore que caiu durante uma tempestade quando eu tinha 7 anos, interrompendo o tráfego em San Vicente por um dia inteiro.

Virei à esquerda na Canyon Drive e dirigi como se estivesse no piloto automático. As casas ali eram distribuídas em lotes enormes, afastadas da rua, algumas com portões altos que mal permitiam um único vislumbre. Percorri meu caminho lentamente, como que atraída por uma força magnética, de volta ao lugar onde tudo começou.

Estacionei ao sul da casa, um local que me oferecia a melhor visão para estudá-la. Para seguir os contornos familiares da madeira escura e do estuque branco. A torre redonda que abrigava a escada circular levava a um pequeno escritório no terceiro andar. As grandes janelas da sala de estar, onde, de acordo com minha mãe, seu avô passava os dias fumando cachimbo e se preocupando com o filho — o pai dela —, que passava mais tempo na reabilitação do que fora.

— A porta da frente é feita de carvalho, originado de uma floresta na Virgínia — recitei dentro do carro silencioso. — A árvore provavelmente saudou os colonos de Jamestown, antes de chegar aqui para nos proteger.

O início do monólogo da minha mãe, aquele que ela contava para me ajudar a dormir à noite. Como em uma história de ninar, ela nos guiava através da casa à qual ambas ansiávamos retornar. Eu sempre a imaginava ao fechar os olhos. As paredes rebocadas que ainda mantinham as marcas dos equipamentos dos artesões que as alisaram. As largas vigas de madeira que se estendiam pela largura do teto da grande sala. O quarto degrau da escada que sempre rangia quando se pisava perto do corrimão. O armário com um alçapão que dava acesso ao sótão, e a parede que não só media a altura da minha mãe, mas que, por alguns meses, também mediu a minha.

Minha mãe, Rosie, tinha nascido um pouco antes dos pais terminarem o ensino médio. Sua mãe desapareceu logo depois, e seu pai caiu no mundo das drogas e do álcool, deixando Rosie sob os cuidados dos avós — meus bisavôs —, a quem chamávamos de Nana e Pop, as únicas influências estáveis que ela tivera.

Foram Nana e Pop que compareceram aos eventos da escola. Que a ensinaram a andar de bicicleta. Que ficavam acordados quando ela saía em encontros no ensino médio, criando-a como se fosse deles.

Minha mãe se apaixonou apenas duas vezes na vida. A primeira foi por um jogador de hóquei universitário, que foi para a Europa e nunca retornou. Esse relacionamento resultou no meu nascimento e no conjunto de regras que ditou toda a minha infância.

Não vale a pena se vender por conveniência e conforto. Podemos ganhar o que precisamos; não é necessário que um homem nos dê nada de mão beijada.

Se o dinheiro está apertado, trabalhamos com mais garra.

Duas mulheres trabalhando juntas são uma força da natureza.

Ela conseguiu sobreviver trabalhando em vários empregos, alugando estúdios quando podíamos pagar o depósito de garantia e ficando com Nana e Pop quando não podíamos. Marquei os períodos que passamos com eles como alguns dos mais felizes que já tive. Nana me ensinou a fazer biscoitos com gotas de chocolate e me mostrou como começar uma horta. Pop me ensinou a jogar *cribbage* e pôquer.

A segunda — e última — vez em que minha mãe se apaixonou foi alguns anos depois de Nana e Pop falecerem. Seu nome era Ron Ashton.

Do outro lado da rua, os portões automáticos se abriram e uma mulher saiu a pé. Uma empregada doméstica, carregando um saco plástico com trapos e material de limpeza. Ela me olhou desconfiada, e pude vê-la se perguntando se deveria voltar e avisar os patrões sobre a mulher sentada em frente à casa do vizinho, encarando-a. Lancei um sorriso e levantei o celular ao ouvido, como se tivesse estacionado para fazer uma ligação, então voltei minha atenção para a casa. A que deveria ter ficado com nossa família. A que Ron Ashton roubou de nós.

A MENSAGEM DE CORY chegou na manhã seguinte, pouco depois das 8h. Quero conhecer você. Que tal hoje às 4h da tarde? Café Rocketman na Rua Principal?

As secadoras balançavam atrás de mim, meus dedos hesitando sobre o teclado. Como uma música que eu estava começando a aprender, deixei meus instintos me guiarem. E eles estavam me dizendo para respirar fundo. Para não dar uma resposta de imediato. Às vezes, não fazer nada era a jogada mais poderosa.

Esperei até quase meio-dia. *Pode ser hoje às 4h! Mal posso esperar.* Um arrepio de excitação me percorreu, pois sabia que eu teria uma sólida vantagem em meu bolso assim que entrasse na cafeteria.

Ao fim do meu turno, tomei um banho e coloquei um par de calças jeans que realçava minhas curvas nos pontos certos. Vesti uma regata que descia num decote em V e coloquei um suéter macio sobre ela. Amelia era uma surfista e uma estudante que havia passado por tempos difíceis. Eu queria ter certeza de que poderia ocupar o lugar que ela deixaria quando não aparecesse.

ESTACIONEI A ALGUNS quarteirões de distância do café Rocketman e esperei no carro, dando a Cory o tempo necessário para chegar e se acomodar. Puxei o celular da bolsa e disquei o número de Cal.

Ele atendeu no segundo toque.

— Oi.

— Pode me fazer um favor?

— Sempre — respondeu ele.

— Em cerca de meia hora, pode me ligar de novo? Não preciso que você diga nada ou que fique na linha. Só preciso que o telefone toque.

Ele soltou uma risada.

— Está pensando em fugir de um encontro?

Observei uma mulher manobrar um carrinho de bebê chique pelos degraus da frente de seu apartamento, a criança presa com segurança.

— Algo do tipo — disse a ele. — Vai me ajudar?

— Claro. Vou colocar um alarme pra não me esquecer.

— Obrigada.

Desliguei a chamada e tranquei o carro, meu coração batendo forte. Se isso não funcionasse, eu estaria de volta ao cibercafé, procurando numa lista de homens com idade suficiente para ser meu pai. Estaria de volta à minivan, dirigindo por bairros escuros à procura de um lugar seguro para estacionar à noite. Nervosa, respirei e soltei o ar lentamente.

Entrei na cafeteria e o vi numa mesa dos fundos, uma grande caneca diante dele, já sabendo o que havia nela. *Café preto.*

Senti uma onda de poder, como se fosse a diretora de uma peça, dando as ordens, controlando o ritmo. Eu era uma desconhecida para ele, e ainda assim sabia do que ele gostava ou não. Sabia o que ele queria e com o que se importava.

Havia uma pequena possibilidade de Cory se lembrar do meu rosto dos corredores da escola Northside High. Se fosse o caso, eu planejava aproveitar a deixa. Confessar uma queda por ele. *Que vergonha!*

Pedi minha própria xícara de café preto e a carreguei em sua direção, com uma expressão esperançosa no rosto ao me aproximar da mesa dele.

— Roger? — perguntei, e prendi a respiração, esperando por um lampejo de reconhecimento em seus olhos.

Mas não houve nada.

— Desculpe, não sou eu — respondeu ele, com um sorriso gentil.

De perto, o tom dourado de avelã de seus olhos estava emoldurado por cílios grossos, uma fina linha bronzeada de um traje de mergulho ao redor de seu pescoço.

Eu me afundei numa cadeira na mesa ao lado da dele.

— Que vergonha. Encontro às cegas — expliquei.

Ele sorriu.

— Eu também.

— Nunca fica mais fácil, não é?

Ele ofereceu um encolher de ombros sem compromisso, e eu o deixei em paz, bebericando meu café, esperando a hora certa.

Após vinte minutos, Cory começou a checar o telefone com mais frequência, à procura de uma chamada perdida ou de uma mensagem. Eu o imitei, olhando entre a porta e o meu próprio celular na mesa à minha frente. Em um dado momento, lhe ofereci um sorriso acanhado, que ele retribuiu. Fiquei tensa, me perguntando se ele sairia antes do telefonema de Cal, e tentei pensar numa maneira de mantê-lo ali. Eu estava prestes a me virar para ele com um comentário sobre o tempo quando o meu telefone tocou.

— Alô?

— Eis a ligação que prometi. Estou com pressa, mas me conte amanhã.

Cal desligou, mas continuei falando.

— Ah. Compreendo. — Fechei os olhos, como se estivesse lutando contra uma decepção esmagadora, deixando meus ombros caírem. — Eu entendo. Não, está tudo bem. — Deixei minha voz oscilar na palavra *bem* e, pelo canto do olho, pude ver que

Cory estava escutando. — Bom, parabéns, eu acho. — Outra pausa. — Sim, obrigada.

Encerrei a ligação e olhei para o meu café frio, como se não soubesse o que fazer a seguir. Por fim, levantei o olhar, envergonhada e magoada.

— Ele voltou com a namorada — comentei.

Cory gesticulou em direção ao meu celular.

— Pelo menos você recebeu a cortesia de uma ligação.

— Conhecer alguém em Los Angeles é impossível — declarei, ecoando uma parte das mensagens de Cory para Amelia no dia anterior.

— Nem me fale. É como tentar ganhar na loteria.

— Jogar na loteria é divertido. Namorar... nem tanto.

Cory riu.

— Deixa eu pagar outro café pra você. Talvez possamos salvar o dia apesar disso tudo.

Boa sorte e segundas chances. Todos querem acreditar que são reais.

NÓS CAMINHAMOS PELA Rua Principal, nossos ombros às vezes encostando um no outro, enquanto Cory me contava sobre seu trabalho como diretor do ensino médio.

— Os jovens têm uma energia que você não encontra em nenhuma outra área — explicou. — É intoxicante. A paixão deles. O potencial.

Eu me lembrei de como ele havia falado do trabalho para Amelia.

— Que privilégio poder ter uma influência tão positiva na vida dos jovens — adicionei, imaginando se Cory reconheceria as próprias palavras sendo ditas para ele.

Intencionalmente oferecendo pequenas colheradas, construindo uma conexão que ele sentiria em vez de ver.

Ele olhou para mim, a expressão ardente.

— Exatamente.

Fiquei espantada com o quanto era fácil. Era como se ele tivesse escrito o roteiro e tudo o que eu precisava fazer era ler minhas falas. Brinquei com a tampa do meu copo de café enquanto esperávamos o semáforo ficar verde. Quando mudou, eu disse:

— Eu já quis ser professora. Do ensino fundamental.

Saímos do meio-fio, caminhando em direção ao calçadão e à praia além dele.

— O que aconteceu? — perguntou ele.

Dei de ombros. As melhores mentiras são baseadas na verdade.

— No meu último ano do ensino médio, minha mãe ficou doente. Não tive tempo de me inscrever em faculdades. Eu só estava tentando sobreviver com as minhas aulas e cuidar dela.

Passamos por uma lata de lixo, na qual ambos jogamos fora nossos copos vazios. Na beirada da ciclovia, esperamos que um enxame de ciclistas passasse. Cory pegou a minha mão, corremos e nos sentamos em um banco com vista para a grande extensão de areia que levava ao mar.

— Ela melhorou?

— Não. — Deixei a palavra vagar, o peso dela pendendo no ar. — Foi um capítulo extremamente difícil da minha vida. Mas também foi um presente.

Cory parecia intrigado.

— Por quê?

Fingi pensar na resposta, mas as palavras já estavam prontas, uma brilhante cópia verossímil do que ele dissera para Amelia no dia anterior.

— Aprendi que o pior pode acontecer e eu ainda vou ficar bem. A vida é cheia de lições. Podemos optar por sofrer com elas, ou aprender com elas.

Percebi que acertara em cheio pela maneira como Cory se inclinou para frente, pela maneira como seus olhos brilharam de surpresa e admiração.

— Poucas pessoas da sua idade teriam esse tipo de sabedoria — comentou ele.

Dei de ombros, como se a opinião dele fosse uma que eu já tivesse ouvido antes.

— Otimismo é uma escolha.

— É o que eu sempre digo! — Seu deleite era palpável. — Só aprendi isso quando já estava muito mais velho.

Lancei um olhar cético para Cory.

— Você não é tão velho.

Ele fez uma careta.

— Quarenta e oito anos.

Bati com o ombro contra o dele.

— Gosto de homens mais velhos.

Cory riu.

— Bom saber.

Ficamos quietos por um momento.

— Onde você cresceu? — perguntou ele.

— Grass Valley. Uma pequena cidade nas Sierras. Você não deve ter ouvido falar. Tem uma população de 12 mil habitantes. Todo mundo se conhece. Depois que minha mãe faleceu, eu mal podia esperar para ir embora.

Estudei seu rosto, procurando qualquer traço de ceticismo, mas era franco e confiante. *Ele acredita em mim.*

— O que te trouxe a Los Angeles?

— Um namorado — admiti. — A história mais antiga do mundo. Mas estou feliz aqui. Estou na faculdade comunitária em Santa Monica, fazendo um curso de design digital. Moro em uma república de estudantes agora, mas, assim que terminar o curso, espero conseguir um lugar pra morar e começar meu próprio negócio de design.

Ele olhou nos meus olhos e perguntou:

— Você acredita em destino?

Eu acreditava em criar minhas próprias oportunidades. Em agarrar o que eu queria da vida e, se tivesse que machucar alguém no processo, seria melhor que fosse por uma boa razão, porque eu também acreditava em carma.

— Hoje eu acredito — respondi.

Cory se inclinou e me beijou. Seus lábios eram macios sobre os meus, e fechei os olhos para as rugas de riso ao redor de seus olhos, os fios grisalhos em seu cabelo.

— Quando posso te ver de novo? — sussurrou ele.

Uma mulher de patins passou por nós na ciclovia, a batida em seus fones de ouvido um sussurro no ar ao nosso redor. Olhei para o oceano, onde o sol estava se pondo no horizonte. Entrar nessa personagem pareceu tão fácil quanto vestir um casaco velho, que contornava meu corpo como se eu o usasse há anos.

— Que tal na quinta-feira?

KAT

Eu estava trabalhando no jornal *LA Times* quando a história sobre Cory Dempsey estourou. Foi uma sorte conseguir esse emprego. Minha mãe havia pedido um favor para um amigo dela, me garantindo a posição de repórter júnior sob o comando do famoso jornalista investigativo Frank Durham. Essa foi a minha primeira grande história, e eu estava ansiosa para demonstrar a minha capacidade, acompanhando-o enquanto ele aparecia nas coletivas de imprensa, ia até a delegacia e às reuniões com fontes próximas da investigação. Eu estava presente quando Frank conheceu a família de Cory, uma rara entrevista concedida sob os parâmetros mais rigorosos.

Foi lá que ouvi o nome de Meg Williams pela primeira vez. Não foi no decorrer da entrevista em si — os pais lutando para se manter no lado certo da opinião pública, desviando a culpa de si mesmos pelo que o filho havia feito com aquelas meninas.

Mas, do canto onde me sentei para tomar minhas próprias notas, ouvi informações diferentes dos primos que haviam trazido o Sr. e a Sra. Dempsey de San Diego. Fragmentos de uma conversa sussurrada que eu não deveria ouvir. Até onde sabiam, eu era apenas uma jovem assistente ocupada com meus fones de ouvido, esperando que o chefe terminasse a entrevista para que pudesse transcrever suas anotações.

— Supostamente, tudo isso aconteceu enquanto Cory estava morando com a namorada. Bem debaixo do nariz dela — comentou um primo de vinte e poucos anos.

— Meu Deus, você consegue imaginar descobrir que seu namorado fez algo assim com uma menina? — questionou a prima.

Foquei os olhos no meu caderno, escrevi as palavras *morando com a namorada* e as circulei. Então continuei escutando, balançando a cabeça em um ritmo que não existia.

— Se ele fosse o Cory? Sim.

— Quem te contou que ele tinha uma namorada?

O primo fez uma careta.

— Nate.

Nate Burgess, o amigo mais próximo de Cory. Frank tinha incluído o contato dele nas anotações que me entregara. Acrescentei o nome de Nate à trama que eu tinha começado a esboçar em minhas anotações.

— O que mais Nate disse?

— Sobre as meninas do ensino médio, não muito. Afirmou que não fazia ideia.

A mulher deu uma risada zombeteira.

— Até parece.

Pelo canto do olho, vi o olhar do homem recair sobre mim, antes de ele baixar a voz.

— Mas ele disse algo interessante. Sobre a namorada, Meg.

Adicionei o nome *Meg* à página e prendi a respiração.

— Nate disse que, há sete meses, ela apareceu do nada, se infiltrou na vida do Cory e o enganou, a ponto de ele lhe dar acesso a tudo.

— Deixa eu ver se adivinho... ela era jovem e gostosa?

— Provavelmente, mas é o seguinte: Nate afirma que tudo o que Meg contou sobre si mesma para Cory era mentira. Que ela o escolheu desde o início, e usou o que ele tinha feito com as alunas como cortina de fumaça para esvaziar a conta do banco dele e desaparecer.

— Isso não a torna uma vigarista. Isso a torna uma heroína.

DE VOLTA AO CARRO de Frank, comentei sobre o que havia escutado.

— Um dos primos levantou a possibilidade de que a namorada de Cory, Meg, o estivesse enganando. Que ela teria arquitetado tudo isso.

Olhei para Frank do outro lado do carro, o cabelo branco arrepiado em sua cabeça, o que tinha lhe rendido o apelido de *Einstein* entre os outros repórteres. O cara era uma lenda, e eu tinha sorte de poder aprender com ele. Mas não era fácil ter que lutar constantemente por matérias reais, e não pesquisas em registros públicos ou os pedidos de almoço que meus colegas do sexo masculino continuavam a empurrar para mim.

Ele grunhiu e disse:

— Embora possa ser verdade, a história que vamos escrever é sobre um diretor do ensino médio que era um predador.

— Mas eles acham que Meg pode ter sido quem expôs toda a história. Uma vigarista mulher poderia ser uma matéria interessante.

Frank balançou a cabeça.

— É importante que você aprenda desde cedo que nem toda grande história será contada — afirmou ele. — O jornalismo é um negócio moribundo, e nosso trabalho é escrever matérias que vendam jornais. Sexo e escândalos vendem. É isso que vamos escrever.

Eu não concordava com ele, mas não ia discutir. E também não ia deixar para lá. Minha mãe me avisara: *por ser uma mulher na indústria do jornalismo, você vai precisar trabalhar ainda mais, ser mais inteligente, correr mais riscos para provar ser tão boa quanto os homens.*

Quando voltamos aos escritórios do *Times*, eu esperei até Frank sair para tomar uma xícara de café, então vasculhei suas anotações até encontrar o telefone dos pais de Cory.

— Boa noite, Sra. Dempsey, aqui é Kat Roberts do *LA Times*. Encontrei vocês hoje mais cedo com Frank, se lembra? Conforme prosseguíamos com as anotações dele, percebemos que não tínhamos o nome completo da mulher que estava morando com Cory quando ele foi preso.

— Nós nunca a conhecemos, mas o nome dela era Meg Williams — respondeu a mãe de Cory. — Não tenho certeza se Meg era um apelido, ou mesmo se era o nome verdadeiro dela. Ela fugiu pouco antes de tudo vir à tona. Na verdade, se você a encontrar, poderia nos informar?

— É claro — respondi. — Vamos manter contato.

Frank voltou, o café em mãos, e perguntou:

— O que você vai fazer primeiro?

Fechei meu caderno.

— Vou começar a verificar alguns dos depoimentos da sua entrevista de hoje.

Ele assentiu e se acomodou para escrever o que se tornaria uma série de quatro partes sobre escolas públicas e a estruturação que permitia a um homem como Cory Dempsey fazer o que fez.

E aquela foi a noite em que comecei a pesquisar sobre Meg Williams, a mulher que explodira a vida de Cory Dempsey e depois desaparecera. A mulher que logo destruiria a minha também.

MEG

De imediato, eu soube que Cory era um homem para quem a antecipação do sexo era tão excitante quanto o próprio ato. Joguei com essa dinâmica, compartilhando desde cedo — e com uma boa dose de insegurança — que só tinha estado com mais uma outra pessoa, o namorado que eu havia seguido até Los Angeles, e que mais de um ano havia se passado desde nosso término.

— Espero que minha pouca experiência não seja um problema — comentei. Nós estávamos no sofá, a camisa de Cory embolada no chão, onde havia caído segundos antes de eu recuar abruptamente. — O que sinto por você é algo que nunca senti antes, mas precisamos ir com calma. Isso é novo para mim.

— É claro. Gosto que você não tenha muita experiência. — Ele traçou o contorno da minha mandíbula com o dedo, deslizando-o pelo meu pescoço. — Assim posso mostrar como gosto de fazer as coisas.

Lancei um olhar incrédulo para ele, como se não pudesse acreditar na minha sorte.

— Sério?

Ele ergueu meu queixo e me beijou com delicadeza nos lábios.

— Sério.

Se não estivesse à procura disso, eu teria perdido a faísca de avidez em seus olhos por uma jovem inexperiente e nervosa. Sabia que o poder era meu, enquanto eu conseguisse mantê-lo.

NA TERCEIRA SEMANA do nosso relacionamento, eu tinha começado minhas aulas e estava passando, pelo menos, quatro noites da semana na casa de Cory, um pequeno bangalô em Venice. Preparei todos os detalhes do meu papel, fingindo ter problemas para que Cory pudesse me ajudar a resolvê-los: *Seu erro foi não ter lido as placas de estacionamento.* Ou receber conselhos dos quais não precisava: *Apresente-se ao seu professor imediatamente. Eles vão dar notas melhores se puderem imaginar o seu rosto.*

À primeira vista, Cory era atencioso e carinhoso, mas seu afeto estava atado ao controle, à necessidade de saber meus horários do trabalho e das aulas, com quem eu passava os intervalos, ou com quem eu saía nas noites em que não estava ao seu lado.

Mantive a maioria dos detalhes da minha vida o mais próximo possível da verdade, apesar de essa ser uma dança complicada, tentando me aproximar dele ao mesmo tempo em que o impedia de descobrir que, nas noites em que não estávamos juntos, eu dormia no meu carro, estacionado em diversas ruas no Westside.

Mas eu não estava fazendo tudo isso para que ainda precisasse morar no meu carro três noites das sete na semana. Precisava que Cory me quisesse sempre com ele.

Então inventei uma colega de quarto neurótica chamada Sylvie, que amava ficar chapada.

— É nojento lá — disse a ele. — Não acredito que você não sente o cheiro da erva nas minhas roupas.

Eu reclamava da Sylvie constantemente, e me assegurei de que ela também causasse problemas para Cory. Ficava muito cansada para sair para jantar porque, na noite anterior, Sylvie tinha recebido algumas pessoas no quarto até as 2h da manhã. Eu me atrasei para almoçar com ele porque Sylvie me trancou do lado de fora do nosso quarto. Esperava que ele oferecesse outra solução: *venha morar comigo.*

Mas Cory não mordia a isca. Em vez disso, ele me contava histórias sobre seu colega de quarto na faculdade, Nate, que certa vez ficou com uma garota em seu quarto por mais de 24 horas, forçando Cory a dormir no salão comunitário. Ou da vez em que Nate acidentalmente colocou fogo na planta que havia morrido no peitoril da janela.

As noites em meu carro se tornaram quase insuportáveis enquanto me virava de um lado para o outro, os cobertores muito ásperos em comparação aos lençóis de inúmeros fios de Cory.

Tentando dormir no clima frio do outono e sendo obrigada a esperar até a luz do dia para encontrar um banheiro.

É por isso que, numa terça-feira à noite, em meados de novembro, apareci na casa dele carregando uma grande mochila cheia de roupas, os cabelos bagunçados e os olhos vermelhos.

— O que houve? — perguntou ele, enquanto eu deixava minha bolsa cair no chão perto da porta da frente.

— Fui expulsa do dormitório — expliquei, deixando minha voz oscilar.

— O quê? O que aconteceu?

— A merda da Sylvie aconteceu.

Ele me guiou até a sala de estar, me sentou no sofá e serviu uma taça de vinho. Olhei para ele, agradecida, e tomei um gole.

— Alguém disse que sentiu cheiro de maconha vindo do nosso quarto. A administração veio, fez uma busca e encontrou um pouco de erva na nossa geladeira. Sylvie jurou que não era dela. É claro que eu disse o mesmo. — Fechei os olhos e tentei imaginar a cena. Como eu deveria estar desesperada para que acreditassem em mim. O quanto isso atrapalharia os planos que fiz para mim mesma, se algum deles fosse verdade. — Tivemos sorte de não termos sido expulsas da faculdade. Mas ambas tivemos que sair do dormitório. Sylvie só vai voltar a morar com os pais, mas vou ter que pensar em outra coisa. E rápido, se não quiser morar no meu carro.

Assim que disse essas palavras, me arrependi. *Muito próximo da verdade.*

Cory me puxou para um abraço e me deixou descansar contra seu corpo, e contei as batidas de seu coração, esperando.

— Venha morar comigo — sugeriu ele.

Eu me afastei, os olhos arregalados.

— De jeito nenhum. É muito cedo.

— Você praticamente já mora aqui — argumentou ele. — São apenas algumas roupas a mais e uma chave no seu chaveiro.

O alívio tomou conta do meu peito, mas balancei a cabeça, meu tom de voz firme.

— Minha mãe me ensinou a conquistar o que eu preciso, não pegar de um homem disposto a trocar sexo por conveniências.

Cory pareceu magoado.

— É assim que me vê?

— É claro que não — respondi. — Mas favores criam expectativas, que criam ressentimento. O que temos ainda é novo. Eu não quero estragar isso.

— Você sabe que não seria assim.

Deixei o silêncio se prolongar, fingindo considerar a oferta dele, e pensei na única vez em que minha mãe dissera sim. Ron Ashton fora o homem que ela estivera esperando. *Ele é diferente*, dissera ela. *Um relacionamento saudável não é feito só de amor. Cada pessoa contribui com algo, criando uma parceria. Uma colaboração com comprometimento.*

Minha mãe contribuiu com uma propriedade que valia milhões. Ron com mentiras.

— Insisto em pagar o aluguel — cedi, por fim.

— Não quero o seu dinheiro.

Cory deslizou suas mãos ao redor da minha cintura, os dedos levantando a barra inferior da minha blusa, os polegares tocando minha pele nua.

— Vai ser bom para o nosso relacionamento ter você aqui o tempo todo. Podemos começar a construir um pouco de confiança. Destruir algumas dessas barreiras.

Eu conseguira aguardar por quase um mês. Dançando entre o limite da intimidade e depois me afastando mais uma vez. Mas havia chegado a hora de receber os lucros. Era disso que eu precisava: segurança. Estabilidade. Tudo tinha um preço.

Soltei um forte suspiro, considerando a ideia.

— Está bem.

NAQUELA NOITE, ESPEREI até Cory dormir para sair de fininho do quarto — *nosso* quarto —, ir até o computador dele e entrar no meu perfil no Círculo do Amor. Ignorei as novas mensagens de vários homens interessados em me conhecer e cliquei em Configuração de Conta, no canto superior direito. Em seguida, deslizei até a parte inferior da tela e passei o cursor sobre o botão de Suspender Conta, antes de pular e clicar em Excluir Conta.

Então apaguei o perfil da Amelia também.

O silêncio da casa parecia uma oração enquanto eu absorvia o significado daquele momento. Chega de sorrisos forçados, flertes engraçados que nunca entendi, ou entusiasmo fingido. Sentada em frente ao computador de Cory, prometi a mim mesma que nunca mais dormiria em um carro.

Então voltei para a cama.

— USE A SAIA PRETA e as botas vermelhas que comprei para você.

Cory e eu íamos encontrar Nate para tomar alguns drinques.

Olhei para a roupa que eu tinha escolhido, um belo par de jeans escuros e um *cropped* cruzado, e reprimi um suspiro. A saia preta apertava a minha cintura e as botas apertavam meus dedos dos pés. Mas eu sorri. Pequenas concessões alimentavam a crença dele de que eu era uma jovem de mente flexível, precisando de orientação.

— Claro. Só um segundo.

— Vai rápido. Não quero chegar atrasado.

O BAR ERA UM que eu já tinha frequentado várias vezes, em encontros com homens do Círculo do Amor. Naquela noite, estava lotado pela multidão de fim do expediente — homens com camisas sociais e gravatas frouxas no pescoço; mulheres em trajes empresariais ligeiramente amarrotados, virando doses no bar.

Encontramos Nate numa mesa de canto, sob uma enorme televisão silenciosa, na qual estava passando o jogo de futebol americano do San Francisco 49ers. Ele se levantou e apertou a minha mão.

— A famosa Meg.

— Eu poderia dizer o mesmo de você — respondi.

Os olhos de Nate percorreram meu corpo de cima a baixo, e depois para cima de novo — antes de soltar a minha mão.

— Duas cervejas — pediu Cory ao garçom que passava pela nossa mesa.

— Prefiro uma taça de vinho — argumentei.

Cory estendeu o braço nas costas da cabine.

— Não se pode beber vinho num bar esportivo. Ela vai tomar uma cerveja — repetiu ele, dispensando o garçom.

Nate ergueu a cerveja meio vazia numa saudação silenciosa.

Cruzei as pernas, notando a maneira como Nate observou a saia deslizar até o meio da coxa. Uma rodada de aplausos irrompeu ao nosso redor quando o time marcou um *touchdown*.

— Diz aí, Meg — começou Nate. — O que você faz?

— Ela é estudante — respondeu Cory por mim.

Nate ergueu as sobrancelhas.

— Vivendo a fantasia, hein?

Cory riu e esclareceu.

— Estudante universitária, seu idiota. Ela está na faculdade comunitária.

— Estou estudando design digital — acrescentei.

— Cory disse que estão morando juntos.

Seu tom era leve, mas senti o peso em seu olhar, silenciosamente questionando meus motivos.

Dei de ombros, tentando minimizar a situação.

— Fui expulsa do dormitório. Pensamos que, como eu passava a maior parte do tempo lá, fazia sentido dar esse passo.

— Eu não sabia que a faculdade comunitária tinha dormitórios.

Enquanto a atenção de Cory se voltava para o jogo na televisão, sustentei o olhar de Nate.

— Viver no Westside é caro. Onde mais os alunos deveriam morar?

Ele tomou um gole de cerveja e gesticulou para Cory.

— Independente disso, parabéns por agarrar esse aí — comentou ele. — O homem é difícil de segurar, embora você seja exatamente o tipo dele.

— Sorte a minha.

Cory se voltou para nós, e logo os dois estavam envolvidos em uma conversa sobre trabalho, amigos em comum e as muitas conquistas de Nate.

Ao longo da noite, notei Nate olhando para mim, como se tentasse me desvendar. Mas não lhe dei nenhuma oportunidade. Sorri, bebi minha cerveja e mantive a boca fechada durante boa parte do tempo.

LEVA TEMPO PARA criar raízes na vida de outra pessoa. É preciso estabelecer rotinas — *brunch* aos domingos, um restaurante favorito para ocasiões especiais. Rituais que ligam você à outra pessoa.

A vida de Cory consistia em oitenta por cento de rotina e, se ele notou que os únicos amigos com os quais socializávamos eram os dele, nunca disse nada.

Mas Nate notou.

— Onde estão seus amigos, Meg? — perguntou ele certa noite. — Por que eles nunca saem com a gente?

— E fazer eles sofrerem durante uma noite com você? — retruquei.

Seu olhar era duro e firme.

— Eu só acho estranho. Uma garota da sua idade, sem um grupo de amigas. Onde está seu grupinho, Meg?

— Sua idade está transparecendo, Nate. É "mulher", não "garota".

Cory riu e o amigo também. Mas Nate sustentou meu olhar por uma fração de segundo a mais e eu sabia que precisava ficar de olho nele.

A MAIORIA DOS HOMENS é o tipo de criatura generosa e simples. Só é preciso saber com o que eles se preocupam e depois lhes oferecer isso. Para descobrir as preocupações de Cory, comecei a vasculhar suas coisas quando ele não estava em casa, procurando as partes de si mesmo que ele mantinha escondidas. O canivete entalhado do avô, guardado dentro da gaveta de roupas íntimas. Um cartão de aniversário sem data da mãe dele, que dizia: *Adoraríamos ver você no aniversário de 70 anos do pai. Ele pode não dizer, mas sei que te perdoou.*

Eu vinha pesquisando devagar, uma gaveta por vez, esperando para ver se Cory notaria que suas coisas haviam sido ligeiramente deslocadas dentro de seus espaços, misturadas de uma maneira diferente. De vez em quando, eu pegava alguma coisa, só para ver o que aconteceria. Algumas notas de vinte dólares que ele escondia debaixo das meias limpas. Coisas maiores também, como a chave sobressalente do carro, que encontrei na gaveta da cozinha, o chaveiro preto se encaixando confortavelmente na palma da minha mão. Mas ele nunca notou nada. Gastei o dinheiro, mas mantive a chave do carro no bolso externo da minha bolsa, um lembrete de que meu tempo ali tinha um propósito.

Tinha esvaziado o conteúdo da gaveta da mesa de cabeceira de Cory sobre a cama quando meu celular tocou, me assustando.

— Oi, amor. Acabei de sair do banho.

— Que bom que você atendeu — respondeu Cory. — Esqueci a pasta do orçamento em cima da minha mesa e preciso dela para uma reunião mais tarde. Você pode trazer aqui quando estiver indo para a aula?

Comecei a colocar as coisas de volta na gaveta, tentando lembrar o posicionamento original da melhor maneira possível.

— Claro. Só preciso me vestir e secar o cabelo. Daqui a 20 minutos?

— Vai ser a hora do almoço e pode ser difícil me encontrar, então deixa no escritório.

— Pode deixar.

ESTACIONEI EM UM PARQUÍMETRO na rua lateral e caminhei pelo curto quarteirão até a escola. Os alunos atravessavam os portões, abertos durante a hora do almoço. Assinei meu nome numa prancheta e prendi o crachá de visitante na blusa, desviando do caminho para o escritório principal e, em vez disso, seguindo em direção ao prédio norte.

Quando virei a esquina do edifício de história, diminuí a velocidade e fiquei ali, observando a cena. A área estava cheia de estudantes, as mochilas jogadas no chão ao lado deles. Mesmo aquela não sendo a minha escola, os trechos de conversas me levaram de volta ao meu tempo na Northside High, abrindo caminho até um canto tranquilo para comer meu sanduíche e estudar.

O grupo de garotas que cercavam Cory quando finalmente o vi também era familiar. Todas jogando os cabelos, aproximando-se enquanto falavam, uma garota de cabelos escuros passando uma mensagem clara com a mão sobre o antebraço dele. Esperei que ele desse um passo para trás. Que mantivesse uma distância profissional. Que dissesse algo reconfortante e depois continuasse as rondas pelos prédios. Em vez disso, ele se deleitava com a atenção. Adorava tudo.

Eu me perguntei se alguma daquelas garotas fantasiava sobre sair escondida do escritório de Cory, as roupas bagunçadas. Ou se esgueirar no banco do passageiro do carro dele.

Esbocei um sorriso no rosto e me aproximei do grupo. Quando ele me viu, pareceu surpreso e finalmente recuou.

— Meg — falou ele.

Entreguei-lhe a pasta e disse:

— Relatório orçamentário, como solicitado.

— Ah, que fofo — comentou uma das garotas. — Ela trouxe o seu dever de casa.

Os olhos de Cory dispararam para a garota e depois para mim.

— Pensei ter dito para deixar no escritório.

— Não queria vir até aqui e não ver você.

Eu me aproximei, como se me inclinasse para um beijo, mas ele deu um passo para trás. A menina que estivera com a mão no braço dele momentos antes deu um olhar triunfante.

Por fim, eu disse:

— Bem, já vou indo. Vejo você em casa?

Cory me deu um sorriso aliviado.

— Claro.

Virei e voltei caminhando pelo campus, minha mente revirando a cena, arquivando cada reação. Ideias. Suspeitas. Em seguida, descobrindo como eu queria reagir.

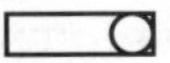

ACHEI QUE UMA discussão seria melhor.

— Foi um desrespeito o modo como você me dispensou — comentei, depois do jantar.

— Você está levando isso muito a sério — argumentou Cory. — Eu sou uma figura de autoridade. Não posso ser visto beijando a minha namorada no meio do campus no horário do almoço.

— Foi como se você estivesse envergonhado. — Lembrei-me de como ele estava perto das garotas, alimentando o desejo delas de uma maneira sutil, mas clara. — Parecia que você não queria que elas soubessem que eu era sua namorada.

— Não é da conta delas quem você é para mim — declarou ele, passando a mão pelo cabelo. — Mas não importa, não vou justificar as minhas decisões para você ou me explicar. Você deveria ter feito o que eu pedi e deixado a pasta no escritório.

Cory tinha mudado para a ofensiva, o que me dizia que era hora de ceder. Eu tinha registrado o meu ciúme. Isso já bastava.

Naquela noite, me afastei dele na cama, e Cory bufou de frustração, mas não me pressionou. Encarei a parede, ouvindo sua respiração lenta enquanto ele dormia, um sorriso satisfeito brincando nas bordas da minha boca. Todo mundo quer alguém que lute por você.

QUANDO CHEGUEI À escrivaninha de Cory, eu já havia me tornado uma especialista em vasculhar uma gaveta sem deixar rastros. Observava todos os itens escondidos pelos cantos, avaliando o seu valor para mim, e então seguia em frente.

Descobri que ele havia pagado 900 mil dólares pela pequena casa de dois quartos. Também tinha três contas bancárias separadas no Chase Bank — poupança, corrente e uma conta para a casa com cerca de 30 mil dólares.

Descobri que seu computador não precisava de uma senha para ser acessado, e que sua caixa de entrada do e-mail pessoal era, principalmente, um amontoado de piadas e insinuações sexuais grosseiras encaminhadas por Nate.

Também era interessante descobrir o que faltava. Cory tinha pouquíssimas fotos da família, que ele supostamente amava, de acordo com seu perfil no Círculo do Amor, e havia pouquíssima troca de e-mails entre eles. Os que encontrei eram convites para eventos familiares que Cory sempre recusava, me fazendo pensar sobre a óbvia distância entre eles, e o que poderia ter causado isso.

Eu estava terminando de vasculhar a gaveta inferior de documentos, minha mente mal registrando o que via — documentos do seguro do carro, seguro da residência — quando avistei a pasta. *Northside.* O rótulo desbotado estava escrito a lápis, como se Cory esperasse que a palavra desaparecesse por completo.

Dentro havia documentos descrevendo os termos de um acordo judicial que Cory fizera com a Northside e o Distrito.

Levei alguns minutos para entender o jargão legal, mas a data na capa localizava o acordo seis meses após Kristen ter deixado a escola. Eu nunca tinha perguntado muito a Cory sobre sua transição de professor para o setor administrativo, presumindo que deveria ter sido uma promoção comum. Mas, ao ler o acordo, uma imagem completamente diferente começou a se formar — a de um homem que abusou de sua posição como professor, uma jovem traumatizada e um Distrito escolar desesperado para encobrir tudo.

O acordo em si era frio e imparcial. Apenas fatos. Mas a última página era uma declaração da vítima, o que destruiu minhas suposições errôneas sobre o que havia acontecido com Kristen. Sim, fora consensual no início. Mas só porque ela não foi forçada a entrar naquele carro, ou arrastada para aquela sala de aula, não significava que a garota queria continuar lá.

Minha mente se voltou para as meninas no campus norte do outro dia, testando o poder de sua juventude e beleza, sem ter ideia da rapidez com que esse poder poderia ser arrancado delas e mantido no alto, fora de alcance.

Voltei para o início do acordo e o li com um novo olhar. Em troca de sua participação na terapia obrigatória e de uma saída silenciosa, Cory receberia uma carta de recomendação para uma posição administrativa numa escola diferente e nenhuma acusação formal.

Esse era o valor da vida de uma jovem. Algumas sessões de terapia e uma promoção.

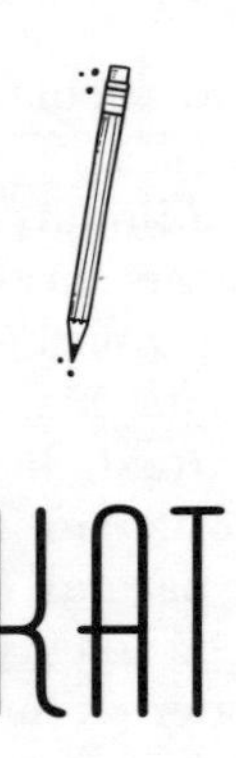

KAT

Na sala de redação, Frank jogou uma pilha de anuários na minha mesa, dizendo:

— Procure algum histórico nesses aqui, citações sobre Cory Dempsey, prêmios que ganhou, clubes de que participou. Não saia passando por cima, seja minuciosa. Quero olhos atentos em cada página.

Agarrei o anuário no topo e olhei para a capa: *Northside High 2005 – 2006*, e uma ilustração feita por um estudante de uma onda quebrando na praia sob o pôr do sol. Suspirei e pensei no meu próprio ensino médio, no meu próprio anuário do último ano, apenas quatro anos mais velho do que aquele. Abri a capa e comecei a folhear as fotos espontâneas dos jovens que pareciam exatamente os mesmos com quem eu estudara. Pessoas que sabiam se divertir enquanto eu era consumida pela obrigação de viver à altura do potencial não atingido da minha mãe. Tentando — e falhando — compensar a oportunidade roubada dela pelo teste de gravidez positivo no segundo ano de sua carreira no *Washington Post*.

Eu tinha me dedicado à tarefa. Não apenas escrevendo para o jornal da escola, mas me tornando sua editora. Aparecia nos jogos de futebol com um caderno em vez de uma garrafa de água cheia de vodca, esperando do lado de fora do vestiário à procura de um comentário em vez de um encontro.

Minha verdadeira paixão tinha sido a ficção — páginas cheias de contos e fragmentos de diálogos que surgiam na minha cabeça em momentos estranhos. Eu fantasiava com turnês literárias e pré-seleções para premiações — talvez até a vitória em uma delas.

Meu professor favorito na faculdade havia escrito uma carta de recomendação para mim, garantindo uma vaga cobiçada na Oficina de Escritores de Iowa na pós-graduação, mas minha mãe dissera não, me convencendo de que o jornalismo era uma área mais notável. *Ficção é para adolescentes e donas de casa entediadas.* Acabei frequentando a Escola de Jornalismo de Northwestern. Mais de 200 mil dólares de empréstimo estudantil e 2 anos da minha vida pelo privilégio de olhar anuários para Frank Durham.

Folheei os retratos dos alunos, passando por nomes e rostos — gravatas borboletas de ternos e vestidos formais recaindo sobre os ombros —, e parei quando cheguei à Kristen. A foto devia ter sido tirada no início do ano, logo após as férias de verão. Imaginei ela passando os dias na praia, no meio de um grande grupo de amigas, rindo, flertando com surfistas e salva-vidas.

Observei seu rosto sorridente, o modo como seu cabelo escorria por seus ombros. Sua citação era de Charlotte Brontë. *Eu tento evitar olhar para frente ou para trás, e tento continuar olhando para cima.* Me perguntei por que Kristen havia escolhido essa frase e se poderia significar algo diferente para ela agora.

Em outra página adjacente estava uma foto espontânea dela, de braços dados com outra garota. A legenda dizia: *Kristen Gentry e Laura Lazar.* Escrevi o nome de Laura nas minhas anotações e continuei a folhear. Página após página de alunos do último ano, cada uma igual à anterior. Até encontrar um nome que eu não procurava. *Meg Williams.* Ali estava ela, olhando para a câmera com um meio-sorriso nos lábios. Ela parecia comum, alguém que você veria e logo esqueceria.

Olhei ao redor da redação. Todos estavam consumidos pelo próprio trabalho — falando ao telefone, dedos voando sobre um teclado, inclinados no batente da porta conversando com Marty na recepção. Então pensei na minha equipe — três homens e eu —, todos loucos para contribuir com algo relevante. Para ver nosso próprio nome no rodapé de uma das histórias de Frank. *Reportagem suplementar por Kat Roberts.*

Me virei para o computador e entrei em um dos mecanismos de busca que usávamos para rastrear fontes, depois inseri as informações de Laura Lazar. Em segundos, eu tinha o número de telefone e o endereço recentes.

NÓS NOS ENCONTRAMOS durante uma pausa para o almoço. Ela era uma funcionária temporária num alto prédio de escritórios em Westwood.

— Tenho apenas 45 minutos para o almoço — explicou ela ao telefone —, então vai ter que ser uma salada no café do lobby. Espero que não tenha problema.

Na calçada em frente ao prédio, nos sentamos de frente uma para outra numa mesa frágil de metal, com carros passando depressa na Wilshire. Laura era mais alta do que eu esperava, vestida com o que provavelmente era um de seus ternos de entrevista. Removemos as tampas de plástico das saladas pré-preparadas e começamos a comer.

— Você estudou na UCLA? — perguntei.

— Acabei de me formar em comunicação. — Ela revirou os olhos. — Eu deveria ter ido fazer a pós-graduação. O mercado de trabalho está uma merda.

— Sei que eu disse que gostaria de conversar com ex-alunos sobre Cory Dempsey, mas esperava que pudesse me oferecer mais informações para um projeto paralelo no qual estou trabalhando.

Ela ergueu os olhos, cautelosa.

— Não vou falar sobre Kristen.

— Na verdade, queria perguntar sobre uma outra colega. Meg Williams.

Laura pareceu aliviada e cutucou um pedaço de pepino com o garfo.

— Nossa, faz muito tempo que não penso nela. O que quer saber?

— Algumas pessoas pensam que foi ela quem expôs Cory Dempsey.

Laura parou de mastigar, o garfo suspenso no ar, um sorriso dançando em seu rosto.

— Está de brincadeira. Como ela faria isso? E por quê?

— Eu esperava que você pudesse me dizer. As pessoas próximas a ele acham que Meg o marcou como alvo. Que teria sido deliberado.

Ela largou o garfo e deu uma leve risada.

— Para ser sincera, eu não a conhecia muito bem. Meg era solitária, sempre espreitando às margens de tudo. Kristen era legal com ela, mas Kristen era amigável com todo mundo. *Código das meninas*, como ela costumava chamar.

— Você acha que Meg também foi vítima de Cory?

Laura balançou a cabeça.

— Duvido. Ela era uma coisinha tímida, não fazia o tipo dele. Ele gostava de fogo. Personalidade. Ignorava meninas como Meg.

— Acha que Kristen poderia ter contado algum detalhe para ela?

— Se contou, nunca disse nada para mim.

— O que Kristen poderia ter dito a ela sobre Cory?

Laura me lançou um olhar perspicaz e tomou um gole da soda.

— Já disse que não vou falar sobre Kristen.

Desliguei meu gravador e tampei a caneta.

— Eu não quero escrever sobre a Kristen. Na verdade, podemos deixar toda essa conversa em *off*. Isso significa que não posso citá-la ou parafraseá-la. Nem vou contar a ninguém, além do meu editor, que tivemos contato. Mas o que quer que tenha acontecido com Kristen, eu acho que Meg sabia, e foi por isso que ela fez o que fez. Poderia explicar por que ela se colocou na casa de Cory, sob a influência dele.

Esperei, deixando Laura pensar. Eu já tinha decidido que não ia forçá-la a contar. Forçar uma mulher a falar sobre agressão sexual — mesmo que ela não fosse a vítima — não era um limite que eu estava disposta a cruzar.

— Os documentos judiciais que foram divulgados não incluíam detalhes sobre o que ele fez com ela — continuei. — Os relatos de testemunhas são a minha melhor opção. Se foi vingança, eu gostaria de ter um cenário mais claro. Vingança do quê?

— Em off?

— Em off — confirmei.

Laura baixou o garfo de plástico sobre a salada remexida e empurrou o recipiente para longe.

— Começou em setembro — começou ela. — Coisas pequenas. Uma ajuda extra durante o almoço. Depois pequenos presentes: um bracelete trançado, um colar fofo... nada caro, mas era meio inapropriado. — Laura brincou com o canudo da soda, enfiando-o no gelo, e continuou: — Havia alguns privilégios. Piadinhas internas. Acho que ela ficou lisonjeada com a atenção. O Sr. Dempsey era bonito, e ele a tinha escolhido. Que garota do ensino médio não adoraria se sentir a preferida? Logo ela começou a inventar desculpas para ficar depois do horário na escola. Ele mandava uma mensagem e, de repente, Kristen se lembrava de um grupo de estudo ao qual precisava ir. — O vento soprou mais forte e o guardanapo de Laura voou da mesa até a rua movimentada. Nós duas o observamos passar por quatro faixas de trânsito antes de ser achatado por um ônibus. — Eu avisei a ela que era esquisito. Nós brigamos por causa disso algumas vezes, então parei de tocar no assunto e esperei que ela partisse para outra. Mas em outubro Kristen terminou com o namorado. Ela parou de almoçar com a gente, não ia mais aos jogos de futebol. Era o último ano e ela simplesmente desapareceu. Quer dizer, ela estava lá, mas não estava, entende?

— Kristen alguma vez contou os detalhes do que estava acontecendo?

— Só quando já era tarde. — Ela cruzou os braços sobre o peito, seus olhos focando carros que passavam, relembrando. — O que ele fez com Kristen foi doentio. Sexo oral no escritório. No carro dele. Ele disse a ela que queria ensiná-la a fazer direito, que era uma habilidade que muitas mulheres nunca aprendiam. — Os olhos de Laura se voltaram para os meus, sua expressão morta. — Eles dirigiam pela costa depois da escola, até estacionamentos de praias desertas. Faziam sexo no banco de trás do carro dele. Ela mentia para os pais, dizendo que dormiria na minha casa, mas estava na dele.

— Eles nunca descobriram nada?

Laura soltou uma risada afiada.

— Os pais dela eram... — Ela parou, como se procurasse as palavras certas. — Ausentes. O pai dela era um executivo... não sei bem de onde, mas ganhava dinheiro o suficiente para que a mãe dela pudesse fazer compras e almoçar no clube da praia todos os dias. Nenhum deles se importava com o que Kristen fazia, desde que ela cumprisse o papel de filha perfeita. O que eu não vejo, não sinto, entende?

— Como o relacionamento deles foi descoberto? A Kristen contou para alguém?

— Em novembro, ela me ligou do nada. Aos prantos. Implorando para que eu saísse e a encontrasse. Achei que o relacionamento tinha terminado mal. Que talvez o Sr. Dempsey tivesse abandonado Kristen ou recuperado o juízo. — Laura tirou uma mecha de cabelo da testa e a enfiou atrás da orelha. — Mas ela estava grávida, e o bebê era dele.

Me ajeitei na cadeira, imaginando uma jovem de 17 anos flagrada em um relacionamento ilícito com o professor, grávida dele, e como isso devia ter sido. O choque e o medo da descoberta, as consequências irrevogáveis que uma jovem tão inteligente quanto Kristen teria entendido imediatamente.

Laura suspirou, sua expressão distante.

— Eu estava com ela quando contou aos pais. — Ela olhou para mim. — Quer saber o que eles disseram? "Você devia ter sido mais esperta." Como se Kristen tivesse colado em uma prova ou matado aula.

— E depois?

— Eles a tiraram da escola. O pai da Kristen era do tipo poderoso, então eu tinha certeza de que os advogados dele teriam um dia lucrativo. Fiquei esperando o Sr. Dempsey perder o emprego, ou que eles o colocassem numa licença administrativa. Alguma coisa. Mas quando ele voltou depois das férias de inverno fazendo piadas, os olhos parando sobre o assento vazio de Kristen como se não fosse nada... — Ela deu de ombros. — O que mais eu poderia fazer? Àquela altura, eu só queria sair daquela escola e me afastar de tudo isso.

— Como Kristen está agora? Ela teve o bebê? Se formou no ensino médio?

— Eles se mudaram. Desculpe, mas em *off* ou não, não vou dizer onde Kristen está. Ela abortou. Conseguiu o diploma. Não nos falamos mais, e ela não está nas redes sociais. — Laura parecia triste. — Ela era brilhante. Queria ser médica, e o Sr. Dempsey roubou isso dela. Parece que ele tentou fazer isso de novo.

— Sim, mas Meg o deteve.

Laura balançou a cabeça e deu uma risada vazia.

— Nunca ia imaginar que a Garota da Sacola pudesse fazer isso. — Ela parecia triste, ainda assombrada pelo que havia acontecido com a amiga. — Eu devia ter feito mais... jogado no ventilador. Nem contei aos meus pais até o mês passado, quando a notícia sobre o Sr. Dempsey foi divulgada.

— Você era jovem — afirmei. — Confiou nos adultos para cuidar do assunto. Para fazer o certo. A culpa por não terem feito é deles, não sua.

— Estou feliz que Meg tenha feito o que fez, mas deveria ter sido eu.

— Da próxima vez.

Nossos olhos se encontraram e nos encaramos por sobre a mesa, um triste reconhecimento passando entre nós. Porque ambas sabíamos que ainda havia muitos homens como Cory Dempsey por aí.

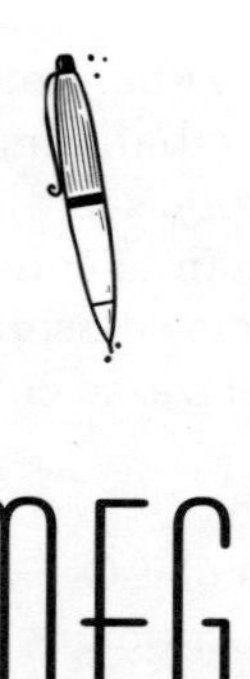

MEG

Fui até o quarto e comecei a puxar minhas roupas das gavetas e do armário, enfiando-as em uma mochila. Faltavam cerca de duas horas para Cory estar em casa, e eu planejava já ter ido embora até lá.

Na sala de estar, reuni meus cadernos da faculdade sobre a mesa de jantar e dei uma olhada rápida ao redor, tentando pensar no que poderia estar esquecendo. Enchi uma sacola de mercado com alguns rolos de papel higiênico do armário do corredor, um saco de pão e manteiga de amendoim da dispensa, e uma faca de manteiga da gaveta de cozinha.

Pela janela, vi meu carro estacionado na garagem. Já podia sentir o frio percorrendo meus ossos, a tensão em meus ombros enquanto eu me curvava para me aquecer.

Mais uma vez, fui expulsa da minha casa. Cinco anos atrás, fora Ron Ashton quem viera com promessas que acabaram sendo mentiras. É assim que o setor financeiro funciona.

E agora acontecia de novo. Outro homem tomava o que queria enquanto o resto de nós se esforçava para acomodá-lo. Me lembrei do que Ron tinha dito para minha mãe quando ela o confrontou. Quando ela percebeu que não havia um caminho jurídico para consertar as coisas. *Há vencedores e perdedores na vida, Rosie. Você é a perdedora aqui. Aceite a perda e seja mais esperta da próxima vez.*

Então vi os olhos de Kristen encontrando os meus no espelho. *É o Código das Meninas. Temos que cuidar umas das outras porque ninguém mais fará isso.*

Lentamente, refiz meus passos, colocando as coisas de volta no lugar. Meus cadernos sobre a mesa, minhas roupas nas gavetas, e a comida na dispensa.

Graças ao *Código das Meninas* de Kristen, eu teria que ficar por aqui e fazer Cory pagar pelo que fizera.

VOCÊ DEVE ESTAR pensando que teria sido impossível ficar após descobrir o que Cory havia feito. E admito, a primeira semana foi difícil. Porém, toda vez que eu pensava em ir embora, toda vez que reprimia uma careta quando ele se aproximava, mantinha minha mente no futuro distante, em como seria a vida dele quando eu terminasse.

Depois de um tempo, ficou mais fácil. Interpretei o papel que ele queria que eu interpretasse. Me lembrei de que já tinha feito coisas mais difíceis. Agora posso admitir: eu era boa nisso. O fingimento e a manipulação deslizavam sobre mim como uma segunda pele. Talvez você me julgue por ficar. Por mantê-lo próximo em vez de me livrar dele. Mas, se der uma olhada em onde Cory está agora, eu acho que é bem óbvio que manter os seus inimigos mais perto facilita muito na hora de enfiar uma faca nas costas deles.

É IMPRESSIONANTE QUANTO trabalho duro um único anúncio impresso do Craigslist pode fazer, se deixá-lo no lugar certo. À venda — Macbook Pro, 2006 — 500 dólares, ou a melhor oferta.

— O que é isso? — perguntou Cory, trazendo-o para a cozinha, onde eu preparava o jantar e degustava uma taça de vinho, esperando por ele.

— Não posso trabalhar no laboratório de informática para sempre. Vou precisar do meu próprio computador — respondi, virando as costeletas de porco.

— Mas usado? O que você vai economizar a curto prazo vai custar caro no futuro. Invista em uma boa máquina agora e ela vai durar anos — disse ele, colocando o anúncio no balcão.

Olhei para ele, exasperada.

— Seria lindo se eu tivesse 3 mil dólares sobrando. É assim que as pessoas no mundo real conseguem as coisas que precisam.

— Como ele não respondeu, continuei: — Acho que meu amigo Liam pode conseguir um para mim fora do mercado.

— Presumo que isso signifique roubado.

Dei de ombros e tomei outro gole de vinho.

— Não vou deixar você fazer isso — afirmou ele.

— Me *deixar*? — Baixei a taça de vinho. — Agradeço o conselho, mas estou sozinha há muito tempo. Não preciso que me diga o que fazer.

Saí da cozinha antes que qualquer outra solução pudesse ser sugerida, deixando *usado* e *roubado* como as únicas opções disponíveis. Nos últimos dois meses, descobri que Cory ansiava por solucionar meus problemas. O sábio feiticeiro que consertava as bagunças que eu muitas vezes criava de propósito — a conta bancária negativa, uma confusão com o departamento de admissões da faculdade, uma disputa de nota com um professor irracional —, o tom dele sempre meio condescendente e presunçoso. Satisfeito por eu ser exatamente quem ele acreditava que eu era: jovem, ingênua e totalmente dependente dele. Cory amava ser o herói. Tudo o que eu precisava fazer era lhe dar espaço para ser um.

TRÊS DIAS DEPOIS, Cory voltou para casa com um Macbook Pro novinho em folha.

— Você não devia ter feito isso — falei, admirando a caixa.

O prazer no meu rosto era completamente legítimo, em grande parte pela facilidade que havia sido conseguir isso.

— E um estojo para colocá-lo. — Cory deslizou outra bolsa na minha direção. — Considere como um presente de Natal antecipado.

Peguei o estojo de couro acolchoado com uma longa alça para ser usada sobre os ombros e um bolso com zíper para o carregador.

Olhei para ele, com lágrimas nos olhos.

— Durante toda a minha vida, eu tive que catar e juntar o básico. E agora... — Deixei as palavras se estenderem, absorvendo as possibilidades diante de mim. — Você me deu o meu futuro.

Não era mentira.

Cory inclinou o meu queixo para encarar meus olhos.

— Tenho certeza de que você vai pensar em uma maneira de me agradecer.

Ele estava puxando a fivela do cinto quando a campainha tocou.

— Merda. Esqueci que Nate e eu temos planos para esta noite.

Ele se ajeitou e atravessou a sala para abrir a porta.

— Refil de cerveja no Flynn's — anunciou Nate ao entrar. Para mim, ele disse: — Pegue a sua identidade falsa e junte-se a nós, Meg.

Eu o ignorei e mantive os olhos no meu novo computador.

— Como pagou por isso? — questionou Nate.

— Cory comprou para mim.

— Sério? — perguntou Nate, incrédulo.

Cory agarrou as chaves e deu um beijo no topo da minha cabeça, sussurrando:

— Espere eu voltar e vista aquela camisola preta que comprei para você.

Me levantei do sofá e os acompanhei até a porta. Quando ia fechá-la, ouvi Nate dizer:

— Aquele é um presente bem caro para alguém que você mal conhece.

Hesitei, me esforçando para ouvir a resposta de Cory.

— Eu não diria que não a conheço. Estamos juntos há alguns meses.

— Mas o que você sabe sobre ela? Meg só apareceu do nada em uma cafeteria.

Cory riu.

— A Meg é um livro aberto — afirmou ele. — Garota de cidade pequena, sentimentos de cidade pequena.

Empurrei a porta silenciosamente, trancando-a, e voltei para o meu computador novo, cantarolando baixinho para mim mesma.

CERTA VEZ, MEU professor de inglês do ensino médio trouxe uma romancista para conversar conosco sobre o processo criativo. Ela nos disse que sempre sabia como seus livros terminariam, mas nem sempre sabia como chegaria lá. Essa parte da arte — e parte da diversão — era descobrir.

Eu gostava de viver dentro desse mesmo tipo de ambiguidade. Ter um esboço do plano, esperar que as oportunidades surgissem. Aprendi a prestar bastante atenção, vendo coisas através de lentes de como explorá-las, observando e esperando novas chances. E eu era boa nisso — no planejamento. Em criar armadilhas e ir embora, confiando que Cory cairia nelas.

Nem tudo o que tentei funcionou. Quando contei ao Cory sobre uma angariação de fundos para ajudar um *amigo da família* a reconstruir sua vida após um incêndio, ele recusou. Em outra vez, usei uma chave inglesa para quebrar um dos parafusos na tampa do vaso sanitário, após encontrar um vídeo no YouTube que mostrava como consertá-la por cerca de dois dólares. Quando disse ao Cory que tinha marcado uma visita do encanador, e que ele devia deixar duzentos dólares para pagar a conta, ele resolveu o problema sozinho.

Mas eu aprendi algo em todas as tentativas. Aprendi a ver os furos em um plano, como antecipar um possível não como resposta, e então excluir essa opção. Eu melhorei. Fiquei mais esperta. O laço que eu amarrava ao redor de Cory estava cada vez mais apertado.

ENCONTREI AS FOTOS LOGO após o Ano-Novo. Eu estava atrasada para a aula, me arrumando apressada, e, quando acendi a luz do armário, a lâmpada piscou e então estourou, cobrindo tudo com a escuridão.

— Merda.

Cory guardava as lâmpadas no armário acima da geladeira, mas elas estavam mais fundo do que eu podia alcançar. Peguei uma cadeira e fiquei de pé sobre a superfície, afastando uma velha assadeira e algumas latas de refrigerante Ginger Ale. Foi então que eu vi: um pequeno envelope branco, escondido atrás de uma pipoqueira que nunca usávamos. Puxei-o e o virei, a cola na aba começando a amarelar.

Dentro havia cinco fotografias, uma série de imagens de Kristen e Cory tiradas no quarto. Em preto e branco, ambos em diferentes níveis de nudez. Me abaixei para sentar, folheando as fotos, uma a uma, estudando-as.

Kristen parecia mais jovem do que eu me lembrava, seu sorriso vazio e fragilizado. Será que ela já tinha percebido como as coisas estavam fora de controle? Tentei imaginar o que ela estaria pensando no momento em que o obturador fez clique, talvez se preocupando onde essas fotos poderiam acabar. Sabendo que recusar não era uma opção.

Enterrei a raiva pulsante dentro de mim — raiva do que isso significava, de como ela devia ter sofrido. A emoção não me seria útil, mas essas fotos sim.

Devolvi tudo ao envelope e o coloquei atrás da pipoqueira, depois me sentei, imaginando o que poderia fazer com elas.

No meu bolso, o celular vibrou. Quando o peguei, encontrei uma mensagem de Cal.

Nunca mais nos encontramos. Sinto falta dos nossos almoços.

Eu ainda trabalhava no turno da manhã na Y, e esse dinheiro servia para quitar lentamente a dívida do funeral da minha mãe, mas meu horário mal se sobrepunha ao de Cal agora que eu estava tendo aulas. Mas eu também o evitava. Não queria manter Cal tão próximo da minha vida com Cory, por medo de que meu amigo dissesse algo que pudesse me expor.

Ocupada com as aulas, digitei. Vamos colocar a conversa em dia em breve.

Mas eu sabia, com um lampejo de clareza, que não o faríamos. Que eu continuaria a manter uma distância segura do meu único amigo e que acabaria o perdendo por causa disso.

Acho que foi a primeira vez que a minha ficha realmente caiu. Para fazer o que eu precisava, seria preciso me desconectar de qualquer coisa verdadeira. De tudo que fosse verdadeiro.

CORY INSISTIA EM pagar por tudo — as contas da casa, as compras de mercado, os jantares noturnos. De vez em quando, eu me oferecia para contribuir — só para testar as águas, à procura de rachaduras em sua generosidade. Mas a realidade era que era mais fácil para ele me dominar se controlasse o dinheiro.

Eu precisava inverter o jogo.

Fomos, mais uma vez, a um bar com Nate, quando vi uma oportunidade. Estávamos lá havia algumas horas quando Cory sinalizou que estava na hora de ir para casa. Ele tirou o cartão da carteira e o entregou para mim.

— Pague enquanto vou ao banheiro. Assine meu nome e dê dez dólares de gorjeta.

O espelho atrás do bar estava cheio de corações do Dia dos Namorados. Pelo reflexo, vi Nate se aproximar de uma mulher sentada à minha direita, estendendo a mão para tocar em uma mecha do cabelo dela.

— Eu tenho namorado — afirmou ela, se afastando.

— Deixa eu te pagar uma bebida — ofereceu ele. — Apenas como amigos.

Nate sinalizou mais uma rodada para o barman.

Quando o barman passou por mim, entreguei a ele o cartão de Cory.

— Pode fechar para nós, por favor? — pedi.

Olhei para a porta que levava ao banheiro masculino, silenciosamente apressando o barman. Quando ele voltou, colocou duas cervejas na frente de Nate e de sua amiga, depois me entregou o cartão de Cory e o recibo.

Assinei com um floreio e segurei o cartão na palma da mão, esperando.

— Não vou beber isso — anunciou a mulher ao meu lado.

— Aposto que posso te fazer mudar de ideia — respondeu Nate.

— Não é não — sussurrei, apoiando os antebraços no bar e posicionando meu cotovelo a alguns centímetros de distância do copo dela cheio de cerveja.

Quando vi Cory se aproximar, estendi meu cotovelo ao cumprimentá-lo, derrubando o copo cheio e derramando a cerveja nas costas da mulher, usando o caos para deslizar o cartão para o meu bolso traseiro.

— Sinto muito — falei para ela, estendendo a mão com alguns guardanapos.

— Meu Deus, Meg.

Cory os tirou da minha mão e rapidamente limpou a bagunça, enquanto as pessoas arrastavam seus bancos para longe da poça que agora pingava no chão.

Vesti meu casaco conforme o barman assumia o serviço, limpando o restante da cerveja com a toalha do bar.

— Deixa que eu te levo para casa — sugeriu Nate para mulher.

— Não precisa — afirmou ela, segurando os braços rígidos ao lado do corpo. — Eu tenho carro.

— Mil desculpas — pedi novamente, então ofereci a Nate um pequeno dar de ombros.

Que azar.

Enquanto caminhávamos em direção à porta, Nate gritou atrás de nós:

— Não se esqueça de devolver o cartão do Cory, Meg!

Olhei por cima do ombro. Nate me encarava, os olhos estreitos, esperando.

Estendi a mão até o bolso e entreguei o cartão de volta para Cory, quando o ar frio do lado de fora atingiu meu rosto. Através da janela, eu podia ver Nate, sozinho no bar, uma bebida fresca diante dele.

Esse plano estava fadado ao fracasso — se não naquele instante, então nos dias seguintes. Cory teria pedido o cartão novamente em algum momento, e eu teria que entregar a ele. Mas a noite ainda foi um sucesso, porque mostrou que eu não poderia roubar ao meu bel-prazer. Assim como o computador, eu precisava descobrir uma forma de Cory me dar o que eu quisesse de bom grado.

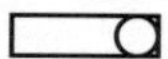

NA MANHÃ SEGUINTE, Cory anunciou que iria ao supermercado após a reunião de equipe naquela tarde, e me pediu para organizar a lista e enviá-la por mensagem até o final do dia. Quando chegou em casa à noite, ele estava mal-humorado e exausto.

— O mercado estava uma bagunça — explicou ele, colocando as sacolas no balcão.

— Tome um banho e troque de roupa. Eu arrumo as compras — disse, beijando a bochecha dele.

— A reunião de equipe foi uma palhaçada — continuou ele, como se eu não tivesse falado. — O presidente do departamento de matemática é um inútil, e perdemos uma grande oportunidade de financiamento porque ele se esqueceu de enviar a papelada.

Tirei uma cerveja da geladeira e a entreguei a Cory.

— Vai. Relaxa. O jantar estará pronto em meia hora.

Enquanto eu guardava as compras — café orgânico de agricultura familiar, leite orgânico de produção natural e dois pedaços de filé mignon que custavam doze dólares cada —, minha mente calculava o quanto essa viagem no meio da semana devia ter custado. Duzentos dólares, talvez? Era o que eu e a minha mãe gastávamos com comida num mês inteiro.

Temperei os filés e os coloquei na grelha. Então juntei um pouco de alface romana, pimentões vermelhos, cenouras e pepinos — tudo orgânico, é claro — para uma salada enquanto os filés assavam. Quando Cory retornou, com calças de moletom e o cabelo molhado após o banho, eu já tinha arrumado a mesa, acendido as velas como ele gostava e aberto um vinho.

Nós nos sentamos frente a frente, e eu o deixei entrar nos detalhes de seu dia, fazendo murmúrios simpáticos sobre as dificuldades de administrar uma escola pública. Falta de financiamento, complicações com funcionários, estudantes problemáticos que talvez não se formem.

— Você está muito atarefado — comentei. — Você já faz muito por tantas pessoas. Inclusive por mim.

Ele assentiu e pegou a faca e o garfo.

— Me deixe ajudar — continuei. — Sinto que tudo o que eu faço é receber. Moro aqui de graça, como aqui de graça, você me dá computadores caros e me ama... Me deixe fazer algo por você.

— Você já faz muito por mim — disse ele, lançando uma piscadela.

— Sinceramente, estou começando a ficar desconfortável. — Me endireitei na cadeira e continuei: — Sempre fui independente. Pagava pelas minhas coisas e cuidava de mim mesma. — Cruzei os braços e olhei para a sala de estar. — Eu sei que você tem boas intenções e aprecio tudo o que me oferece, mas não foi assim que fui criada. — Olhei para ele com uma expressão séria. — Me sinto comprada.

— Não seja ridícula — retrucou ele.

— Preciso me sentir em pé de igualdade aqui. Sei que você pensa que sou jovem e ingênua. — Ele começou a falar, mas eu continuei meu sermão. — Já ouvi você e Nate falarem sobre mim. E tudo bem, você não está errado. Não tenho tanta experiência no mundo como você, não ganho tanto quanto você, mas posso contribuir com alguma coisa. Posso tornar a vida mais fácil para você, se me deixar.

Cory pensou por um momento.

— O que tem em mente? — perguntou, por fim.

— Me deixe fazer as compras. Imagine como seria bom alguém assumir essa tarefa. Você voltar para casa e ver uma refeição quentinha. — Debaixo da mesa, puxei a bainha da minha blusa para que o decote em V ficasse mais expressivo. — Talvez eu até use um avental.

Podia vê-lo imaginando: eu, vestindo algo insignificante, servindo-o.

— Acho que podemos tentar.

Sorri e me inclinei sobre a mesa para beijá-lo.

NA SEMANA SEGUINTE, fiz um grande show ao montar a lista e verificar se havia algo que precisava ser reabastecido.

— Quando você chegar em casa, os armários estarão cheios e o jantar pronto. — Agarrei Cory pela cintura e o abracei. — Isso é bom — sussurrei no ouvido dele. — Obrigada.

Ele deslizou a mão por baixo da minha blusa e acariciou minha barriga.

— Estarei em casa às 7h.

EU TINHA ESTABELECIDO um orçamento de cem dólares para as compras semanais, mas não iria gastá-lo no mercado caríssimo de Cory. Em vez disso, segui para um grande varejista com muitos cupons. Dessa vez, quando descarreguei as compras, eram itens da minha infância. Sopa Campbell. Queijo Velveeta. Pão branco barato e café instantâneo. Uma peça grande de carne moída e uma garrafa de vinho de sete dólares. Nada orgânico, tudo genérico.

Joguei um pouco de carne moída em uma panela, virei um pote de molho sobre ela e deixei ferver. Depois arrumei outra panela com água fervendo para o macarrão e esperei Cory chegar em casa.

Fui encontrá-lo na porta com uma taça de vinho. Ele tomou um gole e fez uma careta.

— O que é isso? — perguntou.

— Estava em promoção — respondi, orgulhosa.

Ele tomou outro gole exploratório e devolveu a taça.

— Teria sido melhor jogar esse dinheiro no ralo. Vou tomar água.

— O jantar fica pronto em cinco minutos — avisei. — Vá se trocar.

Eu tinha preparado duas grandes tigelas de espaguete com molho de carne e um prato de pão branco amanteigado, salgado e grelhado até ficar crocante. Quando chegou à mesa, Cory observou a garrafa de vinho com tampa de rosca e as tigelas fumegantes de macarrão. Então pegou o garfo e deu uma mordida minúscula, mastigando com cuidado.

Assisti à cena com uma expressão de expectativa, até que ele disse:

— É diferente.

— Diferente bom?

Ele tomou um grande gole de água.

— Eu não exageraria.

— Vou melhorar — assegurei. — Vou procurar mais receitas. Talvez assistir a alguns desses programas de culinária na TV.

Sorri com a ideia e comecei a comer, imaginando quantas semanas de compras genéricas Cory poderia suportar.

TRÊS SEMANAS. Três semanas de cachorros-quentes, sopa de tomate e sanduíches de queijo Velveeta. Três semanas de café instantâneo de uma lata vermelha gigante. Três semanas até que ele finalmente protestou.

— Meg — começou ele. — Sem ofensa, mas não aguento mais comer essa merda. Meu sódio deve estar nas alturas, e suas calças parecem pouco confortáveis.

Ele beliscou a minha cintura com força.

Cobri os olhos, envergonhada.

— Eu sei o que você vai dizer — comentei. — Fui até o seu mercado, sabe? Estacionei a minivan ao lado dos Teslas e Audis. Andei por aí, desviando de *hipsters* e senhoras vestidas de Lululemon, enchendo meu carrinho com todas as coisas que você ama. Suco fresco, carne, legumes e verduras orgânicos. — Olhei para ele, deixando meus olhos lacrimejarem um pouco. — Eu não tinha dinheiro suficiente — sussurrei. — Então voltei para o que conheço: cupons e cestas de promoção. Mas é horrível. — Dei uma risada curta. — Realmente queria te ajudar. Adoro tomar conta de você. Alimentar você.

Sabia que ele também adorava. Eu o tinha ouvido se gabar para Nate sobre como estava indo o meu *treinamento. Sete horas em ponto. Chego em casa, e ela tem a comida e o sexo preparados. Toda noite.* Um exagero, com certeza, mas Cory havia se apegado à ideia e era tudo do que eu precisava.

— Por que não negociamos? — perguntou ele. — Você continua a fazer as compras, mas me deixa pagar.

Balancei a cabeça e me afastei.

— Mas esse é o problema — argumentei. — Quero contribuir.

Ele me ofereceu um sorriso paternalista.

— A questão não é o dinheiro, mas o ato em si. Assumir uma tarefa que é uma dor de cabeça para mim importa muito mais do que pagar por ela. — Cory enfiou a mão no bolso e puxou a carteira, e eu me esforcei para manter a expressão neutra enquanto ele me entregava o cartão de crédito. — Agora você está no comando de tudo que diz respeito à casa. Compras, loja de ferragens, tudo. É uma grande responsabilidade. Preciso poder confiar em você. Quando eu disser que algo precisa ser feito, você deve resolver.

Peguei o cartão e tracei o nome dele em alto-relevo com meu dedo.

— Eles vão me deixar usar um cartão que não me pertence?

— A senha é 5427. E Cory pode ser nome de mulher. Não acho que vai ter problemas.

Balancei a cabeça e devolvi o cartão.

— Eu me sentiria melhor se você ligasse para o banco para me autorizar. Uma vez, quando eu era pequena, minha mãe me deu o cartão de crédito dela para comprar sapatos novos, e o funcionário da loja acionou a segurança. Tive que esperar numa sala minúscula, sem janelas, enquanto eles a rastreavam para que pudessem confirmar que eu tinha permissão. Aparentemente, ela deveria ter escrito uma nota para mim ou algo assim.

— Que tal eu fazer os dois? — sugeriu ele. — Vou ligar para o banco amanhã, colocar o seu nome como usuária autorizada, e vou escrever uma nota.

Enganchei o dedo no passador do cinto dele e dei um puxão de brincadeira.

— Está me provocando?

— É tão fácil.

Peguei o cartão de volta e o coloquei no bolso, sentindo a agitação que sempre vinha com um plano bem executado.

DEIXEI PASSAR MAIS duas semanas — repletas de produtos de alta qualidade, carne de produção natural, tudo orgânico — antes de avançar de novo. Este ano, a escola de Cory estava sediando um torneio regional anual de robótica e, nas semanas que o antecederam, houve muitas noites e finais de semana de trabalho extra. Esperei até o dia do torneio para agir, sabendo que Cory estaria distraído, sabendo que ele ficaria grato pela minha ajuda.

— O cartão não funciona — anunciei quando liguei para ele, logo após o almoço.

Eu havia passado a manhã no Home Depot, comprando algumas centenas de dólares em vasos de plantas para o quintal, que agora estavam na entrada da garagem.

Ao fundo, eu podia ouvir anúncios de alto-falante e o rugido maçante de vozes.

— Espera um segundo. Deixa eu achar um lugar um pouco mais calmo. — Os barulhos diminuíram um pouco. — Tá, o que você falou?

— O cartão do banco — repeti. — Não funciona.

Uma irritação inundou sua voz.

— Você pode esperar para usá-lo?

— Eu estava com o carrinho cheio de compras e uma fila de pessoas furiosas atrás de mim, enquanto o caixa anulava todo o meu pedido. — Baixei minha voz, preocupada. — Se alguma coisa está errada com a sua conta, não é bom ignorar. Pode haver muitos problemas em pouco tempo. Isso aconteceu comigo uma vez e descobri que um cara na Flórida tinha os dados da minha conta, e estava comprando brinquedos sexuais na internet com o dinheiro. Foi um pesadelo para resolver.

— Meu Deus. Não posso resolver isso agora.

— Cheguei em casa e tentei ligar para o banco, mas eles não me deixaram fazer nada sem a senha.

— Certo — respondeu ele, baixando a voz. — É Shazaam. S maiúsculo, dois As.

— Isso estará resolvido quando você chegar em casa.

Entrei no escritório de Cory e me sentei à sua mesa, o site do banco já aberto no computador. Em trinta segundos, eu acessei a conta dele.

Passei alguns minutos bisbilhotando. A hipoteca tinha sido paga ontem, além de outros pagamentos automáticos para uma empresa de serviços e TV a cabo. Procurei o Limite Diário de Saque e vi que estava definido para quinhentos dólares. Cliquei no campo referente e digitei o máximo, 2.500 dólares.

Mais tarde naquela noite, após Cory terminar de me contar sobre o sucesso do torneio, voltamos à questão do banco.

— Qual era o problema? — perguntou ele.

— Muitas transações no mesmo dia — respondi. Entreguei um pedaço de papel com as notas que eu havia criado. — Depois que comprei as plantas para o quintal, eu estava muito perto do limite diário para pagar o mercado. Falei com uma mulher chamada Amanda e anotei a matrícula dela se você quiser conversar com ela. Amanda disse que você precisava aumentar o seu limite para evitar que isso aconteça no futuro, e foi o que fizemos. — Balancei a cabeça. — Passei cerca de uma hora esperando para falar com alguém. O problema em si levou menos de dez minutos para resolver.

— Eu vi o e-mail. Obrigado por cuidar disso.

— Se tivesse um smartphone, poderia ter feito isso sozinho em cinco minutos.

— Teriam sido cinco minutos que eu não tinha para perder. Além disso, não quero ficar preso ao meu e-mail 24 horas por dia.

Coloquei mais vinho na taça dele e sorri.

— Um brinde a isso.

EM UMA MANHÃ de sábado, algumas semanas depois, enquanto Cory fazia sua corrida matinal, eu voltei ao site de gerenciamento do banco e completei as mudanças. Fiz o login rapidamente, segui até a página de notificações e alterei as configurações de e-mail para mensagem de texto. Depois digitei meu número de celular. Salvei as mudanças e saí.

O e-mail de Cory alertou sobre a modificação em sua conta. Movi o e-mail para a lixeira e o deletei, removendo todos os vestígios. O processo inteiro demorou menos de um minuto.

Fui até a cozinha, servi uma xícara de café para mim e olhei pela janela. O orvalho ainda cobria a grama com uma camada prateada, o sol começando a espreitar por cima das casas do outro lado da rua. Uma das regras da minha mãe surgiu em minha cabeça: *duas mulheres trabalhando juntas são uma força da natureza.*

Eu não estava exatamente trabalhando com Kristen, mas com certeza estava aqui por causa dela, terminando o que ela começara. Garantindo que o fim de sua história com Cory fosse positivo.

KAT

O telefone tocou na minha mesa enquanto Frank estava almoçando.

— Preciso falar com o repórter investigando a história de Cory Dempsey.

Era uma mulher.

— Ele está almoçando, mas eu ficaria feliz em ajudar. — Ela hesitou, como se não tivesse certeza se queria continuar, então acrescentei: — Posso garantir que o que me disser será confidencial.

— Você precisa interrogar o melhor amigo de Cory Dempsey, Nate Burgess.

Reconheci o nome e sabia que, até agora, ele estava bloqueando as tentativas de Frank de entrevistá-lo.

— Por quê? O que você acha que ele pode nos dizer?

— Todas as perguntas que as pessoas têm: quantas jovens foram, com que frequência, onde Cory as encontrava... Nate sabe de tudo.

— Já contou à polícia? — perguntei.

— Estou contando para você. Fale com Nate e ele vai preencher todas as lacunas.

— Como você conseguiu essa informação?

— Digamos que, nos últimos sete meses, eu pude assistir de camarote tudo o que Cory e Nate fizeram.

Foi essa afirmação que chamou minha atenção. Peguei minhas anotações e folheei as páginas até encontrar a conversa entre os primos de Cory Dempsey. *Nate disse que, há sete meses, ela apareceu do nada, se infiltrou na vida do Cory e o enganou, a ponto de ele dar a essa mulher acesso a tudo.*

— E o que te faz pensar que Nate vai falar conosco? — questionei.

— Ele não vai, se achar que você é uma repórter. Mas você pode encontrá-lo almoçando todos os dias no Millie's Tap Room, na Avenida Culver. Ele vai sempre às 13h, fica sentado no bar. Bem debaixo da televisão. Ele abre a boca depois de algumas bebidas.

A intenção dela era clara: Nate seria mais acessível se acreditasse que eu era apenas uma mulher atraente em um bar. Talvez alguém simpática à situação de seu amigo, alguém que acreditasse que 17 anos era uma idade quase legal e não um terrível abuso de poder.

Olhei ao redor. A redação ficava quase vazia durante a hora do almoço. Os que estavam presentes não prestavam atenção em mim. Não tinham ideia de que eu estava com Meg Williams ao telefone — a mulher que jogara tudo no ventilador e depois desaparecera. Por que fizera isso? Ela realmente tinha marcado Cory, ou havia outro motivo, um que eu ainda não entendia? Eu tinha uma escolha a fazer. Poderia esperar e passar a mensagem para Frank, deixá-lo decidir o que ele queria fazer — se é que faria alguma coisa — com as informações de Meg, ou eu poderia aproveitar a oportunidade à minha frente.

— Podemos investigar Nate Burgess, mas, Srta. Williams, eu adoraria conversar com você. É só dizer onde e eu estarei lá.

À menção do seu nome, ela desligou.

Baixei o telefone lentamente, pensando. Isso poderia ser uma grande vantagem para mim — a entrevista com Nate Burgess, que fugia de Frank. Eu poderia entregar novas e chocantes revelações sobre as outras vítimas. Oferecer detalhes de como Cory as encontrou. E talvez, enquanto estivesse lá, poderia fazer Nate me contar algo sobre Meg, algo que a elucidasse o suficiente para que eu pudesse apresentar a história novamente e obter uma resposta diferente.

Dez minutos depois, Frank voltou do almoço.

— Alguma ligação?

— Não — respondi.

MINHA MÃE SEMPRE me disse para *pensar como um homem. Agarrar oportunidades como um homem faria.* Foi por isso que, três dias depois, eu entrei no Millie's Tap Room e me sentei onde Meg me disse para sentar, com uma cópia do *LA Times* aberta em mais uma história sobre Cory Dempsey.

A iluminação era fraca, o piso pegajoso e os letreiros brilhantes de cerveja na parede contrastavam com o chopp de alta qualidade e o licor de primeira linha. Uma multidão aproveitando um almoço tardio preenchia o local, e eu balançava o joelho enquanto olhava o meu relógio. Em menos de duas horas, Frank queria que eu estivesse na escola para falar com a professora que tinha sido mentora de Cory. Eu estaria desempregada se não conseguisse que Nate me dissesse algo que justificasse minha presença aqui.

Mas Nate entrou no bar bem no horário, deslizando sobre o banco ao meu lado. De perto, fiquei impressionada com a sua boa aparência apesar da idade — o cabelo castanho-avermelhado, salpicado de cinza, e um sorriso lascivo de um branco artificial. Seu olhar passou pelo jornal que eu havia posicionado no bar, vislumbrando por um segundo o nome de Cory.

— O de sempre — pediu ao barman, que assentiu e fez o pedido dele para o cozinheiro, antes de lhe servir um copo de uísque.

— O que há de bom aqui? — perguntei.

Nate se virou, observando as diferentes partes do meu corpo como se eu fosse um buffet.

— Depende do que você está procurando.

Apontei para o uísque dele e fiz meu pedido ao barman.

— Vou querer um desses, por favor. E um prato de batatas fritas.

— Eu teria escolhido os anéis de cebola, mas você quem sabe.

Lancei um sorriso sedutor, me deleitando com a diversão de tudo isso. A perseguição, o encontro. O fato de ele não saber quem eu era ou o que queria dele. Nate gesticulou para o jornal, com uma pequena foto de Cory ao lado da manchete *Diretor de Colégio se Declara Inocente*, o último artigo de Frank.

— Uma leitura leve na hora do almoço?

Eu parecia envergonhada, como se tivesse sido pega no flagra.

— Para ser sincera, estou meio obcecada com essa história. Já li todos os artigos de jornais e blogs sobre isso.

— Bem, sim... A mídia adora uma confusão e as pessoas adoram ler sobre isso.

— Eu tento imaginar. Em um momento ele estava indo para reuniões de corpo docente e supervisionando a saída. No outro, estava algemado. — Fiz uma pausa e balancei a cabeça, como se não pudesse acreditar. — Quero dizer, quem nunca teve uma queda pelo professor gostoso? Quantas de nós não teríamos aproveitado a chance? Van Halen até escreveu uma música sobre isso.

— Nem pensar — respondeu Nate. — Ela tem que ter 18 anos ou eu vou embora. Sem exceções.

— Tudo o que estou dizendo — continuei, tentando voltar atrás —, é que se qualquer uma dessas garotas fosse alguns meses mais velha, essa história seria diferente. A vida de um homem não teria sido arruinada apenas porque ele se apaixonou pela pessoa errada, na hora errada.

Girei meu copo de uísque em pequenos círculos, esperando ter parecido convincente.

Nate olhou para mim, como se pesasse suas palavras.

— Acredite ou não, eu conheço o cara.

Arregalei os olhos.

— Não pode ser.

Ele tomou um gole do uísque.

— Estudamos juntos na faculdade.

Eu me inclinei para frente.

— Ainda são amigos?

Nate deu uma curta risada.

— Fomos por muitos anos. Eu devo conhecer ele melhor do que ninguém. Mas não, não somos mais amigos.

— E você nunca soube? — insisti. — Em todos esses anos, não teve nem mesmo uma pista? Um comentário breve sobre uma estudante bonita ou uma fantasia hipotética com uma delas?

Nate balançou a cabeça, os cantos de sua boca se curvando em um sorriso.

— Nunca.

— Ah, qual é... Acho difícil de acreditar.

— Pois acredite.

— Meu palpite é que havia mais de duas garotas — afirmei. — Olhe só para ele. Talvez não fossem sempre suas alunas. Tenho certeza de que há muitos lugares onde o cara poderia encontrar garotas menores de idade dispostas a namorar com ele. A praia, ou talvez elas trabalhassem em um restaurante que ele frequentava regularmente.

— Eu não sei — disse Nate.

Nossa comida tinha chegado, então peguei uma batata frita e dei uma mordida, tentando pensar no que perguntar. Eu não tinha muito tempo e ele parecia bem comprometido em manter distância de Cory.

Nate gesticulou em direção ao jornal.

— Vou te dizer, há mais nessa história do que o que você leu.

— Normalmente há. — Levei o copo aos lábios, o uísque queimando minha garganta ao descer, e me virei. — Li em algum lugar a respeito de uma namorada com quem eles queriam conversar, mas não conseguiram encontrá-la.

— Meg — sussurrou Nate. — Deus, ela era uma peça rara. Ela mentiu o tempo todo, e não tinha nenhum amigo até onde eu sabia. A mulher apenas se esgueirou na vida do Cory e se apropriou dele, convencendo o cara a dar a ela um lugar de graça para morar. Ele comprou roupas para ela, ajudou a pagar as contas. Meg até o convenceu a dar acesso à conta bancária dele, que ela esvaziou.

— Onde ele a conheceu?

— Num café. Ambos foram abandonados por seus respectivos encontros às cegas. — Ele balançou a cabeça. — Foi coincidência demais.

Comi outra batata frita, embora estivesse muito nervosa para comer.

— Você não acha que é possível haver duas pessoas num café, cada uma delas em um encontro às cegas? — perguntei. — Ou que ambos tenham sido largados?

— Estou dizendo que os gostos e as crenças de Meg eram meio parecidos demais com os de Cory.

— Mas por que marcar o cara como alvo?

— Por que não? Meg trabalhava na recepção da Y. Para uma garota assim, Cory seria um bom partido.

Lancei um olhar brincalhão para Nate.

— *Uma garota assim?*

Nate ergueu as mãos, sorrindo.

— Quis dizer que a Meg não tinha tantas oportunidades. A faculdade comunitária já era um desafio para ela.

— E ainda assim você afirma que essa mulher orquestrou um grande golpe no seu amigo.

— Ex-amigo — corrigiu ele. — E sim. Acho que ela viu uma oportunidade de morar numa boa casa, de ter um namorado que comprava coisas legais para ela.

— Isso não é um golpe — argumentei. — Isso é apenas se aproveitar de alguém. Foi Meg quem o denunciou. Por que ela faria isso se estivesse no meio de uma grande farsa?

Nate girou o restante do uísque em seu copo e então bebeu de um gole só, sinalizando mais um para o barman.

— Fiz algumas ligações. Nada oficial como um investigador particular faria, mas a história era que Meg tinha crescido em Grass Valley e se mudado para Los Angeles com um namorado, há alguns anos. — Ele balançou a cabeça. — Ninguém por lá nunca ouviu falar dela.

— Você contou isso ao Cory?

— Eu tentei. Ele não quis ouvir.

Tomei mais um gole da minha bebida, ciente de que precisava ficar alerta.

— Não teria sido óbvio o que ela estava fazendo? — Justo nessa hora, meu celular tocou. Era Frank. Ergui o aparelho. — Sinto muito, mas tenho que atender.

Saí do bar, a luz brilhante do sol fazendo meus olhos lacrimejarem.

— Já chegou na escola? — perguntou Frank. — Quero que você passe na secretaria e veja se consegue confirmar com o gerente a data em que Cory começou a trabalhar lá. Não estou chegando a lugar nenhum com o RH desse distrito.

Verifiquei meu relógio. Eram quase 14h15. Eu teria que terminar o interrogatório rapidamente se quisesse chegar a Northside antes do sinal da saída.

— Já estou a caminho — menti.

— Preciso dessa informação, Kat, ou toda essa história será adiada e correremos o risco de alguém publicar antes.

— Entendido.

Entrei no bar e me sentei, checando o horário mais uma vez.

— Tem algum compromisso? — perguntou Nate.

— Trabalho — respondi. — Preciso voltar logo.

— Mas você nem comeu direito — comentou ele. Então Nate empurrou meu copo na minha direção. — Termine sua bebida e eu vou te contar tudo. Vou dizer exatamente como acho que Meg enganou Cory.

Chequei o horário outra vez, meus nervos à flor da pele, tentando pensar no que meus colegas do sexo masculino fariam. Aqueles que nunca pareciam se preocupar com atrasos, que nunca pensavam duas vezes antes de estar onde não deveriam, se isso significava uma pista importante para uma história. Eu poderia cruzar a cidade e chegar às 15h. O professor talvez ainda estivesse sentado na sala de aula fechando notas quando eu chegasse, e os gerentes geralmente trabalhavam até as 17h.

Agarrei o copo e virei o restante do uísque, me encolhendo enquanto o líquido descia.

E essa é a última coisa de que me lembro antes de desmaiar.

ACORDEI COM UMA tremenda dor de cabeça, em um quarto que não reconheci. A luz do amanhecer havia apenas começado a entrar pelas cortinas fechadas. Na cama, ao meu lado, Nate dormia.

Eu me sentei, o quarto girando perigosamente, sem nenhuma ideia de como havia chegado lá ou do que havia acontecido. Uma camisa que não reconheci cobria meu torso, mas eu estava nua da cintura para baixo.

— Meu Deus — murmurei, e senti uma forte náusea.

Consegui chegar ao banheiro bem a tempo. Um líquido marrom e azedo atingiu a água, o fedor do álcool turvando o ar ao meu redor. Minhas mãos tremiam quando dei a descarga e depois joguei água fria no meu rosto. Minha maquiagem estava manchada, e eu me olhei no espelho, procurando algo na memória — qualquer coisa — que pudesse explicar como tinha passado de alguns goles de uísque às 14h da tarde para o apartamento de Nate na manhã seguinte. Eu me lembrei da ligação de Frank. De sair do bar para atender para que Nate não ouvisse a nossa conversa. E depois... nada.

Quando voltei ao quarto, Nate estava sentado. Ele sorriu.

— Oi. Está se sentindo bem?

— O que você fez comigo? — perguntei, minha voz áspera e seca na garganta.

Ele levantou as mãos.

— Ei, calma. Tomamos algumas bebidas. Você me disse que seu chefe ficaria furioso por você ter perdido uma reunião importante, mas que você não se importava. — Sua voz ficou mais suave. — Eu só estava tentando ser um bom amigo. Parece que você tem alguns problemas com a sua mãe que precisam ser resolvidos. Só te deixei falar.

— Nós...?

Eu parei, olhando para as evidências ao redor. Minhas roupas numa pilha no chão. Um preservativo aberto na mesa de cabeceira.

— Eu perguntei, e você disse que sim — afirmou Nate. — Sempre pergunto.

— Nem me lembro de sair do bar. Como posso lembrar de ter dito sim para você?

Balancei a cabeça e imediatamente me arrependi, sentindo como se um saco de martelos estivesse chacoalhando dentro de mim.

— Acho que você terá que acreditar na minha palavra — declarou Nate.

— Preciso ir para casa.

— Posso dar uma carona até o seu carro, se quiser.

— Não, obrigada — falei, agarrando minhas roupas e voltando para o banheiro. — Vou chamar um táxi.

— Você que sabe — respondeu Nate.

CONSEGUI ME SEGURAR no caminho de volta até o bar. Meu carro era o único que restava no estacionamento. Passei o cartão de crédito para pagar o táxi, minhas mãos ainda tremendo. Quando estava segura atrás do volante, deixei as lágrimas correrem. Em um espaço de poucas horas, eu havia me tornado uma pessoa diferente. Uma vítima de estupro. Agora eu era uma daquelas histórias que as pessoas leem, aquelas para as quais balançam a cabeça e dizem: *como ela não pensou que isso poderia acontecer?*

Chequei minha caixa postal. Quatro mensagens de Frank. Três da minha mãe. Eu sabia que deveria ir direto até a delegacia mais próxima e denunciar Nate. Porém, ao dirigir pela rua vazia, pensei nas perguntas que teria que responder. A papelada que teria que preencher, seguida por uma viagem ao hospital para um kit de estupro. Isso consumiria todo o meu dia, e o que eu queria era chegar à Northside e alcançar aquele professor em seu caminho para a escola. Assim eu ainda poderia conseguir o que Frank precisava. Inventar algum tipo de história a respeito do atraso, para que não precisasse explicar que eu não estava onde deveria estar. Que eu tinha sonegado a dica de Meg para Frank, na esperança de ficar com ela.

Pense como um homem. Agarre as oportunidades como um homem faria. Fiz uma inversão na rua e fui para a escola Northside High.

MEG

Durante as primeiras semanas com o cartão de Cory na carteira, eu me esforcei para ser transparente.

Prestes a usar o cartão na farmácia, escrevi. Em seguida: 37,43 dólares em xampu e novas lâminas de barbear para você. Naquela noite, deixei um recibo sobre o teclado do computador dele, onde com certeza seria visto.

Mas Cory logo ficou impaciente com essa rotina.

— Meu Deus, Meg — reclamou ele certa noite, amassando os papéis que deixei e jogando-os no lixo. — Os recibos e as mensagens constantes estão me enlouquecendo. — A voz dele subiu algumas oitavas, como se estivesse imitando a minha. — "Usei o cartão em um parquímetro na Seventh Street, dois dólares por duas horas." Não preciso do seu passo a passo.

— Só quero ser honesta quanto aos meus gastos — afirmei. — É o seu dinheiro afinal.

— Apenas faça o que disse que faria. Faça as compras e pare de falar nisso.

Está bem.

À MEDIDA QUE me aproximava do meu objetivo, comecei a perceber que teria que vender meu carro. A minivan que pertencera à minha mãe, a última ligação remanescente com ela. Esse carro havia salvado minha vida. Era minha casa, minha cápsula de fuga. Permitiu que eu vivesse segundo os meus próprios termos. Mas também tinha um alcance limitado, e eu precisaria de algo que pudesse me fazer atravessar o país, se necessário.

Passei vários dias pensando e repensando minha abordagem. Se eu falhasse, ficaria presa sem transporte algum. Sem meios para desaparecer quando chegasse a hora.

Postei um anúncio no Craiglist: Honda Odyssey de 1996 à venda. Única proprietária. Seis mil dólares ou a melhor oferta, e depois o meu número de celular.

Acabei vendendo para uma mãe solteira com três filhos. Havia uma espécie de simetria nisso, em passar o carro para alguém que eu sabia que minha mãe aprovaria.

Transferi o título para a mulher, preenchi a papelada online com o departamento de trânsito, e ela teve a gentileza de me levar ao banco, onde depositei 5.500 dólares na minha própria conta, e outros quinhentos dólares na conta da casa de Cory.

Depois peguei o ônibus e voltei para casa.

— AÍ ESTÁ VOCÊ — disse Cory quando entrou em casa, mais tarde naquela noite. — Onde está o seu carro?

Suspirei profundamente.

— Se foi. Quebrou na beira da estrada. Chamei um reboque e o levaram a um mecânico. Teria custado 8 mil dólares para trocar a transmissão, mais 5 mil dólares para trocar o sistema de combustível. Mais do que o carro valia. Tive sorte que eles estavam dispostos a me dar quinhentos dólares por ele. Depositei na conta da casa. Aproveitei para contribuir com alguma coisa.

— Devia ter me ligado.

Balancei a cabeça.

— Não tem problema. Já está resolvido.

— Você precisa de um carro para ir à faculdade todos os dias. E para ir ao trabalho.

Dei de ombros.

— Posso ir de ônibus.

Há dois tipos de pessoas no mundo: aquelas que viam o transporte público como uma bênção e aquelas que o viam como uma maldição. Cory era do último tipo.

— Isso vai tomar horas do seu dia — disse ele por fim.

— Não tenho muita escolha.

Cory balançou a cabeça.

— E como você vai fazer todas as tarefas da casa? E as compras?

— Vou dar um jeito. Posso esperar você chegar em casa do trabalho e pegar o carro emprestado de noite. Ou usá-lo aos sábados e fazer tudo de uma vez. — Passei os braços em volta da cintura dele. — Muitas famílias usam apenas um carro.

Ele se afastou, irritado.

— Não posso ficar sentado o fim de semana todo, esperando para usar o meu próprio carro.

Ergui a voz, frustrada.

— Então vou de ônibus mesmo. E você pode voltar a ir ao supermercado depois do trabalho.

Assim que as palavras saíram da minha boca, eu sabia que o tinha fisgado.

Durante o mês anterior, me certifiquei de que Cory se sentisse muito confortável sendo paparicado. Ele tinha zero responsabilidades, tudo aparecia magicamente antes que ele percebesse do que precisava ou o que queria. Roupas dobradas que cheiravam a lençóis caros. Sua cerveja favorita na geladeira. Um novo sabonete no chuveiro, bem antes do antigo acabar.

— Isso também não vai dar certo.

Minha voz ficou pensativa, como se uma ideia tivesse acabado de me ocorrer.

— Eu posso alugar um carro para fazer as compras.

Cory soltou uma risada irônica.

— Essa deve ter sido a ideia mais idiota que você já teve. Não é à toa que você não consegue economizar, olha como é rápida em jogar dinheiro fora. — Ele soltou um longo suspiro. — Acho que vamos comprar um carro novo esse fim de semana.

— Não — respondi, mantendo minha voz firme. — Cory, você já me deu o suficiente. Você não vai comprar um carro para mim também.

— Aquela minivan era um pedaço de sucata. Era apenas uma questão de tempo até quebrar.

— Você não está me escutando. Não quero tirar mais nada de você.

— Pelo amor de Deus, Meg — disse ele, exausto. — Tudo é sempre uma discussão com você. Só aceite a droga do carro.

NAQUELE FIM DE SEMANA, testamos quatro carros, enfim decidindo por um Honda Accord de 8 anos, vendido por 9 mil dólares por um casal com um bebê a caminho — Ted e Sheila —, que precisava de algo melhor. Acompanhei Cory até o banco para pegar o cheque no caixa e estudei o papel no caminho de volta até Tom e Sheila, correndo os dedos pelas bordas, traçando minha estratégia.

— Animada? — perguntou ele.

— É muito dinheiro. Ainda acho que poderíamos ter encontrado uma maneira de dividir o seu carro.

— Já te vi dirigindo. Não vou deixar você no volante desse carro de jeito nenhum.

Eu dei de ombros e olhei pela janela, deslizando o cheque entre o assento e o console central, deixando apenas a borda superior à vista.

Quando chegamos à casa de Ted e Sheila, fui até o Honda e admirei sua brilhante pintura preta. O interior de couro cinza com um banco traseiro que nunca seria usado para dormir.

Dentro da casa, Ted tinha tudo pronto.

— Deve levar cerca de vinte minutos — disse ele.

Meus olhos percorreram a casa, absorvendo os tons quentes, as cadeiras macias que ladeavam a janela panorâmica, e me imaginei morando em uma casa assim algum dia.

— Ted me disse que você é diretor do ensino médio — comentou Sheila para Cory.

Isso foi o suficiente para afastá-lo de Ted e lançá-lo em seu monólogo sobre a *energia das mentes jovens*.

Eu me aproximei de Ted, fingindo olhar as fotos na parede acima dele enquanto acompanhava seus movimentos, meus nervos à flor da pele.

A estratégia deveria ser impecável. Até agora, tudo o que eu tinha feito havia sido uma aposta, dando chance para que Cory agisse ou não. Hoje eu não podia me dar ao luxo dessa margem de manobra. Precisava tirar Cory da sala enquanto Ted preenchia o documento, porque eu tinha que garantir que o título estivesse no meu nome.

Observei enquanto Ted tirava o documento de sua pilha de papéis e, quando ele pegou a caneta, falei:

— Ah, Cory, deixei o cheque no carro. Você pode ir buscar?

— Estou no meio de uma conversa — respondeu ele, antes de se voltar para Sheila.

Meu coração disparou, sabendo que estávamos a segundos de Ted perguntar qual seria o nome no documento. O tempo pareceu se mover devagar, meus olhos acompanhando Ted enquanto ele preenchia a data e depois se voltava para Cory, antes de me lembrar da chave reserva do carro de Cory que eu havia pegado meses atrás, e que ainda estava guardada na minha bolsa. Deslizei a mão ali dentro e tateei até encontrá-la, meu polegar pressionando o botão de pânico.

O alarme do carro começou a soar, fazendo todos saltarem. Eu rapidamente caminhei em direção à janela e olhei lá para fora.

— Acho que vi alguém tentando entrar no seu carro — disse ao Cory.

Ele saiu rapidamente porta afora para investigar.

— Talvez seja apenas um gato — falei para Ted, com uma expressão tímida no rosto.

Ted retomou a tarefa de preencher o documento.

— De quem é o nome que devo colocar aqui?

Dei um passo para mais perto antes de responder:

— Meg Williams.

Soletrei meu nome para ele e o observei escrevê-lo.

Ted puxou seu notebook para frente e estava copiando a informação do título no site do departamento de trânsito quando Cory retornou.

— Não vi ninguém — resmungou ele.

— Graças a Deus. E quanto ao cheque?

Ele me lançou um olhar irritado, mas dessa vez foi buscá-lo. E, quando voltou, os formulários haviam sido enviados.

— O cheque estava praticamente debaixo do banco da frente — disse Cory para mim. — O que estava tentando fazer? Escondê-lo?

Dei de ombros, incerta.

Quando ele entregou o cheque a Ted, seus olhos se voltaram para o documento e notaram meu nome.

— Espera. Isso não está...

Ele parou e olhou para mim, confuso.

Arregalei os olhos de volta para ele, alarmada.

— Ah, meu Deus. Pensei que, quando você disse... — Cobri o rosto com as mãos e lamentei. — É por isso que eu não queria comprar um carro.

— Algum problema? — perguntou Ted.

O silêncio era denso e pesado, e eu o saboreei.

— Nenhum — respondeu Cory por fim.

— Vou cuidar disso — anunciei, olhando para Cory. — Farei isso imediatamente. Assim que o novo documento for emitido, vou transferir para você. Não vai precisar fazer nada.

Cory assentiu, a expressão rígida, e eu me perguntei se tinha chegado ao limite do que era possível.

NO CARRO DE CORY, me encolhi em seus braços.

— Não acredito que entendi mal. — Me afastei e olhei em seus olhos. — Juro que vou consertar.

Vi algo cruzar seu rosto — ali, por um instante, e depois desapareceu. Dúvida? Suspeita? Mas ele apenas respondeu:

— Por que não o leva para dar uma volta? Vejo você em casa.

Esperei Cory ir embora antes de destrancar o carro e inserir a chave na ignição. O motor rugiu com facilidade, quase silencioso em comparação ao chacoalhar da minivan. Ao chegar à esquina, em vez de virar à direita para casa, fiquei tentada a ir para a esquerda e apenas continuar dirigindo. Mas eu sabia que ainda não era a hora.

Eu havia esperado que Cory apenas ignorasse o erro. "*Não tem problema, o carro é seu.*" Mas não foi assim. Havia limites para a generosidade dele e, se eu quisesse ir até o fim, precisaria ficar dentro dos limites.

NA SEGUNDA-FEIRA, logo me sentei à mesa de Cory, com o site do departamento de trânsito no computador dele e meu laptop aberto num formulário escaneado em branco do registro de um carro. Estava lentamente construindo uma duplicata, me certificando de que a fonte correspondesse à do original e de que o texto estivesse no lugar certo na linha — nem muito alto, nem muito baixo. Na minha mente, eu já estava preparando o que diria para Cory à noite, quando ele voltasse para casa. *Saí do trabalho mais cedo para chegar ao departamento de trânsito antes de abrirem, e já havia cinquenta pessoas na fila! Demorou três horas, mas resolvi tudo.*

Então eu lhe entregaria os formulários com o nome dele registrado como novo proprietário e a minha assinatura na parte inferior. Prova de que eu fiz o que disse que faria. *De seis a oito semanas para o título chegar pelo correio*, diria a Cory. Eu estaria muito longe quando ele percebesse que o documento nunca chegaria.

Eu estava movendo o nome dele um pouco para baixo na caixa de texto quando o computador de Cory apitou com um novo e-mail. Curiosa, entrei na caixa de entrada dele, mas não havia nenhuma mensagem.

Cliquei no ícone do perfil dele no canto superior direito e encontrei uma segunda conta que nunca tinha visto antes — *HomemdoSurfeLA*.

Havia apenas três páginas de mensagens, todas de uma pessoa chamada *StacyB01*. Vasculhei até chegar à primeira troca de e-mails, então deslizei até o fim, para o primeiro e-mail de Cory.

Olá, Stacy. Aqui é o Sr. Dempsey. Espero que esteja tudo bem eu entrar em contato para falar sobre o que aconteceu na escola hoje. Não queria escrever com a minha conta da escola, pois queria poder falar livremente. Apesar do que foi dito hoje na reunião com o Dr. Michaelson, eu vou monitorar a situação pessoalmente daqui para frente. Por favor, fique à vontade para me enviar um e-mail nesta conta sempre que precisar conversar. Estou aqui e sempre serei todo ouvidos.

A resposta de Stacy foi efusiva. Muito obrigada, Sr. Dempsey. Isso significa muito para mim, e me sinto sortuda por ter o seu apoio. Todos dizem que o senhor é o melhor diretor que já tivemos, e eu concordo.

O e-mail em si não era alarmante, além do fato de que Cory sentira a necessidade de se comunicar fora do servidor da escola. Fechei a mensagem e abri outra conversa, de um mês depois.

Parabéns pelo desempenho espetacular no festival *Sound of Music*, Cory havia escrito. Eu me lembrava da peça. Cory tinha ido a todos os espetáculos, alegando que o diretor tinha de estar lá. Eu recusara o convite, sem vontade de assistir a apresentações desafinadas de *My Favorite Thing* e *Do-Re-Mi*. Cory não forçou a barra, e agora eu entendia por quê. Se eu pudesse, teria levado flores para comemorar, mas seria estranho o diretor levar flores para uma única integrante do elenco, não importa o quão talentosa e bonita ela seja.

A resposta de Stacy havia chegado em poucos minutos. Obrigada, Sr. Dempsey, isso significa muito vindo do senhor. Eu podia sentir seus olhos em mim o tempo todo. Meu Deus, não acredito que estou escrevendo isso para o meu diretor. Mas, para mim, o senhor é mais do que isso. Também é um amigo.

A resposta dele fora enviada às 2h da manhã, e eu me imaginei dormindo no quarto ao lado enquanto Cory trocava mensagens com uma aluna no meio da noite. Estou feliz que sinta o mesmo que eu. Amigos de verdade são difíceis de encontrar na vida, e eu definitivamente a considero uma.

E-mails mais recentes revelaram fotos. Selfies que Cory havia tirado na praia, seu cabelo brilhando após um mergulho no mar, seu peito nu. E Stacy, de biquíni, descansando à beira de uma piscina em algum lugar. Perfeição, Cory escrevera de volta.

Eu a reconheci imediatamente. A garota do prédio norte na escola. Aquela que estava mais perto de Cory, cuja mão repousava possessivamente no braço dele, cujos olhos brilhavam de ciúme.

Se eu estava à procura de um sinal de que era hora de terminar e ir embora, era esse.

Imprimi várias cópias das mensagens mais incriminatórias, colocando todas em um grande envelope que enfiei na minha bolsa. Depois me forcei a voltar ao trabalho e terminar o registro do carro.

Estava imprimindo a duplicata quando a campainha tocou. Eu me arrastei do escritório até a sala de estar, olhando pela janela, esperando que fosse alguém oferecendo um serviço que eu pudesse ignorar. Mas era Nate quem batia na porta.

— Sei que está aí, Meg. Abre logo.

Eu abri a porta rapidamente.

— Cory está no trabalho.

Nate passou por mim e entrou na sala de estar.

— Estou aqui para ver você.

Meus olhos o seguiram.

— Fique à vontade — respondi por fim.

Ele se virou para mim.

— Precisamos conversar.

Inclinei a cabeça, parecendo confusa, embora as palmas das minhas mãos estivessem suando.

— Sobre o quê?

— A verdade sobre quem você é.

— Do que está falando? — perguntei, minha mente lutando para encontrar um ponto de apoio.

— Fiz algumas ligações — explicou Nate. — Paguei trinta dólares por um antigo anuário do ensino médio em Grass Valley. Encontrei alguns ex-alunos online. Nenhum deles jamais ouviu falar de você.

Olhei para a rua e vi a velha Sra. Trout, nossa vizinha que morava na esquina, trancando a porta da frente, e seu basset hound idoso, Dashiell, esperando pacientemente.

— Então comecei a pensar em como você e Cory se conheceram — continuou Nate, chamando minha atenção de volta para ele. — Aquela coisa de estar no lugar certo na hora certa. Que coincidência.

— Seja direto, Nate. Seja qual for a fantasia que você está criando, por favor, termine logo. Tenho que ir para a aula.

— Você não tem aula hoje.

Dei um passo para trás.

— Você tem me seguido?

A voz de Nate estava baixa e irritada.

— Já faz um tempo. Porque você não faz sentido, Meg. Nem no papel, nem na vida real. Tudo o que disse ao Cory é mentira, não é?

— Quero que vá embora.

Nate balançou a cabeça.

— Você tem uma vida bem confortável aqui, não é?

Pensei nos e-mails que havia acabado de descobrir e no que Nate diria sobre eles. Se eu poderia justificar o que estava fazendo, jogando algo ainda mais terrível na cara dele. Mas Nate era um homem que forçava mulheres em bares a aceitarem suas bebidas e seus avanços indesejados. O que quer que Cory estivesse fazendo, Nate não se importaria.

Meu plano era usar as próximas quatro semanas para esvaziar a conta de Cory com saques de 2.500 dólares. E ir embora antes que ele notasse que seu extrato bancário mais recente nunca havia chegado. Antes que ele começasse a se perguntar onde estava o título do carro. Mas a acusação de Nate mudava tudo. Eu teria que ir embora agora. Hoje. Seria capaz de fazer uma única retirada, mas não teria tempo para mais. Eu me esforcei para pensar no que eu tinha. O carro — ainda registrado em meu nome, a papelada forjada do registro sobre a escrivaninha de Cory — e meu notebook. *Não é o suficiente.*

Uma raiva ardente surgiu dentro de mim. Por que homens assim eram sempre os que venciam? Aqueles que desrespeitavam as regras e faziam o que queriam? Olhei pela janela novamente, e a Sra. Trout, agora do outro lado da rua, esperava o pobre Dashiell enquanto ele cheirava a raiz de uma árvore.

Então soltei um grito de gelar a espinha.

Nate saltou para longe de mim, seus olhos arregalados.

— Mas que merda é essa? — sibilou.

Respirei fundo e soltei outro grito. Então abri a porta e saí correndo.

— Socorro!

O olhar da Sra. Trout se ergueu, sua expressão atordoada ao me ver correr em sua direção, meus pés descalços, olhando por cima do meu ombro. Nate estava parado na porta da casa, o rosto pálido.

— Ele me atacou — gritei, me encolhendo atrás da Sra. Trout.

Nate cruzou a entrada e se aproximou de nós.

— Ela está mentindo.

— Fique longe de mim — falei, forçando uma voz trêmula. Para a Sra. Trout, eu disse: — Ele me empurrou contra a parede, tentou me beijar, depois tentou tirar a minha blusa...

Parei, como se não pudesse continuar.

A Sra. Trout me pegou pelo braço.

— Podemos ligar para a polícia da minha casa — disse ela.

Nate parecia incrédulo.

— Você é completamente louca, Meg.

— O que eu sou é traumatizada — retruquei.

Nate olhou de mim para a Sra. Trout, depois de volta para a casa, a porta da frente ainda aberta. Ele ergueu as mãos.

— Tudo bem — anunciou ele, indo até o seu carro.

Quando ele se foi, a Sra. Trout entrou e se sentou comigo enquanto eu ligava para Cory. Exigi que ele voltasse para casa.

NO INÍCIO, CORY não queria acreditar em mim.

— Nate é meu amigo desde a faculdade. Ele nunca faria algo assim.

Mas a Sra. Trout corroborou a minha história.

— Ela saiu correndo da casa como o diabo foge da cruz — comentou a senhora, os olhos arregalados atrás dos óculos grossos. — Quase tive um ataque cardíaco.

Uma hora depois, enquanto Cory estava na calçada garantindo que a Sra. Trout e Dashiell voltassem bem para casa, eu fiz algumas contas rápidas. Dois mil e quinhentos dólares por dia, durante doze dias, me renderiam trinta mil dólares.

Cory retornou e se sentou ao meu lado, pegando a minha mão.

— Não posso acreditar nisso — disse ele. — Nate tomou algumas decisões questionáveis no passado, mas nunca pensei que faria algo assim comigo.

Eu me forcei a contar até três antes de me afastar.

— Nate disse que, se eu não dormisse com ele, convenceria você de que eu tinha te manipulado de alguma maneira. Também disse que falaria que eu tinha mentido sobre o meu passado. Que ninguém em Grass Valley sabia quem eu era. Ele está morrendo de ciúmes de você. — Eu praticamente podia sentir uma vibração de satisfação passar por Cory. — Nate quer o que você tem. Ele quer a casa, o sucesso, nosso relacionamento. Ele sempre quis ser você.

Mais tarde naquela noite, ouvi o lado de Cory da conversa. O que quer que Nate estivesse dizendo, não estava funcionando.

— Ela me avisou que você diria isso. Que você tentaria me convencer de que ela era uma fraude. — Prendi a respiração, esperando ter alimentado Cory com o suficiente da história de Nate para convencê-lo de que eu estava dizendo a verdade. Por fim, Cory disse: — Somos amigos há muito tempo. Você sempre esteve ao meu lado. Mas isso passou dos limites. Preciso que fique longe da Meg. Que fique longe da minha casa. — Outra pausa, na qual Nate provavelmente tentou se defender. — Estou falando sério, Nate. Da próxima vez, vamos fazer uma denúncia.

Naquela noite, quando Cory me procurou na cama, eu me afastei.

— Não consigo — falei. — Ainda sinto as mãos dele em mim, me agarrando.

Eu me virei de costas e me encolhi em posição fetal.

Por fim, Cory disse:

— Você está segura, Meg. Ele não vai voltar.

Assenti e apertei os lábios. *Doze dias*, lembrei a mim mesma.

O TEMPO PARECEU desacelerar. Nos doze dias que se seguiram, eu acordava antes de Cory e ficava acordada muito depois de ele ter ido dormir. Parei de ir ao trabalho e às aulas, alegando que tinha medo de sair de casa, preocupada que Nate me seguisse. Cory sugeriu uma ordem de restrição e eu disse que pensaria no assunto. Mas, no minuto em que ele saía de casa, eu dava início aos preparativos.

Começava todos os dias com uma parada no caixa eletrônico, retirando o limite máximo diário. Quando eu saísse da cidade, a conta da casa estaria quase vazia e eu teria uma boa quantia de dinheiro, um carro novo, um notebook e algumas habilidades em web design muito comerciais, de acordo com o site da faculdade comunitária.

Enviei um novo endereço para o departamento de trânsito, solicitando que uma cópia do título fosse enviada para a minha nova caixa postal. E sempre ficava de olho em Nate. Verificava a rua antes de sair, observava os carros estacionados, me certificando de que ele não estava esperando para me confrontar novamente. Era cansativo e, todas as noites, eu caía na cama exausta por conter minhas preocupações o dia inteiro.

Passei rapidamente uma hora no computador do laboratório da faculdade, escaneando as fotos de Cory e Kristen, olhando por cima do ombro enquanto imprimia três cópias de cada e as colocava em três envelopes separados, junto aos e-mails de Cory e Stacy que eu já tinha imprimido. Mantive tudo escondido no estojo do notebook, que eu levava comigo para todo lado.

Várias chamadas de Cal ficaram sem resposta. Depois começaram as mensagens. Por que não está indo trabalhar? Você precisa atender o telefone.

Alguns dias antes da minha partida, eu me escondi no banheiro, sentada sobre o assento do vaso sanitário. Minhas mãos tremiam ao escrever a resposta.

Você precisa parar de me ligar.

Como esperado, meu telefone tocou novamente.

Soprei o cabelo da testa antes de atender.

— Você não sabe seguir instruções muito bem, não é?

A voz de Cal estava repleta de preocupação, o que quase destruiu minha determinação.

— Você está bem? O que está acontecendo?

Pensei em tudo o que eu tinha perdido. Minha mãe. Minha casa. Por que eu não podia manter pelo menos meu amigo?

— Acho que nossa amizade chegou ao fim — respondi. — Preciso começar do zero. De um recomeço.

— Nunca pensei que você seria do tipo que larga os amigos assim que consegue um namorado.

Meu dedo traçou as bordas dos azulejos brancos ao redor da banheira. Cal já devia saber que eu era o tipo de pessoa que fazia o que fosse preciso para me salvar.

— Por favor, não me ligue mais.

EU NÃO FAZIA ideia de para onde iria, mas achei melhor deixar a Califórnia. Talvez fosse para o Arizona ou Nevada. Ou talvez continuasse dirigindo para o leste, até encontrar um lugar onde sentisse que poderia reescrever quem eu era e o que fiz para chegar lá.

Comprei uma grande caixa de ferramentas de metal e um cadeado, e guardei tudo no porta-malas. Todo dia, eu colocava mais 2.500 dólares ali dentro. A última coisa que fiz foram as cópias do acordo de Kristen, incluindo o depoimento da vítima, e separei tudo naqueles três envelopes: um endereçado para o presidente do conselho escolar, um para o *Los Angeles Times* e o terceiro para o presidente do departamento de matemática — o inimigo de Cory, Dr. Craig Michaelson. Escondi as fotos originais de Cory e Kristen na parte de trás da gaveta da escrivaninha, sabendo que Cory provavelmente não as notaria, mas que, em algum momento, a polícia o faria.

E, quando os doze dias chegaram ao fim, eu estava pronta. Esperei por um sábado, quando Cory gostava de ir à escola e recuperar o atraso na papelada, e me convidei para ir junto.

— Não vou atrapalhar — prometi. — Só quero ficar perto de você.

Mesmo sendo o início de maio, as manhãs ainda estavam frias. Vesti um par de leggings de corrida e um grande casaco com profundos bolsos internos. Em um deles, coloquei o envelope para o Dr. Michaelson.

Quando chegamos, esperei enquanto Cory destrancava o prédio da administração e digitava o código dele no alarme.

— O banheiro está aberto? — perguntei.

— Sim. No final do corredor.

Ele apontou, acendendo as luzes. Olhei para onde Cory indicava, além de um balcão comprido, atrás do qual havia um grupo de mesas. Ao longo da parede, estavam as caixas de correio dos professores.

— Obrigada.

Segui para o banheiro, fiquei diante da pia e contei até trinta, esperando que Cory começasse a tarefa que havia deixado para si mesmo. Então saí e fui até as caixas de correio, procurando entre os nomes até encontrar o que procurava. *Craig Michaelson, Cadeira de Matemática.* Empurrei o envelope para o fundo da caixa e contei as horas até segunda-feira, quando Craig o abriria.

O presidente do conselho escolar e o *LA Times* talvez só recebessem os que havia deixado no correio no dia anterior na terça ou na quarta-feira. Mas, pelas minhas estimativas, sexta-feira, no mais tardar, a vida toda de Cory entraria em colapso.

NO DOMINGO, INVENTEI que tinha várias tarefas para resolver — uma reunião fictícia com alguns colegas de classe sobre um projeto, seguida de um almoço.

— Você está certo — disse ao Cory. — Tenho que parar de viver com medo. Voltar ao trabalho. Voltar para as aulas. Não vou deixar um cara como Nate me assustar.

Enquanto ele tomava banho, eu arrumei minha mala e a coloquei no porta-malas do carro, ao lado da caixa trancada cheia de dinheiro.

Eu tinha um plano para Nate também. Assim que a história fosse divulgada, eu faria um telefonema para o repórter que tivesse o privilégio de escrever sobre Cory. Daria uma dica sobre Nate, direcionando a atenção para ele também. Talvez até uma chamada anônima para a polícia. Não importava que nada disso fosse verdade.

Enquanto Cory assistia ao jogo de basquete, eu caminhei pela casa uma última vez, checando para ter certeza de que não havia esquecido nada. Na cozinha, devolvi a chave sobressalente do carro dele para a gaveta antes de entrar no escritório, onde fiz questão de deixar papéis espalhados sobre a minha mesa — projetos inacabados, anotações de aulas das quais não precisaria mais. Queria estar longe da Califórnia antes de Cory perceber minha fuga.

De volta à sala de estar, peguei meu casaco, as chaves e a bolsa.

— Já vou.

— Traga uma pizza para o jantar, ok? — perguntou ele.

Sorri ao abrir a porta, talvez o meu primeiro sorriso genuíno em semanas. Não havia dinheiro suficiente na conta para pagar um guardanapo, muito menos uma pizza.

— Volto às 19h.

MEU PLANO ERA pegar a rodovia e dirigir. Em nove horas eu estaria em Las Vegas e, de lá, poderia ir a qualquer lugar. Mas, em vez disso, me vi novamente na Canyon Drive, estacionada do lado de fora da minha antiga casa, o Porsche 911 de Ron Ashton na garagem.

Era o meio da manhã, e havia várias pessoas passeando com cães ou saindo para uma corrida. No meu novo Honda, eu não me destacava como na minivan. As pessoas olhavam para mim e depois seguiam em frente — apenas uma jovem de boa aparência em um carro suficientemente novo. Mas levei meu celular ao ouvido de qualquer maneira, fingindo estar em uma ligação enquanto olhava para a casa uma última vez. As cortinas estavam abertas, revelando uma sombra atravessando a sala de estar e sumindo de vista. Imaginei o que Ron faria se eu batesse na porta. Na última vez em que ele me viu, eu era apenas uma adolescente desajeitada, com óculos em vez de lentes de contato, cabelos castanhos e oleosos em vez de luzes loiras.

Nesse momento, Ron saiu da casa, entrando em seu carro e dando a ré na garagem. Virei o rosto para longe, ainda fingindo estar em uma ligação, o ódio borbulhando dentro de mim. Durante todos esses anos, ele vivia na minha casa enquanto eu dormia num carro. Enquanto minha mãe jazia enterrada.

Esperei até que ele fosse embora e depois abri a porta do carro, caminhando em direção à sebe alta que cercava a borda sul da propriedade.

Olhei por cima do ombro uma vez, apenas para ter certeza de que ninguém estava observando da rua, antes de desaparecer pela lateral da casa. Um alto portão de ferro separava o jardim da frente do quintal dos fundos e, através dele, eu podia ver o jardim de rosas de Nana começando a florescer. Tentei abrir o portão, esperando poder ter apenas cinco minutos para me despedir de um lugar que eu amava.

Mas estava trancado. Sacudi o metal algumas vezes, estendendo a mão para ver se conseguia encontrar uma trava, mas tudo o que senti foi um cadeado.

Quando voltei para a calçada, quase colidi com uma mulher de roupa de ginástica. Ela olhou de mim para o jardim lateral, como se tentasse descobrir de onde eu viera.

— Você perdeu um cachorro? — perguntei num tom urgente. — Pequeno, preto, com uma mancha branca no peito?

— Não — respondeu ela, sua suspeita desaparecendo.

— Eu quase o atropelei com o meu carro. Parei para tentar pegá-lo, mas ele correu para os arbustos e agora não sei para onde foi. — Lancei um olhar preocupado para ela. — Espero que ele esteja bem. — Então olhei para o meu relógio. — Tenho que ir, mas talvez a senhora possa ficar de olho nele? E ver se ele volta?

— Claro — respondeu a mulher.

Senti ela me observar enquanto eu voltava para o meu carro, grata pela generosa mesada de Cory para roupas — jeans da 7 For All Mankind, botas da Franco Sarto e um suéter da Rag & Bone. Eu me encaixava nesse bairro melhor do que nunca.

Dei uma última olhada na casa, sabendo que era improvável que eu voltasse. Mas, em vez de me sentir triste, uma leveza floresceu dentro de mim. A vida era longa e muitas coisas podiam acontecer. As circunstâncias poderiam me trazer de volta para casa, de volta ao círculo de Ron. E, se assim fosse, Cory tinha me ensinado a estar pronta para ele.

LOS ANGELES

Nos dias de hoje

Junho

Permaneço na angariação de fundos, de olho em Meg, mas ela e Ron não se falam de novo. Ela vai embora por volta das 23h, e eu espero 15 minutos antes de voltar ao meu carro. Então envio uma mensagem para minha mãe, a única pessoa acordada que se importaria.

Vi Meg Williams esta noite. Ela voltou.

Mesmo sendo 1h30 da manhã em Chicago, sei que ela está acordada. Quando eu era criança e acordava no meio da noite, ela estava no escritório, lendo jornais, revistas e blogs sobre política. Qualquer coisa que estivesse ao seu alcance.

Conforme desço pela rua sinuosa e retorno para Sunset, tento imaginar Meg a caminho de casa, pensando apenas em sua apresentação a Ron. Sem saber que eu também estava lá, observando.

Alguns meses depois do que houve com Nate, liguei para Connor, um dos repórteres mais legais que já trabalharam ao meu lado com Frank.

— Sabe se a polícia alguma vez falou com Nate Burgess? — perguntei.

O simples ato de mencionar o nome me fazia suar, mas eu precisava saber.

— Ah, sim — disse Connor. — Fizeram uma denúncia anônima, pouco depois de você sair, sobre uma tentativa de estupro. A polícia investigou, mas não encontrou nada. Como não havia o que corroborasse a história, eles decidiram que era uma ex-namorada louca em busca de vingança.

As palavras de Connor me atingiram como um soco. Meg nunca mencionou uma tentativa de estupro. Nem mesmo um aviso — *Não vá sozinha* ou *Cuidado com a sua bebida perto dele*. Em vez disso, ela me levou a acreditar que, se eu escondesse minha identidade e o que queria dele, Nate compartilharia todos os segredos de Cory. Ela não se importava que isso pudesse colocar em risco a jovem repórter do outro lado do telefone.

A resposta da minha mãe vibra quando entro na rodovia que me levará para casa. Já removi o salto alto com um chute e o acelerador treme sob meu pé descalço.

Essa é a sua segunda chance. Não a desperdice.

Uma pitada familiar de decepção. Com apenas algumas palavras, ela me lembrou de que a maioria das pessoas não precisa de uma segunda chance.

Nunca contei à minha mãe o que aconteceu com Nate. Tudo o que ela sabe é que eu estava focada na história de Cory Dempsey e, de repente, não estava mais. Era uma jovem e promissora repórter do *LA Times* e, de repente, não era mais. Eu fora até a escola na manhã seguinte, pegara a citação para Frank e a entregara no limite entre *tarde* e *tarde demais*. Mas, à medida que a história se desenrolava, com novos e terríveis detalhes sendo anunciados todos os dias, não suportei. Continuava vendo o rosto de Nate, meio embaçado nas beiradas: a última coisa de que eu me lembrava antes de desmaiar. É um tipo especial de inferno não se lembrar de um trauma. Ele se torna um medo obscuro e sem rosto, que se esgueira em lugares inesperados — o cheiro de uísque, um certo tipo de banco de bar, uma música, uma risada —, estendendo-se para agarrar você quando menos se espera.

Eu me afastei da história e outro repórter júnior da equipe de Frank ficou no meu lugar. Ninguém além da minha mãe pareceu notar ou se importar.

— O que passou pela sua cabeça? — perguntou ela quando anunciei que havia deixado o jornal. — Usei muitos contatos para conseguir esse emprego para você.

— Já está feito — respondi.

Não podia dizer a ela que eu passava mal todas as manhãs, temendo que, apesar da embalagem vazia de preservativo, de alguma forma, eu pudesse estar grávida ou ter pegado uma DST. Comecei a me isolar, recusando convites para jantar e noites com as amigas, até que a única pessoa que eu via regularmente era minha melhor amiga, Jenna, da faculdade de jornalismo.

— As coisas não deram certo — contei para Jenna. — Sabe como é. Uma interminável checagem de fatos. Vinte e quatro horas perseguindo a pista de uma pessoa. Quero liberdade para escrever as minhas próprias histórias.

Ter feito bom uso do meu tempo de trabalho no *LA Times* me permitiu conseguir alguns empregos decentes como freelancer no início, mas Nate havia me mudado. Durante anos, lutei contra repentinos ataques de pânico toda vez que me encontrava com uma fonte pessoalmente, sempre escolhendo um lugar lotado. Nunca comia ou bebia nada. Eu me sentia mais segura atrás de uma tela de computador e acabei me estabelecendo assim de modo permanente.

Como resultado, a pesquisa se tornou minha especialidade. Sei como mergulhar fundo nas finanças de alguém ou desenterrar antigos registros do tribunal de pequenas causas de uma disputa de propriedade. Ao longo dos anos, eu usei essas habilidades para aprender o máximo que pude sobre Meg Williams.

Não sou mais a repórter ingênua que eu era naquela época. Se vou sair do buraco profissional em que estive nos últimos anos, expor Meg e desvendar uma década inteira de suas trapaças e roubos é o que farei.

Ela me deve isso.

SER UMA JORNALISTA investigativa é como viajar por um labirinto de trás para frente. Eu começo no final e tento desvendar o caminho de volta ao início, descartando dicas falsas e becos sem saída até que todos os sinais estejam claramente marcados. E, para entender qualquer pessoa, é preciso começar com sua família, o que informa cada escolha que já fizeram.

Dei início à minha pesquisa há anos, usando registros públicos. Em 2001, a mãe de Meg, Rosie, herdou uma casa em Brentwood, de seus avós paternos. Brentwood é um bairro pequeno, localizado entre Santa Monica e Westwood, repleto de uma mistura eclética de condomínios de alto padrão e grandes propriedades. Lar de alguns gigantes da tecnologia, bem como estrelas de Hollywood como Jennifer Garner e Gwyneth Paltrow, propriedades como a que Rosie herdara em Canyon Drive são avaliadas em milhões de dólares.

Em 2004, Rosie acrescentou o nome de um investidor, Ron Ashton, no registro da casa. Oito meses depois, ela assinou uma escritura de renúncia, dando a ele a posse exclusiva da propriedade. Rosie faleceu um ano depois.

Mas os registros públicos fornecem apenas uma visão geral. Não podem contar nada sobre as pessoas por trás dos dados. Para isso, era preciso falar com quem poderia ter conhecido a família.

Eu precisava de um intrometido. Alguém que prestava atenção às idas e vindas dos vizinhos. Quem chegava e quem saía da vizinhança. Quem arrumava brigas no meio da rua às cinco da manhã. Quem chegava bêbado em casa no meio da noite. Todo bairro tem alguém assim, basta bater em portas o suficiente para encontrá-lo. Conversei com muitas empregadas domésticas e ricaças com tempo livre, mas todas se recusaram a afirmar se conheciam a família Williams ou não.

Por fim, encontrei a Sra. Nelson, que morava na casa logo atrás da propriedade em Canyon Drive.

— Moro aqui há quase cinquenta anos — explicou ela, após eu me apresentar como uma velha amiga de Meg que estava tentando localizá-la. — Me lembro bem da família Williams.

Nós nos acomodamos nos móveis de vime branco da varanda da Sra. Nelson, com vista para um extenso gramado que possuía uma alta cerca viva nos fundos, atrás da qual ficava a casa da família de Meg.

— Me lembro da mãe de Meg, Rosie. Ela era uma jovem corajosa e brilhante. — A Sra. Nelson baixou a voz. — O filho de Rupert e Emily, pai da Rosie, Dean, teve alguns problemas com drogas. Ficou anos entrando e saindo da reabilitação. — Ela suspirou. — Eles nunca confirmaram, mas tenho certeza de que foi por isso que Rupert nunca se aposentou. Ele trabalhou até quase os 80 anos.

— O que aconteceu com Dean? — perguntei.

— Ah, uma tragédia. Ele morreu num acidente de carro logo após Rosie se formar no ensino médio, eu acho. Todos aqueles anos, todo o dinheiro que gastaram tentando ajudar o rapaz, e foi assim que terminou.

Tomei um gole da limonada que a Sra. Nelson tinha oferecido, imaginando o tipo de dor que isso causaria.

— E foi quando Rosie herdou a casa em Canyon Drive?

A Sra. Nelson balançou a cabeça.

— Não até sua avó, Emily, finalmente falecer em 2001.

Meg teria 13 anos.

— Quando conheci Meg, elas não moravam nesse bairro, isso é certo — comentei.

— Depois que Emily faleceu, Rosie e Meg moravam lá de vez em quando, entre as trocas de locatários. Tenho a impressão de que elas não podiam pagar a hipoteca, e imagino que também havia um imposto imobiliário considerável — explicou a Sra. Nelson. — Elas saíram em 2004 ou 2005, mas não acho que tenha sido de forma amigável.

— Por que acha isso? — perguntei.

— Eu estava no meu jardim e ouvi Rosie berrando pela cerca dos fundos: "*Você mentiu para mim!*" Ela não parava de gritar.

— Com quem ela estava gritando?

— Com o homem que mora lá agora. Um tal de Ron. — Ela deu um aceno desdenhoso com a mão. — É um sujeito chique, com um carro esportivo e o cabelo penteado para trás. Ele disse: "*Você tem sete dias para tirar suas coisas ou a polícia fará isso por você.*" Bem, quase partiu meu coração. Rosie amava aquela casa. — A Sra. Nelson fungou de indignação. — De vez em quando, eu o vejo por aí. Ele diz oi, mas eu simplesmente o ignoro. *Nunca* respondo.

— Sabe para onde elas foram?

Eu não tinha sido capaz de desenterrar nada sobre as duas depois de 2004. Nenhum endereço, nem contratação de serviços. Sabia que elas não tinham deixado a região porque Meg terminou o ensino médio. Mas onde tinham morado?

A Sra. Nelson balançou a cabeça, os olhos reumáticos entristecidos.

— Não faço ideia.

EU NUNCA CONSEGUIRIA preencher esses anos em branco. Mas com doze dólares por mês e o nome de solteira de Rosie, fui capaz de rastrear Meg por um curto período depois que ela saiu de Los Angeles. Primeiro em Seattle, onde morou por seis meses. De lá, ela seguiu para Salem, Oregon e, depois disso, Phoenix. As pessoas que Meg enganou a descreviam como uma mulher que havia passado por momentos difíceis, ou uma mulher saindo de um relacionamento ruim. E ela sempre parecia ir embora com algo que não lhe pertencia.

Ela roubou 50 mil dólares e o anel de noivado da minha mãe.

Ela vendeu a minha Harley, bem debaixo do meu nariz. E também ficou com o dinheiro.

Meg Williams parecia ser quem ela queria que você pensasse que era, girando e distorcendo sua mente como um holograma, nunca sólido, nunca totalmente claro. Em Seattle, ela havia sido uma estudante universitária. Em Oregon, uma fotógrafa. Em Phoenix, uma passeadora de cães. E, depois de Phoenix, Meg simplesmente desapareceu. Sem novas localizações, sem novos números de telefone, sem certidões de óbito ou de casamento, sem registros judiciais. Ao longo dos anos, eu aprendi que, se uma pessoa não aparece em um desses bancos de dados pagos, é porque está se esforçando para não aparecer.

Além de configurar o alerta do Google para Meg, também continuei a acompanhar Ron Ashton. Eu vi seu negócio de construção crescer como um dos maiores no condado de Los Angeles, sua candidatura bem-sucedida para o conselho da cidade e, mais recentemente, sua candidatura para o Senado do estado.

Vigaristas não gostam de ser enganados. A perda de sua casa da infância é a principal ferida de Meg. Todo criminoso tem uma, como um farol que os chama para o lar. Claro, é possível que Meg tenha crescido, feito terapia e seguido em frente. Mas acho que não.

EM CASA, DESTRANCO a porta o mais silenciosamente que consigo, os sapatos pendurados na outra mão. O apartamento está escuro, exceto pela lamparina de mesa que Scott deixou acesa para mim. Deixo as chaves na mesa e sigo para o meu escritório, sem me preocupar em tirar o vestido. Quero registrar minhas impressões o mais rápido possível. O que Meg vestia. Com quem ela falou. Por quanto tempo conversou com Ron. Quando chegar a hora de escrever o artigo, quero que meus leitores possam saborear os canapés, ouvir a música, sentir a suave brisa que entrava pelas portas francesas.

Outra mensagem da minha mãe. Ficarei feliz em ler tudo o que escreveu até agora!

— Meu Deus, vai dormir, mãe — digo para o quarto silencioso, lamentando minha mensagem anterior.

Eu sou uma pessoa visual, e é por isso que trabalho no papel e não no computador. Minhas anotações são como um mapa complicado, com setas conectando ideias a nomes e datas. Tenho mais de cem páginas — pequenos registros manuscritos, esboços, entrevistas —, mas, com mais de dez anos, já é tudo notícia velha.

Abro a gaveta de baixo e puxo o que realmente tenho — 53 páginas, com espaçamento duplo e em Times New Roman —, o começo de um romance no qual não tenho tempo de trabalhar há mais de um ano.

O que minha mãe pensaria ao saber que isso é tudo o que tenho? Sou um clichê, uma jornalista frustrada que transforma sua pesquisa inútil em ficção. Uma história sobre uma vigarista viajando pelo país, as diferentes maneiras como imagino que ela tenha visado as pessoas. As coisas que ela roubou. Se não posso expor Meg no *New York Times*, talvez possa colocá-la na lista de best-sellers em vez disso.

Enfio tudo de volta na gaveta. É um sonho ridículo e um que não posso me dar ao luxo de perseguir.

Eu me esgueiro devagar até o quarto, onde Scott é apenas um volume escuro debaixo das cobertas. Troco de roupa rapidamente e deslizo para debaixo delas, me aconchegando contra ele. Conheci Scott há cinco anos, quando uma violação de dados online comprometeu minha conta bancária. Os ladrões roubaram quase mil dólares. Scott foi o detetive responsável pelo caso.

— Isso está se tornando cada vez mais comum — disse ele quando registrou minha declaração. — Todo mundo diz que o site é seguro, mas isso é uma coisa impossível de se prometer.

— Vou usar apenas dinheiro vivo a partir de agora — afirmei a ele.

Scott riu, e eu adorei o modo como seus olhos se enrugaram nos cantos, como se a felicidade envolvesse todo o rosto dele.

— Não tenho certeza se isso é mais seguro — comentou. — Vou manter você informada sobre quaisquer desdobramentos, mas não espere muito.

Nunca pegamos o ladrão, mas Scott e eu nos tornamos amigos, e até trabalhamos em alguns casos juntos. Eu me esforcei ao longo dos anos para lidar com o trauma do que Nate havia feito, mas confiar nos homens ainda era difícil. Quando Scott me convidou para ir à feira do condado de Los Angeles, meu terapeuta me incentivou a tentar. E, quando eu disse a Scott que compraria minha própria comida, ele apenas deu de ombros e disse:

— Não me importo se você quiser ir atrás do balcão e preparar você mesma. Só estou feliz que tenha aceitado.

Pensei que Scott duraria alguns meses e depois se cansaria da minha insistência em dormir em casa — sozinha — todas as noites. Ou do fato de que, às vezes, lugares escuros, como salas de cinema ou bares pequenos, me deixavam nervosa.

— Não tenha pressa — dizia Scott, repetidas vezes. — Você vale a espera.

Depois de um tempo, comecei a confiar nele, contando um pouco sobre o que aconteceu comigo. Sem detalhes, apenas o suficiente para que ele soubesse que eu tinha sofrido um estupro.

— Você o denunciou? — perguntou ele, como eu sabia que faria.

— É complicado. Fazia parte de uma grande história em que eu estava trabalhando. Eu estava onde não deveria estar, falando com alguém que não deveria. Era jovem e estava assustada, e só queria que acabasse.

Mas a verdade era que eu não tinha provas. Tinha ido trabalhar no dia seguinte e fingido que nada tinha acontecido. Não havia testemunhas. Nenhum kit de estupro ou relatório da polícia. *Se isso realmente aconteceu, por que ela esperou tanto tempo para contar a alguém?* Teria sido a minha palavra contra a de Nate, e eu nunca mais queria ver esse homem.

— Estatisticamente, apenas trinta e cinco por cento das mulheres relata um estupro. E menos ainda obtêm uma condenação. — A voz de Scott se suavizou. Ele parecia sombrio. — Sempre acho que vale a pena tentar processar, mas reconheço que não sou uma mulher ou uma vítima, então não posso dar opinião.

Nunca contei a ele que sentia que Meg era parcialmente culpada. Em vez disso, escondi minha raiva sob a determinação de encontrá-la, para contar a história dela e recuperar um pouco do controle que eu havia perdido.

Eu me apaixonei pelo comportamento calmo de Scott, por sua firmeza, seu senso de humor. E mesmo que minha mãe não estivesse tão animada em me ver com alguém — *só tenha em mente como uma carreira pode terminar rápido, antes mesmo de começar* —, não me importava. Scott permitiu que eu finalmente começasse a me curar.

É por isso que, quando ele se meteu em problemas há alguns anos, não pensei duas vezes em ajudá-lo. Depois de tudo o que ele fez por mim — me dando uma pista casual sobre uma história, me ajudando a sair da concha e a confiar novamente —, eu não iria embora quando ele precisava de mim.

Mas ultimamente, Scott vinha me pressionando para começar a planejar nosso casamento. Queria conversar sobre coisas como mudanças de nomes e contas bancárias conjuntas. Quanto mais ele me pressionava, mais devagar eu queria agir. Eu me sinto segura neste espaço que criamos. Comprometidos um com o outro, mas ainda separados. E não sei dizer se é por que não confio nele ou não confio em mim mesma.

Eu me aconchego perto dele e fecho os olhos, mas minha mente continua a trabalhar. Ele não vai ficar feliz em saber que estou de volta à história de Meg, vai relutar em me perder para essa espiral mais uma vez — uma que ele acha ser um beco sem saída.

Scott sempre ficava feliz em me lembrar:

— Ela não infringiu nenhuma lei.

— Meg levou 30 mil dólares e um carro.

— Ele concedeu acesso ao dinheiro. Seria impossível processar, e é por isso que ele nunca fez nada. Ela não é uma vigarista, é apenas uma mulher irritada. E por uma boa razão.

Não consigo explicar a Scott que isso é mais do que uma história para mim. Quero entrar na mente de Meg, na vida dela, e juntar as peças, uma por uma. Descobrir como ela manipula as pessoas, como se infiltra em suas vidas, fazendo com que confiem nela. Quero saber onde Meg esteve nos últimos dez anos e por que retornou. E depois quero contar para todo mundo sobre isso. Quero tirar algo dela, assim como ela tirou tudo de mim.

KAT

Junho

Como eu suspeitava, Scott não fica animado.

— Acha que isso é uma boa ideia? — pergunta ele durante o café da manhã do dia seguinte.

Eu parto um bolinho diante de mim.

— Como assim? É uma história de verdade, não um daqueles textos de conteúdo que tenho produzido nos últimos dois anos.

Mas sinto uma pontada de irritação, porque o que ele está de fato perguntando é se podemos nos dar ao luxo de eu me afastar dos trabalhos de redação de conteúdo e copidesque que substituíram as histórias investigativas, que às vezes levam meses para serem escritas e vendidas.

Dois anos atrás, pouco depois de ficarmos noivos, Scott teve problemas com jogos de azar. Ele conseguiu acumular mais de 15 mil dólares em dívidas no cartão de crédito e, juntos, estamos pagando-as lentamente.

— A história da Meg nos deixaria perto de quitar a dívida por completo.

Eu tinha dominado as nuances do assunto, escondendo meu ressentimento por uma porcentagem da minha renda também ser usada para pagar a dívida. Dinheiro que eu ganho sem pesquisar ou propor histórias reais para publicações de verdade, mas escrevendo conteúdo de baixa qualidade que aparece na parte inferior de sites. *Como criar um jardim para borboletas no quintal* ou *Dez truques geniais para a sua próxima viagem ao exterior.*

— Não foi isso o que eu quis dizer — diz ele. — Estou preocupado com o que essa história vai fazer com você. Voltar a tudo aquilo de novo... às pessoas, àquela época da sua vida. Você se esforçou tanto para deixar isso para trás.

— Eu consigo encarar.

Mesmo quando digo as palavras, me pergunto se são verdadeiras. Já posso sentir o calor da proximidade de Meg me puxando para trás.

— Ainda acho que deveria terminar o seu romance. O que você tem até agora está ótimo.

Ignoro as palavras dele.

— Nunca vamos pagar a dívida dessa forma.

Quando concordei em me casar com ele, sabia que eu teria que sacrificar alguns dos meus próprios sonhos e me concentrar em ser uma boa parceira. Scott me ajudou a lidar com as minhas merdas. Não seria justo deixá-lo afundar sozinho com as dele. Mas houve uma quantidade razoável de confiança que ele destruiu quando finalmente confessou o buraco em que estava. O quanto ele já tinha pegado emprestado para encobrir o próprio vício. As coisas que ele vendera, desesperado para esconder a verdade de mim.

Por muito tempo, fui às reuniões semanais dos Jogadores Anônimos. Além de estratégias que aprendi para ajudá-lo, também sei como sou sortuda, como poderia ter sido pior. As histórias que ouvi são suficientes para me fazer engolir a minha frustração — uma casa hipotecada, falência, fundos para a faculdade desperdiçados. Quinze mil dólares é um preço pequeno a pagar.

Mas foi o suficiente para eu adiar o casamento, alegando que Scott precisa de mais tempo para se recuperar. E, com o retorno de Meg, fico feliz de não estarmos no meio de listas de convidados, decorações de mesa e degustações de cardápios. Haverá muito tempo para nos casarmos depois do lançamento da minha história. Depois de *Meg Williams* se tornar um nome famoso.

O ALERTA DO GOOGLE que havia chegado à minha caixa de entrada havia três meses me enviou para um site imobiliário da Apex Realty, uma empresa sediada em Los Angeles, com uma fotografia colorida de Meg no canto superior direito.

Meg Williams — Encontro a Sua Casa. Abaixo havia uma breve biografia que abordava alguns fatos que eu já conhecia. Nascida e criada em Los Angeles, Califórnia, e filha de mãe solo que trabalhou duro para sustentar a filha, Meg levou essa ética de trabalho consigo para o Centro-Oeste, onde tem sido uma corretora de elite nos últimos dez anos. Ela ganhou inúmeros prêmios, incluindo o Prêmio do Presidente, oferecido aos corretores que ganham as melhores comissões trimestrais. Meg é especializada em encontrar a propriedade certeira, que atenda às necessidades do cliente, e suas altas habilidades de negociação economizaram milhões de dólares para seus clientes na última década. Bufei. Há dez anos, Meg estava destruindo a vida de Cory Dempsey, e não embarcando numa carreira imobiliária de sucesso. Recém-realocada na área de Los Angeles, Meg espera fazer uma parceria com você para todas as suas necessidades imobiliárias.

Abaixo de sua declaração, havia uma galeria de propriedades no Michigan que ela supostamente tinha vendido, a mais barata custando pouco menos de 4 milhões de dólares. Logo em seguida, havia quase vinte depoimentos de clientes.

Na parte inferior, havia um número de telefone com código de área de Los Angeles e um link para uma empresa imobiliária, à qual Meg tinha sido afiliada em Michigan. Quando cliquei no link, fui encaminhada para um site de butique de uma agência imobiliária, localizada em Ann Arbor, e a foto de uma linda vitrine. Mas não havia links para nenhum outro agente, apenas um número de telefone, fotos de propriedades à venda em destaque e os preços anunciados.

Quando liguei, a chamada foi direto para a caixa postal. A voz de uma mulher disse:

— Você ligou para a Imobiliária Ann Arbor. Estamos ocupados mostrando propriedades aos nossos clientes, mas, por favor, deixe uma mensagem e entraremos em contato assim que possível!

Desliguei sem deixar recado.

Eu tinha certeza de que o número da licença no site de Meg era falso. Obter uma licença imobiliária leva meses de estudo, várias provas e a apresentação de impressões digitais. Fiquei atordoada quando a encontrei no site do Conselho Estadual de Corretores Imobiliários da Califórnia, listada como uma corretora ativa trabalhando em um escritório da Beverly Hills Apex.

ESPEREI ALGUNS DIAS após a angariação de fundos para ligar para Meg. Ela atendeu no terceiro toque.

— Oi, Meg, meu nome é Kat Reynolds — digo, oferecendo o sobrenome fictício que às vezes uso. — Espero que possa me ajudar... Estou procurando uma casa na região e você foi altamente recomendada.

— Que maravilha! — responde ela. — Mas estou com a agenda fechada no momento. Posso encaminhá-la para um dos meus colegas?

De acordo com o estado da Califórnia, a licença de Meg foi concedida há seis meses. Não importa o quanto ela possa ser boa vendendo casas, não é possível que esteja recusando novos acordos tão cedo.

— Que pena — digo. — Ron Ashton me deu seu nome. Eu esperava que pudéssemos marcar uma reunião mais para o fim da semana.

O tom dela muda completamente.

— A senhora é conhecida do Ron? — Eu a ouço remexer alguns papéis, e então ela continua: — Sabe, talvez possa encaixá-la. Vamos conversar sobre o que procura, o quanto pretende gastar, e tentarei marcar algumas visitas para quinta-feira à tarde. O que acha?

— Parece ótimo.

NA QUINTA-FEIRA, MEG e eu nos encontramos no escritório da Apex. Ela me guia até uma sala de conferências onde há uma única pasta de arquivos sobre uma grande mesa de vidro. Quando a abro, vejo cinco propriedades ali dentro, todas no Westside. A mais barata é um pequeno bangalô branco, anunciado por 1,2 milhões de dólares.

Meg está vestida com uma blusa rosa de seda e um par de calças sociais pretas, um salto alto aparecendo por baixo da bainha, e o cabelo puxado em um coque *chignon* frouxo na base do pescoço. Ela não se parece em nada com a foto do ensino médio que vi há muito tempo, e sinto a emoção de estar perto dela. Meg desliza para uma cadeira cromada de couro à minha frente.

— Todas essas propriedades estão no mercado há pelo menos seis meses, então não deixe que os preços te assustem. Acho que são bastante flexíveis.

Folheio cada página, fingindo ler os detalhes de cada casa — a metragem quadrada, se há uma lavanderia dentro ou uma garagem anexa —, mas não estou processando nada. Estou observando ela me observar. Será que Meg se lembra de ter feito aquela ligação para o *LA Times* há dez anos? Iria incomodá-la saber para onde me enviou? Quando chego à última página do documento, fecho a pasta.

— Podemos ir no mesmo carro?

Meg se alegra.

— Eu dirijo.

O RANGE ROVER PRETO é muito superior ao Honda usado que Cory Dempsey comprou para ela.

— Então, me conte sobre você — incita ela enquanto entramos no trânsito da avenida Santa Monica. — O que você faz?

Pensei muito numa história que pudesse oferecer, algo que me permitisse ser flexível com meu tempo, mas nada que ela pudesse verificar no Google.

— Na verdade, não estou trabalhando agora — digo, lançando um olhar de lado para ver como Meg recebe a resposta. Afinal, ela está prestes a me mostrar várias propriedades anunciadas por mais de um milhão de dólares. — Costumava trabalhar no Bank of America como especialista em contas, o que significa que eu tentava fazer com que as pessoas melhorassem as contas correntes. Eu odiava. Mas, quando minha tia-avó Calista morreu, ela me deixou uma boa quantia. O suficiente para eu pedir demissão.

Scott havia criticado bastante minha ideia.

— Você não tem ideia de como as pessoas agem — dissera ele quando contei meu plano. — Elas te cumprimentam com a mão direita e enfiam a esquerda no seu bolso.

— A única maneira que tenho de conseguir essa história é me aproximar dela. Para ver em primeira mão como ela age. Você sabe disso.

— Há tantas histórias de disfarce que você pode usar — argumentara ele. — Se passe por outra corretora imobiliária, ou alguém com muito menos dinheiro à procura de um aluguel em vez de uma casa de um milhão. Não precisa se colocar como a próxima vítima dela.

— Eu tenho que ser alguém que valha o tempo dela.

Sabia que Scott ainda queria discutir, mas ele suspirou.

— Tudo bem, mas não baixe a guarda. Se achar que você tem dinheiro, ela vai virar você do avesso antes do jantar.

— Ela não pode me enganar quando estou esperando por isso. Acho que posso ser amiga dela. Fazer com que Meg confie em mim. Talvez até me dizer onde ela esteve todos esses anos.

— Acho que você está confundindo a verdadeira Meg com a personagem que você inventou. Na vida real, vigaristas não têm amigos. Cada palavra que dizem é uma mentira, e seu único objetivo é enganar o maior número de pessoas possível.

A voz de Meg me puxa de volta ao presente.

— Se ao menos todos tivessem a sorte de ter uma tia Calista — diz ela.

Sorrio. Calista é, na verdade, minha tia favorita por parte de pai. Não é rica, mas, felizmente, também não está morta.

— Ela era muito especial. Calista nunca se casou. Trabalhava como assistente jurídica enquanto cursava a faculdade de direito, e foi a primeira sócia mulher no seu escritório de advocacia nos anos 1970. — Me remexo no assento para encarar Meg. — Investir em propriedades teria sido algo que ela gostaria que eu fizesse.

A emoção de ficar à margem da minha vida e fingir ser outra pessoa corre através de mim, e por um momento consigo entender por que Meg faz isso. O fascínio de uma nova vida, uma nova história, é sedutor. Como deve ser fácil apenas ficar nesse personagem.

Meg vira à esquerda da avenida principal, entra num bairro planejado de pequenas casas e grandes árvores, e estaciona na frente de uma casa branca com grandes janelas e um gramado moribundo.

— Essa precisa de uma certa renovação, mas tem uma boa estrutura.

Ela me segue enquanto caminho pela casa, apontando as características originais. Quando saímos, ela pergunta:

— O que achou?

Torço o nariz antes de responder.

— Parece trabalho demais para mim.

A próxima propriedade fica em Venice.

— Minha mãe e eu morávamos nas redondezas quando eu era pequena — diz Meg enquanto dirigimos pelo centro de Santa Monica, os edifícios se tornando deteriorados quanto mais ao sul viajamos.

A confissão me chama a atenção.

— É mesmo? Onde?

— Aqui e ali. Nunca por tempo suficiente para eu memorizar o endereço.

— Você sempre morou em Los Angeles? — pergunto.

Ela nega com a cabeça.

— Morei em Michigan nos últimos dez anos. Acabei de voltar.

— Deve ser bom estar em casa.

Meg solta uma risada triste.

— Sim e não. Você tem uma lembrança de como sua vida costumava ser, e acha que será assim quando voltar. — Chegamos a um sinal vermelho e ela olha para mim, a expressão triste. — Mas não é. Ninguém está no mesmo lugar. Nada está como você deixou. É incômodo. As pessoas que eu conhecia antes se foram. Não só tive que começar o meu negócio do zero, como tive que encontrar uma nova comunidade. Um novo grupo de amigos. — Ela fica quieta por um momento. — Sinto falta da minha mãe. Mesmo que eu tenha vivido aqui por tantos anos depois que ela faleceu, o espaço que ela deixou parece maior de alguma forma. Mais óbvio.

Eu sei como a solidão pode se infiltrar na vida de alguém, a percepção de que não há ninguém que entenda você, ou as coisas que te mantêm acordada à noite.

— Quantos anos você tinha quando ela faleceu? — pergunto, embora já saiba a resposta, tendo rastreado a certidão de óbito da mãe dela há muitos anos.

O sinal fica verde e aceleramos.

— No meu último ano do ensino médio, em dezembro. Perto o suficiente dos meus 18 anos para que eu pudesse fingir por alguns meses. Meu maior arrependimento é que ela morreu pensando que tinha falhado comigo.

Que coisa dolorosa com a qual conviver, se for verdade.

— Como assim? — pergunto.

— Perdemos a nossa casa. — Percebo como as mãos dela seguram o volante, os nós dos dedos visivelmente brancos sob a pele. — Ficamos sem nada. — Ela me dá uma olhada rápida. — Moramos no nosso carro por um tempo.

Scott tinha me avisado que Meg faria isso — se mostraria vulnerável, dizendo algo que provocaria simpatia —, e eu me esforço para contornar essa atitude. A confissão dela explica por que eu não consegui encontrá-las, mas suas palavras não correspondem ao que aconteceu. Elas não perderam a casa; a mãe dela assinou uma escritura de renúncia para Ron Ashton.

— Chega de falar da minha história triste — diz Meg, gesticulando para o anel de noivado no meu dedo. — Já tem data marcada?

Olho para a solitária aliança de platina de um quilate, que levou seis meses para pagarmos, e a giro no meu dedo.

— Ainda não.

— Qual o nome dele? Como se conheceram?

— O nome dele é Scott e ele costumava trabalhar comigo no banco.

— Há quanto tempo estão juntos? — pergunta ela. — Ele dá pitaco no que você compra?

É tão fácil pegar a verdade e distorcê-la um pouco, mudando as coisas o suficiente para reescrever nossas finanças problemáticas. Pagar o aluguel com nossos cartões de crédito se transforma na herança de uma tia. Um noivado que se arrasta há dois anos é, de repente, novo e emocionante.

— Estamos juntos há cinco anos e, não, ele insiste que o dinheiro é meu, então a decisão é minha.

— Parece um bom partido.

Tem sido um caminho difícil, com alguns contratempos e uma recaída no início, mas Scott e eu estamos dando a volta por cima.

— Ele é ótimo — digo, lutando mais do que queria para me encaixar nessas palavras.

— Vamos almoçar depois que terminarmos — sugere Meg. — Por minha conta.

ENCONTRAMOS UM RESTAURANTE em Sawtelle, um de culinária de fusão japonesa com um pátio ao ar livre nos fundos, repleto de videiras e luzes cintilantes. Já são quase 14h, e podemos escolher a nossa mesa. Meg me guia até uma no canto, pede uma garrafa de vinho branco, e nós estudamos nossos cardápios enquanto esperamos pela bebida.

— Então como você conhece o Ron? — pergunta Meg.

Respondo com cuidado, consciente de que não posso dizer algo que Ron possa refutar.

— Conheci ele no jantar de uma angariação, há pouco tempo. Em Hollywood Hills. Foi espetacular.

Ela me lança um olhar rápido.

— Está de brincadeira! Eu estava lá.

Eu a estudo cuidadosamente, como se tentasse me lembrar dela.

— Bem que eu pensei que você me parecia familiar. Não fique muito impressionada comigo. Os pais de Scott compraram os ingressos há meses, mas o pai dele ficou doente, por isso nós fomos. Duvido que Ron se lembre de mim. Só falei com ele por cerca de cinco minutos. O suficiente para dizer a ele que eu estava à procura de uma propriedade, e ele me deu o seu nome. Desculpa se a fiz pensar que eu tinha uma conexão mais séria... — Eu desvio do assunto.

Meg estende a mão sobre a mesa e aperta o meu braço. A mão dela é quente e macia.

— De modo algum. Eu estava lá apenas para apoiar minha amiga, Veronica, cujo marido é o gerente de campanha de Ron.

Nossa garçonete chega com o vinho e anota nosso pedido.

— O que você achou do Ron? — pergunto quando ela se afasta de novo.

Meg dá de ombros.

— Espero ter ele como cliente. Assim como você, só nos falamos por alguns minutos. — Ela desvia o olhar, pousando os olhos numa televisão silenciosa presa à parede que mostra um protesto feminino. Punhos nos ares, elas gritam silenciosamente, os cartazes de #metoo subindo e descendo conforme a multidão avança. — Os homens sempre mostram quem realmente são. — Sua voz é calma e ela aponta para a televisão. — Isso tudo não te esgota?

Muitas coisas me esgotam. Pagar uma dívida de jogo que não deveria ser minha responsabilidade. Um trabalho que suga a minha alma. A sombra do que aconteceu comigo, sempre à espreita, porque às vezes, mesmo depois de dez anos — depois dos ataques de pânico diários e dos terrores noturnos —, eu ainda acordo inundada de vergonha. Não por ter deixado acontecer, mas por, ao não denunciar, ter permitido que continuasse. Deixei que acontecesse com outras pessoas, da mesma forma que Meg deixou acontecer comigo.

A voz de Meg é baixa.

— Você não gostaria de ter um pouco desse poder de volta?

Olho para ela, pensando no que ela estaria tentando dizer.

— O que você faria com ele? — pergunto.

— Faria eles arcarem com as consequências.

De volta ao carro, Meg se vira para mim.

— Tive a sensação de que você não gostou de nenhuma das propriedades que vimos hoje.

— Não gostei — admito. — É tudo tão caro.

Eu me pergunto por quanto tempo poderei continuar com a charada de estar procurando uma casa para comprar.

— Essa é Los Angeles. Vou ver se consigo encontrar algo mais barato, embora você talvez precise ir para Culver City ou Westchester.

— Por mim, tudo bem — digo.

Qualquer coisa para me aproximar dela, para mantê-la falando.

NAQUELA NOITE, DURANTE o jantar, menciono o assunto da fraude imobiliária.

— É sobre Meg? — pergunta Scott.

Penso no que sei. Desde a Sra. Nelson, ouvindo a acusação de Rosie — *Você mentiu para mim.* E a própria confissão de Meg — *Tivemos de morar no nosso carro.*

— Não tenho nada além de um pressentimento, mas não posso ignorar que peças demais estão se sobrepondo em Ron Ashton. Agora mesmo, estou pensando que pode ser algum tipo de fraude imobiliária.

Scott me lança um olhar de advertência.

— Cuidado com o que você me conta.

— Não, são só suposições. Ela não fez nada, até onde eu sei. Mas, em todo caso, vamos manter isso em sigilo.

— Não sou repórter, Kat. Não tem essa de manter baixo comigo. Se um crime será cometido, é meu dever fazer alguma coisa.

Eu levanto as mãos.

— No momento, estou no modo coleta de informações. Observando todas as possibilidades.

Scott aquiesce e se serve de uma fatia de pizza.

— Fraude imobiliária pode ser um monte de coisas — diz ele, dando uma mordida. — Uma assinatura falsificada em uma escritura de renúncia para retirar dinheiro de uma propriedade.

Uma escritura de renúncia é como Ron conseguiu a casa de Meg. É improvável que ele caísse em algo assim.

Scott continua, animado com o tema.

— Ou, às vezes, as pessoas encontram propriedades abandonadas, mudam as fechaduras e tentam vender para vítimas inocentes. A maioria dos golpes bem-feitos exige a participação de várias pessoas... avaliadores de propriedades dispostos a dar a uma casa um valor muito maior, ou agentes de empréstimo dispostos a arquivar documentos de empréstimos falsos ou inflacionados.

Dou uma mordida na pizza, pensando. Suponho que seja possível que Meg tenha montado uma equipe, mas ela não me parece ser alguém que trabalha em grupo. Ela precisaria de pessoas já instaladas em Los Angeles, estabelecidas em campos escolhidos. E eu não acho que ela os tenha.

— Mas os bancos têm muitas medidas de segurança quando se trata de emprestar dinheiro — continua Scott. — Eles exigem avaliações. Inspeções. Comprovação de seguro.

— E em contextos de acordos em dinheiro vivo? — pergunto.

— Isso abre o leque de opções significativamente.

— Por quê?

Scott limpa a boca com um guardanapo.

— Com uma oferta em dinheiro e o incentivo de um agente corrupto, o comprador pode renunciar às proteções de contingência, como a inspeção e a avaliação, e ficar preso com uma propriedade com grandes problemas.

— Por que um agente faria isso? — questiono.

— O agente do comprador pode estar recebendo uma propina. A comissão mais uma porcentagem do dinheiro que o vendedor vai ganhar com a venda. — Ele mastiga, pensando. — Ou talvez ela use transações legítimas para obter informações pessoais. Cadastro de Pessoa Física. Informações bancárias. Quase tudo é feito online, mas um agente inteligente pode encontrar uma maneira de ter acesso. — Scott gesticula para o último pedaço de pizza e eu o recuso. Ele o pega e diz: — Se fosse eu, tentaria descobrir onde ela esteve, o que tem feito. Vigaristas sempre usam o mesmo esquema. É possível que ela já tenha experiência no que está planejando fazer.

APÓS O JANTAR, Scott liga a televisão e eu me sento à escrivaninha, folheando minha pasta, rearranjando as páginas para ter uma nova perspectiva. Paro quando encontro notas da minha fonte no Conselho Estadual de Licenças de Empreiteiros. Eu tinha ligado para ele depois da minha entrevista com a Sra. Nelson, a vizinha que morava atrás da casa em Canyon Drive. Ele descreveu Ron como *suspeito*.

— Ou talvez mais do tipo predatório — dissera ele. — O cara costumava encontrar pessoas com problemas financeiros, e levava todas a refinanciar suas casas sob o pretexto de grandes reformas. Quando o dinheiro acabava, ele desaparecia.

— Costumava?

— Ele ajeitou a vida há cerca de um ano. Nenhuma reclamação desde então.

Rabisco uma estrela-do-mar ao longo da borda da página, imaginando Rosie, uma jovem mãe solo sem família, confiando em um homem como Ron e perdendo tudo. Como isso a afetou? Como isso afetou sua filha?

Para cada história que escrevo, eu faço uma legenda — para uma rápida olhada em fatos, nomes, datas e locais importantes. A de Meg é uma mistura de informações que remontam há dez anos. Meu dedo percorre os nomes que reuni há tanto tempo. *Cory Dempsey. Cal Nevis. Clara Nelson.*

Nate Burgess.

Encaro o nome, me lembrando do rosto dele e do cheiro de seu apartamento, até que as letras desfocam e sou forçada a desviar o olhar. Relembro a mim mesma que já se passaram dez anos e não sou mais aquela mulher.

Foi meu terapeuta quem sugeriu escrever uma ficção como uma forma de tratamento.

— Quando você escreve um relato fictício de algo, você está no controle. Você decide como termina. Quero que você escreva sobre o que aconteceu naquele dia, mas quero que mude os fatos para que tenha todo o poder da situação.

A primeira cena que escrevi foi curta — eu esperando no meu carro em vez de no bar, observando Nate entrar e depois ir embora. Em outra cena, eu jogava minha bebida na cara de Nate. Numa terceira, eu chutava a virilha dele e usava a gravata para puxá-lo para o chão.

Foi empoderador, mas não apagou o que tinha acontecido. Só me mostrou que, como a ficção, a justiça era uma ilusão para homens como Nate.

Mas então voltei minha atenção para Meg e continuei escrevendo, dando a ela uma história semelhante à que eu havia pesquisado, imaginando qual teria sido o momento de sua transformação. O gatilho que a enviou na direção de Cory Dempsey e depois gerou uma carreira.

Reúno minhas anotações de volta na pasta e a guardo. Há muito tempo, quando Scott se mudou, nós fizemos um acordo de que nosso espaço de trabalho era sagrado. Nenhum de nós podia violar os documentos de trabalho do outro, a menos que fosse convidado. Apesar de eu não ter escrito uma grande história em mais de um ano, ainda guardo tudo, para reduzir as chances de que Scott veja algo involuntariamente.

Na mesa ao lado, meu celular apita com uma mensagem de Meg. *Foi um prazer te conhecer hoje. Faço aulas de ioga toda quarta-feira de manhã em Santa Monica. Quer participar?* Enquanto leio, ela envia outra mensagem. *Essa sou eu, tentando fazer uma amiga.* Ela incluiu um emoji rindo para manter o tom leve, mas sinto uma pontada de empatia por ela, o que me surpreende.

Eu adoraria, digito de volta. Então acrescento: *Essa sou eu, tentando ser uma amiga.*

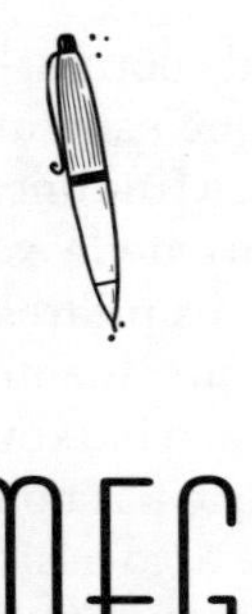

MEG

Junho
Dezenove semanas antes das eleições

Quais são as características mais importantes que um vigarista deve ter? Muitos diriam carisma. Outros diriam inteligência, ou habilidade em mentir e manipular. Alguns também podem mencionar a capacidade de pensar por conta própria. De virar o jogo rapidamente quando algo não sai como o esperado.

Não estariam errados, mas não é o que eu responderia.

Os ingredientes de um bom golpe são paciência e confiança.

Em todos os projetos, em todas as identidades que possuí, sempre tive que começar com algo verdadeiro. Algo real. Veja a transação de Veronica e David, por exemplo. Pergunte a qualquer um dos dois e eles vão jurar por tudo o que é sagrado que sou exatamente quem eu digo que sou. Levei 45 dias para ganhar essa confiança. A maioria dos vigaristas não está interessada — ou é capaz — de ficar por perto tanto tempo.

Mas é assim que você entra na vida de alguém. É assim que se torna um membro da comunidade, um membro de círculos mais íntimos, o que criará todos os tipos de oportunidades.

HOJE É MINHA PRIMEIRA visita com Ron, e vou levá-lo para ver um duplex à beira-mar em Malibu. Está no mercado há mais de dois anos devido a significativos problemas estruturais. O representante de vendas é um cara do topo da colina, do outro lado do vale, e ele me disse antecipadamente o que esperar.

— Vou ficar encantado se finalmente vender esse duplex — confidenciou ele. — Essa propriedade está encalhada há muito tempo. Mas tenho que revelar que os pilares embaixo da casa começaram a corroer. Não importa o que aconteça, eles terão que ser substituídos. É por isso que o preço baixou para 5,5 milhões de dólares.

— Isso talvez não importe para o meu comprador — falei. — Ele é um empreendedor, então algo assim não vai assustá-lo.

Escolhi essa propriedade por muitas razões, e uma delas é sua localização remota, exigindo uma longa viagem de Beverly Hills, através de Santa Monica, até a estrada costeira. O tempo no carro com Ron me permitirá construir minha história, mostrando algumas nuances com uma leve pitada de corrupção das transações em Michigan. Deixando Ron saber que a minha ética profissional é tão flexível quanto a dele.

Mas eu não seria humana se não admitisse meu nervosismo. Passei anos vendo Ron como vilão na minha mente. Transformando-o no monstro que roubou o que restava da minha infância. Agora vou precisar me aproximar dele e me envolver em piadas sedutoras, admirá-lo abertamente por sua perspicácia e intelecto nos negócios. Vou permitir que Ron defina quem ele pensa que eu sou, e depois viver dentro dessa suposição. Isso exigirá um nível de atuação que não havia precisado usar desde que descobri a verdade sobre Cory.

Ainda estou reunindo informações, aprendendo como Ron age, descobrindo seus hábitos e pontos cegos. Mas de uma coisa eu tenho certeza: Ron tem muito dinheiro e muito poder, e meu objetivo é usar Canyon Drive para tirar os dois dele.

AO NORTE DA UNIVERSIDADE Pepperdine, saímos da rodovia costeira do Pacífico e seguimos por uma pequena estrada de acesso. As residências aqui ficam bem próximas da água, construídas sobre pilares de concreto que as suspendem acima da areia e do quebra-mar. As propriedades ao longo desse trecho são vendidas por pelo menos 10 milhões de dólares, a depender da metragem, ou se alguém chegou a converter tudo em vidro, cromo e mármore branco. Os chalés de praia dos anos 1960 e 1970 se foram, com suas palafitas e pisos de madeira deformados e portas de correr difíceis de abrir.

— Este lugar foi convertido em um duplex, e alguns dos acabamentos não são tão sofisticados quanto o exigido pela região. É por isso que o preço está baixo, na faixa dos 7 milhões — digo a ele, deliberadamente adicionando alguns milhões ao preço da listagem.

Um pouco abaixo e ele saberia que algo está errado.

Entramos num espaço luminoso, com piso de madeira em vinil e luminárias da Home Depot.

— A segunda unidade no andar de cima tem a mesma planta que essa. O acesso é por uma escada externa ao longo do lado sul da propriedade. Garagem para dois veículos.

Ron caminha em direção às portas deslizantes de vidro e as abre, pisando sobre um deque de sequoia. Por uma fração de segundo, fantasio que os pilares cederam, derrubando-o numa queda de 30 metros sobre as rochas e a costa abaixo de nós. Ele se vira e sorri.

— Eu poderia alugar cada unidade por pelo menos 6 mil dólares por mês. Tem lavanderia?

Eu me encosto na pequena ilha da cozinha e aponto para um corredor à minha esquerda.

— Máquina de lavar e de secar empilhadas num armário.

Nós seguimos lentamente através de ambas as unidades, e Ron comenta sobre a luz. Os pés-direitos altos. As cozinhas de cada uma, ambas com azulejos brancos e limpos e aparelhos brancos imaculados.

— Não há quase nada a ser feito. — Ele está maravilhado. — Há quanto tempo está no mercado?

— Um mês — minto. — Tive a impressão, pelo representante, de que os vendedores estão começando a ficar ansiosos. Eles pensavam que já teriam vendido a esta altura.

— Se fosse uma casa para uma família só, tenho certeza de que teriam — comenta ele. — Acho que o preço é um pouco alto para o que oferece.

— O mercado define o preço, não o vendedor — recito.

Sete milhões, dois milhões, dez milhões... não importa, porque não vou deixar essa transação ir tão longe.

Nossos olhos se encontram do outro lado da sala, e eu sinto o mesmo choque que senti naquela primeira noite na angariação de fundos — mal posso acreditar que finalmente estou aqui depois de tantos anos.

— Vamos fazer uma oferta — diz Ron. Abaixo de nós, as ondas batem contra os pilares que estão lentamente se desintegrando. — Vamos oferecer 5 milhões.

Aquiesço e deslizo a porta para fechá-la, o som do oceano agora abafado.

— Vou voltar para o escritório e elaborar a proposta.

DOIS DIAS DEPOIS, eu ligo para Ron.

— Temos que retirar a proposta da propriedade de Malibu.

— O quê? Por quê?

Dá para ouvir os sons de um escritório de campanha atarefado atrás dele, um estrondo de vozes, o toque de telefones.

— O meu rapaz da inspeção conhece a propriedade. Aparentemente, há grandes danos estruturais nos pilares abaixo da casa. Algo relacionado ao concreto não ter sido bem-feito e estar sendo erodido pela água salgada. Você nem quer saber o quanto custaria para repará-los.

Ele solta um suspiro alto.

— Meu Deus. Por que eles não revelaram isso?

— Não sei, mas já falei com o meu gerente sobre o assunto. Ele vai entrar em contato com o gerente do representante de vendas, e posso garantir que haverá repercussões. — Baixo a voz um pouco, embora esteja sozinha na minha casa, com apenas o som do cortador de grama de um vizinho à distância. — Olha, há muitos agentes por aí que empurrariam essa negociação, ganhariam a comissão e deixariam você lidar com as consequências. Mas não é assim que eu trabalho.

— Eu te agradeço. Tentar litigar isso seria um pesadelo agora. Precisa que eu faça alguma coisa? Tem algum documento para assinar?

— Não precisa se preocupar com nada.

— Você é ótima, Meg. Obrigado por cuidar disso para mim.

Desligo o telefone e rascunho um rápido e-mail para o representante de vendas. *Fiz o melhor que pude, mas infelizmente meu cliente decidiu não fazer uma oferta.* Clico em Enviar e me recosto na cadeira, satisfeita com o quanto essa primeira parte correu bem. Consegui tudo o que queria da nossa excursão inicial, e o mais importante é que agora Ron acredita que vou proteger os interesses dele acima dos meus. Isso vai facilitar que ele siga meu conselho mais tarde.

Paciência e confiança.

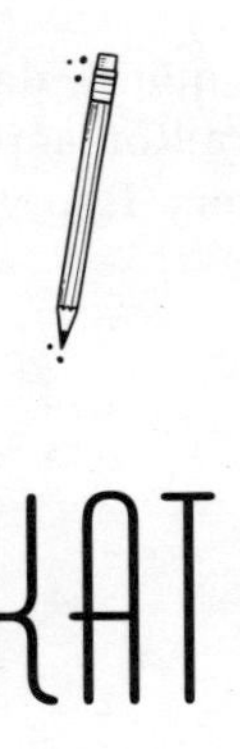

KAT

Julho

A ioga se torna um evento semanal, que depois se transforma em um brunch com a amiga de Meg, Veronica.

— Você não poderia estar em melhores mãos — diz Veronica, sempre que a conversa se volta para minha busca por uma casa. — Ela vai encontrar algo excelente.

Certa manhã, estamos nos demorando sobre o resto do almoço, os pratos vazios espalhados ao nosso redor, quando Veronica lança uma pergunta.

— Por que o noivado tão longo, Kat?

A pergunta dela parece um teste. Meg tinha acabado de nos contar uma história de como alguém uma vez tentou invadir o carro onde ela estava dormindo, e Veronica nos contou da vez em que seu marido, David, foi preso por dirigir embriagado. As mulheres constroem amizades em torno de confidências e, para permanecer neste grupo, eu preciso dar algo a elas. A voz de Scott em minha cabeça me adverte. *Nada pessoal. Nada de falar os nomes dos seus pais ou mesmo do seu cachorro de infância.*

Eis o problema de contar a verdade: faz com que tudo ao seu redor pareça ser verdade também. Um pequenino fato — uma coisinha verdadeira — pode se espalhar e legitimar todas as mentiras que contei.

— Scott tinha problemas com jogos de azar — digo, mal acreditando que falei essas palavras em voz alta. Mas, ao dizê-las, sei que foi a decisão certa, porque sinto elas se aproximando, baixando a guarda. Ser vulnerável é o modo mais rápido de se conectar com outra pessoa. — A maioria era online. Mas nós resolvemos o problema, e ele está há dois anos em recuperação. Então estamos indo devagar com o casamento. Deixando as coisas se acalmarem antes de dar uma sacudida de novo.

Meg parece preocupada.

— A herança da sua tia é um problema para ele?

Veronica entra na conversa.

— Tia? Herança?

Logo informo Veronica sobre a tia Calista, a super tia maneira e benfeitora de sua sobrinha com dificuldades. Depois me viro para Meg e decido improvisar.

— Grandes quantias de dinheiro não são muito o foco de Scott. É mais a adrenalina de vencer que o deixa viciado. Mas ele está no programa e nós temos algumas fortes medidas de proteção. Teria sido fácil desistir e virar as costas, mas ele me ajudou durante um período bem difícil há um tempo, e teria sido hipocrisia minha não ajudar agora. Ele é uma boa pessoa e muito esforçado. Eu acredito nele.

Os olhos de Meg se enchem de melancolia.

— Adoro uma boa história de redenção.

A conversa continua, mas fico presa no que revelei, trocando algo verdadeiro sobre mim por uma fatia da confiança de Meg. Foi um risco calculado, mas que eu precisava correr.

MEG CONTINUOU A ME levar para ver propriedades — geralmente cerca de três ou quatro por semana. Eu sempre encontro uma razão pela qual não estou pronta para comprar nenhuma delas. Estamos em Westchester, andando por outra pequena casa que precisa de uma grande renovação, quando Meg pergunta:

— Seja honesta comigo... você não está interessada em comprar uma casa, está?

Eu estou olhando dentro de um armário quando ela diz essas palavras, e congelo, tentando recompor minha expressão para que seja mais uma *confissão verdadeira* do que *ai, merda*. Eu me viro para encará-la.

— Talvez você esteja certa, apesar de eu *querer* comprar uma propriedade — admito. — É só que... gosto de ver essa quantia enorme no meu extrato bancário. Pela primeira vez na vida, não temo abrir o envelope todo mês. Passei a vida inteira vivendo de salário em salário. É bom ter esse espaço para respirar.

Meg se inclina no balcão que separa uma pequena cozinha da lavanderia.

— Eu entendo — diz ela. — Há algo realmente poderoso em saber que se tem segurança.

— Mas gosto da sua companhia.

O que é mais verdadeiro do que eu gostaria de admitir. Meg sempre tem histórias para contar: negócios que quase fracassaram, um cliente com demandas absurdas — *uma adega e um quarto de brinquedos sexuais, se você puder encontrar*. Eu não acredito em nenhuma delas, mas uma parte de mim está impressionada com a maneira como ela desenvolveu bem seu suposto passado. Como deve ser fácil acreditar nela para alguém que ainda não sabe quem e o que ela é. É assim que pessoas como Meg aplicam golpes. Eles constroem um incrível mundo de fantasia e, quando você está vivendo dentro dele, deixa de se importar com o que é real e o que não é.

— Estou um tanto aliviada, para ser honesta — diz Meg. — As casas nesta faixa de preço são deprimentes. Eu não gostaria que você gastasse o seu dinheiro em nenhuma delas.

De volta ao carro, nos afastamos do meio-fio e seguimos até o escritório da Beverly Hills Apex, onde meu carro está estacionado.

— Perspectiva é uma coisa engraçada — comenta ela. — Minha mãe teria ficado louca para morar em qualquer uma dessas casas. Eu também.

Há cerca de um ano, escrevi um artigo para um blog de psicologia intitulado *Dez Maneiras Simples de Construir Confiança*, e tenho empregado o maior número possível delas. Coisas como ser pontual, espelhar a linguagem corporal de Meg e ser generosa com as minhas próprias informações, como a confissão sobre Scott. Tudo isso leva à minha próxima pergunta.

— O que exatamente aconteceu? — pergunto, esperando que ela esteja pronta para responder. — Você mencionou que perdeu a sua casa.

— É um clichê, na verdade. Minha mãe se apaixonou pelo cara errado — explica ela, mantendo os olhos na estrada enquanto fala. — O maior arrependimento dela foi se envolver com ele e o que ele me fez passar.

— Ele...? — Deixo a frase morrer.

— Não, nada disso. O cara mal olhava para mim. Eu era desajeitada e medrosa, praticamente só me escondia no meu quarto quando ele estava lá. Mas, por culpa dele, perdemos a nossa casa. A história da nossa família, para falar a verdade. Há um limite para o que se pode levar quando se vive num carro.

— Sua mãe tinha algum recurso legal?

Meg balança a cabeça e olha por cima do ombro para mudar de faixa.

— Minha mãe mal tinha um centavo para o orelhão. Ela estava em estado terminal. Quando tudo estivesse resolvido, ela já estaria morta.

— Como ele fez isso?

Ainda não o tínhamos nomeado, e tenho cuidado para não revelar que sei que é de Ron que estamos falando.

Ela fica quieta e eu temo ter ido longe demais.

— Minha mãe precisava refinanciar a casa, precisava de dinheiro — responde Meg por fim. — Mas o crédito dela era péssimo. Ela não conseguia garantir um empréstimo por conta própria, então ele se ofereceu para assinar em troca de colocá-lo no título.

Eu me endireitei, intuindo para onde isso ia.

— Eu sei — comenta Meg, talvez por ter visto minha expressão. — Ela acreditou quando o cara disse que podiam ser coproprietários. Ele faria todos os reparos e, acredite, eram muitos. Havia mofo na biblioteca do andar de baixo. Danos causados pelo terremoto de 1994 que nunca foram resolvidos. Ele disse que arrumaria sem nenhum custo e, em seguida, eles poderiam alugar e dividir o lucro. Teria sido uma quantia de dinheiro que mudaria nossa vida.

— Mas não foi o que aconteceu?

Meg balança a cabeça.

— Ele contou uma história de que os bancos não permitiram que ele refinanciasse o empréstimo enquanto ela estivesse no título. "Quarenta e cinco dias", disse o cara. "O suficiente para garantir o empréstimo. Depois colocamos você de volta no título."

— Não é assim que funciona — digo, lembrando o caso em que Scott trabalhou há muitos anos. Um jovem rapaz convenceu sua avó a fazer algo semelhante, e depois vendeu a casa debaixo do nariz dela para financiar o vício em drogas. — Bancos não se importam com quem está no título. Só se importam com quem pegou o empréstimo.

Ela está séria.

— Agora eu sei disso. Mas naquela época? Eu era apenas uma criança e a minha mãe estava louca por ele. — Ela permanece quieta por um momento e então continua: — Foi o ano mais difícil da minha vida, quando moramos no nosso carro. Minha mãe tentava transformar tudo em uma aventura. "Podemos ir a qualquer lugar que quisermos, a qualquer hora...", mas a realidade era que alternávamos entre os estacionamentos de praias e às vezes o abrigo. No outono do meu último ano do ensino médio, minha mãe ficou doente. O serviço de emergência a enviou para o pronto-socorro e... — Meg deixa a frase morrer. — Foi muito rápido depois disso. No Natal ela já tinha falecido.

De todas as maneiras que imaginei o que poderia ter desprovido Meg e a mãe dela de uma casa, nunca havia imaginado essa possibilidade. Uma parte de mim gostaria de nunca ter perguntado, porque é difícil não simpatizar com ela. É difícil não imaginar uma jovem Meg e a mãe dormindo no carro, sabendo que o homem responsável por isso morava em sua casa. E ainda mora lá até hoje. Não posso fingir que essa é mais uma das histórias dela, porque peças suficientes se encaixam com o que eu já sei.

— Sinto muito.

Meg dá de ombros.

— Foi há muito tempo. É hora de seguir em frente, sabe?

Isso é uma mentira. É por isso que Meg retornou.

— E você não quer matá-lo? Ou fazer com que ele pague de alguma forma?

Minhas palavras se demoram, um convite.

— Homens e a responsabilidade. Os dois quase nunca andam juntos. — Viajamos em silêncio por alguns quarteirões antes de ela continuar: — O que vem a seguir para você? Se não uma casa, o quê?

— Vou ter que encontrar outra coisa para preencher meus dias — digo, embora eu já esteja com problemas para superar o que Meg acabou de me contar.

A raiva que deve tê-la consumido por tantos anos, culminando nesse momento.

Meg me lança um olhar breve.

— Uma vida de lazer não te convém?

Olho pela janela, tentando voltar ao papel que escolhi para mim.

— Acho que posso fazer mais algumas aulas de ioga. Ser voluntária num abrigo de animais.

Estou impressionada com a ironia de duas mulheres, cada uma delas tentando arquitetar uma rede de mentiras e manipulação em torno da outra, sem saber quais cordas estão envolvidas em torno de quem.

Meg solta uma risada.

— Apenas se lembre de que trabalhar é um saco.

Ela freia, o tráfego se acumulando atrás de um sinal quebrado. Posso ver traços do guarda de trânsito no centro do cruzamento, suas luvas brancas reluzindo.

Eu me remexo no banco para encará-la.

— Mas deve ser divertido ter acesso a casas de luxo e clientes ricos. No que mais você está trabalhando? Algo de interessante?

— Ron está ocupando a maior parte do meu tempo. Ele diz que está à procura de uma propriedade para investimento, mas me fez rodar a cidade inteira. Prédios residenciais. Duplexes. Triplexes. Mas ele odeia todos. Uma propriedade para investimento não é o que Ron realmente quer.

— E o que seria?

— O que todos os homens como ele querem. Poder. Status. O respeito e a inveja dos seus rivais. O que ele não vai conseguir com um duplex em Culver City. — Meg mantém os olhos no carro à nossa frente, escondida atrás dos óculos escuros. Por isso, é difícil ler sua expressão. — Ele é daqueles que compram em dinheiro, então isso me deixa ocupada. “Por que envolver os bancos?”, diz ele. Mas Ron não é diferente de nenhum dos outros homens ricos e poderosos com quem já trabalhei centenas de vezes. — Ela dá uma pequena risada. — Sei lidar com ele.

— Como? — pergunto.

O guarda de trânsito acena para seguirmos em frente, e nós passamos pelo cruzamento, o carro ganhando velocidade.

Meg abre um sorriso.

— É só dizer a eles o que querem ouvir.

MEG ME LIGA depois do jantar.

— Estive pensando — diz ela quando atendo. — Sei que você não precisa trabalhar e sei que está avaliando suas opções, mas gostaria de ser minha assistente por um tempo? Seriam cerca de vinte horas por semana, pesquisando, visitando propriedades e resolvendo documentações. Tudo se resolve online hoje em dia, então você nem teria que colocar o pé no escritório da Apex. Além disso, os horários são flexíveis, e ainda podemos fazer ioga e aproveitar um brunch com Veronica às quartas-feiras.

Um amigo de Scott costumava trabalhar disfarçado na divisão antidrogas. *É definitivamente melhor do que trabalhar no escritório*, costumava dizer. Ele acordava de manhã, vestia um par de jeans e um moletom com capuz, e seguia para qualquer bairro no qual estivesse trabalhando naquele dia. O cara se disfarçava ao lado de drogados e traficantes de drogas, na esperança de ganhar a confiança deles para que pudessem levá-lo até o chefe.

No passado, eu sempre investiguei à distância, usando minhas fontes, a internet e os registros públicos para construir uma história. Mas agora percebo que isso não vai funcionar com Meg. Eu não tenho nenhuma fonte e a internet reproduz apenas o que ela quer que as pessoas vejam. A única maneira de saber o que Meg está planejando é sair da minha zona de conforto e me tornar parte disso.

— Eu adoraria.

MEG

Julho
Dezessete semanas antes das eleições

Vamos falar sobre Kat por um momento. Jovem, uma nova rica, à deriva e incerta quanto à direção da própria vida.

E uma mentirosa muito talentosa.

Desde o momento em que ela me ligou, alegando ser uma referência de Ron, eu suspeitei que Kat não era quem dizia ser, e confirmei minha teoria ao segui-la até em casa logo após nosso primeiro passeio juntas. Fiquei sentada no carro do lado de fora do duplex dela e observei sua vizinha, uma jovem de vinte e poucos anos que sorriu para três pessoas diferentes entre a porta do prédio e o seu carro.

Meu tipo favorito de pessoa.

— Ei! — chamei a jovem na manhã seguinte, enquanto esperávamos na fila da Starbucks. — Você é vizinha da Kat e do Scott, certo?

Ela olhou para mim, seus olhos brilhantes e confiáveis.

— Sim.

— Sabia que eu te conhecia! — O meu deleite com a conexão se tornou o dela. — Eu sempre amei o seu prédio — confessei. — Há quanto tempo mora lá?

A mulher franziu a testa, pensando.

— Três anos, talvez? Eu me mudei logo antes de Scott.

A linha da trama avançou.

— Scott é tão gente boa. Queria que eles marcassem logo a data. Kat te contou como eles se conheceram?

A mulher sorriu.

— É claro. Foi muito fofo.

— Mas quais são as chances, certo?

Perguntas vagas que implicam conhecimento podem render muito.

Ela deu de ombros.

— Lembro de Kat contar que conheceu Scott em um caso, mas não me recordo dos detalhes. Tenho certeza de que na maioria das investigações de fraude dele havia jornalistas envolvidos também.

Meu estômago se revirou. Mesmo suspeitando que Kat não era quem dizia ser, eu não esperava uma repórter e um detetive de fraudes. Mantive o tom pensativo, como se estivesse tentando me lembrar de algo.

— Ele também participou da última reportagem dela, não foi?

— Não sei — admitiu ela. — Honestamente, não me lembro da última grande reportagem que ela escreveu. Acho que foi há algum tempo. Mas tenho certeza de que, se você pesquisar por Kat Roberts no Google, tudo vai aparecer.

Kat Roberts. Não *Reynolds*. Fiquei maravilhada por um momento com as semelhanças entre nós duas — cada uma de nós, com apenas alguns detalhes trocados. Não é fácil habitar um perfil fac-símile de si mesmo, e, apesar do coração acelerado e das mãos suadas, eu ainda sabia apreciar o quanto ela fazia isso bem.

— O que gostaria de pedir? — perguntou o barista.

— Café preto, por favor. — O que me tirasse dali o mais rápido possível. Para a vizinha de Kat, eu disse: — Foi muito bom encontrar com você!

Ela sorriu enquanto ia até o balcão para fazer o pedido, e eu peguei meu café e saí apressada, como se tivesse um compromisso importante.

O instinto é uma coisa engraçada, como sussurros de problemas que nunca podemos nomear ou definir, mas que nos permitem localizar o perigo. As mulheres aprendem desde pequenas a ignorar os delas. Somos forçadas a justificar nossos instintos com evidências ou somos ensinadas a ignorá-los — como uma maneira de manter a paz, de priorizar o conforto de outras pessoas sobre o nosso.

Levei muito tempo para superar esses impulsos e prestar atenção quando algo parece estar errado. E os meus instintos não estavam errados sobre Kat. A história da herança era boa — impossível de um estranho verificar —, mas faltavam os detalhes de um passado que poderiam ter me enganado por mais tempo. Uma herança grande o suficiente para comprar uma casa em Los Angeles apareceria em sua vida de outras maneiras menores. Talvez um novo carro ou roupas mais caras. Joias. Até luzes no cabelo feitas num salão caro. Mas Kat não tinha nenhuma dessas coisas. Ela dirigia um Honda de dez anos. Sua roupa de ioga era da Old Navy, não da Lululemon. Sua maquiagem era da Sephora, não da Neiman Marcus.

Minha mente começou a maquinar maneiras de cortar nossa relação. De me tornar muito ocupada para mostrar mais propriedades para ela. Evitar as chamadas e mensagens, construir um muro que mantivesse Kat separada do que eu estava planejando.

Mas então meus instintos se fizeram presentes. Deixar Kat de lado não a impediria. Ela ainda me veria como alvo, me seguiria e possivelmente daria informações para Scott. Porém, se eu a mantivesse por perto, poderia controlar a história. Ter a certeza de que ela só saberia coisas escolhidas por mim. Então fiz dela minha assistente.

Eu não sou tola. Sei que Kat pretende escrever sobre mim, expondo quem eu sou e o que faço. Consigo enxergar além de sua simpatia suave e das perguntas delicadas, cujas respostas ela provavelmente conhece há anos. Mas eu também tenho um plano e Kat será uma parte útil dele.

Será fácil fisgá-la e alimentá-la com as informações que preciso que ela tenha. E por Kat estar tão próxima, será impossível ver a situação como um todo. Será como estar debaixo da Torre Eiffel — quando se está dentro dela, é apenas um monte de aço entrecruzado. Só quando estamos distantes é que a enxergamos pelo que realmente é.

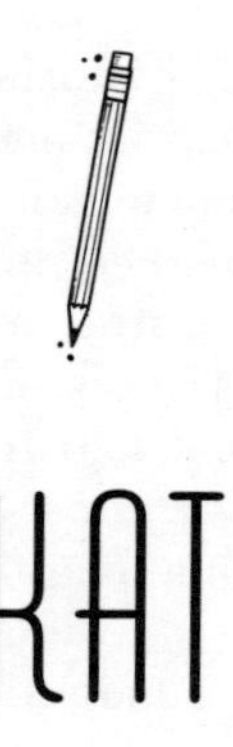

KAT

Julho

A reação de Scott é previsível.

— Você não tem ideia de como é difícil trabalhar disfarçada. São 24 horas por dia, 7 dias por semana. Ainda temos contas a pagar.

O que ele não está dizendo é: *como vamos viver e pagar a minha dívida, se você não escrever seis ou sete artigos de merda por semana?* Engulo uma resposta venenosa.

— Vou trabalhar à noite. Arranjar tempo quando não estiver com Meg. Não é preciso muita inteligência para escrever mil palavras sobre o poder do pensamento positivo ou pensar em cinco movimentos novos para esculpir o abdômen. Além disso, Meg vai me pagar.

Ele revira os olhos.

— Ela não vai pagar para você sair com ela. Serão vinte horas de trabalho de verdade por semana, se você tiver sorte.

— Podemos economizar. Comer fora com menos frequência. Ficar mais em casa. É só por alguns meses.

— Você não sabe disso.

E, no entanto, eu sei. Meg não voltou a Los Angeles para vender imóveis a pessoas como Veronica e seus amigos. Estou quase certa de que ela está atrás da casa em Canyon Drive, e está usando a distração da eleição como cobertura. Aproveitando o momento em que Ron não estará tão focado quanto deveria.

— Vai acabar até o Dia de Ação de Graças — prometo. — Quatro meses. E, se não acabar, vou me afastar e arranjar um trabalho remunerado.

Scott aquiesce e eu o puxo para um abraço apertado. No Ano Novo, tudo será diferente. Tenho certeza.

O TRABALHO, EM GRANDE parte, acaba por girar em torno de pesquisas de propriedades para clientes que Meg supostamente pega de Veronica ou dos amigos dela. Eu uso o SLM — ou Serviço de Listagem Múltipla —, que é um banco de dados imobiliários com todas as casas à venda, além do histórico de compras. Posso procurar qualquer propriedade em Los Angeles e ver todos os compradores e vendedores das últimas décadas.

A primeira coisa que fiz foi procurar a propriedade em Canyon Drive, mas a pesquisa não mostrou nada que eu já não soubesse. Comprada em 1954 por Rupert e Emily Williams, refinanciada em 1986 e de novo em 1993. Inadimplência no empréstimo em 2004 e uma ação de renúncia garantindo o título a Ron Ashton no mesmo ano.

EU TEMIA QUE MEG pudesse querer me manter afastada de Ron, para melhor proteger o que ela planejou para ele. Porém, pouco depois de eu começar, ela me convidou para uma visita com ele. Ron entra no escritório da Apex numa onda de colônia e importância.

— É um prazer revê-lo, Sr. Ashton — digo, na esperança de evitar qualquer indicação de que esta é a primeira vez que nos conhecemos.

Na minha experiência, políticos nunca irão admitir que não se lembram de alguém, e Ron prova não ser diferente.

— Igualmente — diz ele, seus olhos se demorando um pouco mais nos meus peitos.

Cruzo os braços e esboço um sorriso no rosto.

— Vou levá-lo para ver uma propriedade de múltiplas unidades que é adjacente à USC — diz Meg enquanto caminhamos para o estacionamento da Apex.

— Isso é o jeito imobiliário de dizer baixa renda — fala Ron, dirigindo-se para o banco da frente de Meg.

Eu sempre tive a intenção de me sentar atrás — não apenas por meu papel como assistente, mas para melhor observar os dois, lado a lado. Mas o fato de ele nem oferecer o banco da frente me diz que Ron está aqui como cliente, e que pretende consumir tudo.

— O que está procurando exatamente, Sr. Ashton? — pergunto ao apertar o cinto.

Ron não se dá ao trabalho de me olhar ao responder.

— Meu sonho é encontrar algo que precise de reparo. Sou um desenvolvedor e empreiteiro por natureza. Basta despejar as trambiqueiras e os viciados em drogas, fazer uma reforma rápida e barata, dobrar os aluguéis e alocar para estudantes universitários muito burros ou bêbados demais para refletir. — Ele gargalha. — David, meu gerente de campanha, me mataria se soubesse que eu disse isso em voz alta. "Ótica é tudo." Nem tenho permissão para elogiar a roupa da Meg e dizer que ela tem o melhor par de pernas que já vi em vinte anos. Porque, quando a mídia se apodera de alguma coisa, é impossível voltar atrás.

Não sei se é o tom de Ron, ou a maneira casual com que ele objetifica Meg, mas isso me faz voltar no tempo. Uma enxurrada de imagens como uma fita quebrada pisca na minha mente. A maneira como Nate olhou para mim, os olhos dele subindo e descendo pelo meu corpo. O modo como o joelho dele pressionou o meu debaixo da mesa. Uma das mãos dele na parte inferior das minhas costas, me guiando em direção ao carro escuro, o cheiro dos caros bancos de couro, tão semelhantes ao cheiro do carro de Meg que quase vomito.

Abro a janela, praticando silenciosamente a técnica de respiração que ajuda a regular esses ataques antes que possam tomar conta de mim. Não sofro um episódio há mais de um ano e, enquanto respiro, lembro que estou segura. Por mais horrível que Ron seja, não estou sozinha com o cara. Ele não é Nate.

— Concorrer a um cargo público significa seguir certas regras — brinca Meg, sem saber da minha crescente ansiedade.

Seguimos em silêncio por um tempo, mas, quando chegamos a uma rodovia com várias tendas de desabrigados, Ron tem que comentar:

— Esses acampamentos estão por toda parte. Drogados, estupradores, loucos.

Meg olha para ele.

— Qual é o seu plano para isso? — pergunta ela.

Ele respira fundo.

— Como não podemos pegá-los e despejá-los em outro lugar, como o deserto, meu plano é deixar o prefeito e o conselho da cidade lidarem com isso.

— O quê? Nenhuma proposta de serviço social? — questiona Meg.

— Temos o esboço de uma — admite ele. — Mas só porque devemos ter. Sou voltado ao grande negócio, é por isso que as pessoas vão votar em mim. Claro, Los Angeles é um antro liberal, mas a maioria dos residentes de Malibu, Brentwood e Palisades está na faixa de renda do topo dos um por cento mais ricos. Apesar de gostarem de colocar cartazes em seus jardins com "Vidas Negras Importam" e "Amor é Amor", eles não querem financiar essas iniciativas se isso for lhes custar mais impostos. Los Angeles é a capital da conversa fiada e da ilusão.

Meg segue pelas ruas laterais. O trânsito do final da tarde torna a rodovia quase intransitável, e o acelerar e frear do carro por Culver City e além pioram meu enjoo. Isso e o perfume de Ron, que parece se infiltrar na minha pele.

— Presumo que tudo o que eu disse esteja protegido pelo sigilo entre corretor e cliente, certo? — pergunta ele para Meg.

Os olhos dela cruzam com os meus pelo retrovisor e sustentam meu olhar.

— É claro — confirma ela, me dando uma pequena piscadela quando para em frente a um prédio de apartamentos próximo à avenida Normandie, um trecho de concreto, grafite e decadência.

— Kat e eu vamos esperar aqui e aproveitar o sol — anuncia Meg. — Liguei com antecedência e pedi ao gerente para abrir a Unidade 4 para você.

— Volto já.

Ron sobe os degraus da frente, o terno caro contrastando ao extremo com o estuque rachado, o corrimão enferrujado e o lixo amontoado na base do prédio. Quando ele some de vista, me viro para ela.

— Ele é horrível. Como você consegue passar tanto tempo com esse cara?

Meg suspira e se inclina no carro.

— Acredite ou não, já lidei com gente pior.

Quem? Quando? O que você fez, e por acaso vai fazer de novo? As perguntas dançam dentro de mim, ansiosas para serem feitas.

— Não existe essa de *sigilo profissional* com agentes imobiliários, não é? — pergunto em vez de saciar minhas dúvidas.

— Claro que não. A única coisa que não estou autorizada a fazer é revelar informações financeiras dele para qualquer pessoa fora do contexto de um acordo. Ativos, contas bancárias, número de roteamento...

Procuro no rosto dela por uma pista do que Meg pode estar pensando. Esvaziar a conta bancária dele? Torná-la vulnerável de algum modo? Mas a expressão dela é ilegível enquanto ela inclina o rosto para o sol.

Ficamos em silêncio por um tempo, o som do trânsito e o barulho distante de um caminhão de lixo em algum lugar atrás de nós, antes de ela perguntar:

— Você estava bem lá atrás? Parecia que ia fugir no próximo sinal vermelho.

Ela olha para mim, à espera, e me pergunto o que a Meg diria se eu contasse sobre Nate. Como ela desempenhou um papel nisso, e se poderia querer se desculpar. Ela não teve problemas em destruir a vida de Cory Dempsey, e é óbvio que está planejando algo semelhante para Ron. O que ela faria em meu nome? A pergunta me percorre, vibrante e crua.

— Homens como ele fazem eu me sentir encurralada — digo por fim. — Como se eu não pudesse pensar direito para escapar.

— Alguém te machucou?

Desfruto do calor do sol sobre meus ombros, feliz por estar aqui fora em vez de presa em um lugar com Ron.

— Sim, mas foi há muito tempo, e não gosto de falar sobre isso.

Tenho que me lembrar de que não estou aqui para confiar em Meg. Ela não ganhou o privilégio de saber meus segredos, não importa o quanto eu queira contar esse em especial.

A expressão de Meg se suaviza com a preocupação.

— Eu nunca teria trazido você se soubesse.

— E por que trouxe? — pergunto. — Você com certeza não precisa de ajuda.

Meg não é alguém que faz as coisas por capricho. Deve haver uma razão para a minha presença aqui hoje.

— As aparências importam para um homem como Ron. Empregados contratados, cozinheiros pessoais, estacionamento com manobrista e assistentes correndo atrás dele. É tudo parte da fachada que devo construir.

Lanço um olhar afiado para ela.

— Com que objetivo?

Ela sorri de lado e diz:

— Uma grande comissão, é claro. — Quando não devolvo seu sorriso, ela continua: — Você parece desapontada.

Minhas bochechas coram.

— Não, só odeio pessoas como ele, que passeiam pela vida e sempre conseguem o que querem.

Meg olha para o canto do prédio, onde Ron emerge de uma passarela lateral. Ela dá um pequeno empurrão no meu ombro.

— Eu também — diz ela, se afastando do carro e caminhando para o lado do motorista.

Só mais tarde, quando estou em casa novamente, depois de um banho quente para tirar o odor pegajoso da colônia de Ron, é que percebo que toda a visita foi uma grande performance. Meg servindo Ron para mim em uma bandeja, guarnecida com seus traços mais horríveis, me alinhando ao lado dela apesar das minhas melhores intenções.

Ela alegou que era Ron quem precisava me ver trabalhando para ela em nome dele, mas talvez o verdadeiro propósito dela tenha sido que eu visse, em primeira mão, o tipo de pessoa que Ron é. Para que, quando ela terminar, eu entenda.

Independentemente de quem seja o seu público-alvo, não há dúvida de que a performance de Meg foi impecável.

MAS, ENQUANTO ISSO, uma mulher como Meg ainda tem que ganhar a vida. Não a vejo vender casas, apenas me enviar em buscas intermináveis para compradores que sempre desaparecem antes de visitar uma única propriedade, o que me faz questionar a existência deles.

Como prometido, passo algumas horas todas as noites escrevendo um pouco. Hoje, enquanto Scott está assistindo a um jogo de beisebol, estou terminando um texto sobre menopausa e gordura abdominal para uma revista online sobre saúde da mulher, que conta com noventa por cento de publicidade paga e dez por cento de conteúdo de merda.

Quando termino, me viro para a pilha de cartas que Scott jogou mais cedo sobre a mesa. Várias contas a pagar e um bilhete de Scott: *Sua mãe ligou para o meu celular porque você não respondeu às ligações ou às mensagens dela. Por favor, avise que você está viva ou ela não vai parar de me incomodar.*

Eu a tenho evitado há algumas semanas. Minha mãe se deparou com uma matéria que escrevi — "Sem Tempo para Cozinhar? Sem problemas!" — e a mensagem dela doeu. Você realmente acha que é uma boa ideia associar seu nome a um conteúdo como esse? Como se eu tivesse escolha.

Jogo fora algumas propagandas do correio e passo para as contas. Quando Scott se mudou, tínhamos decidido dividi-las. Scott pagava o gás e a conta de TV a cabo e internet, enquanto eu pagava a água e a energia. Nós nos revezávamos no pagamento do aluguel, e estou aliviada por ser a vez dele este mês.

Mas a chegada da conta de gás me faz perceber o que está faltando. Folheio a pilha novamente, verificando duas vezes, então olho na gaveta onde mantenho arquivada toda a papelada importante, apenas para ter certeza de que não estou enganada.

Nossos extratos bancários não chegaram. O que é estranho, porque sempre chegam alguns dias antes das contas, e eu sempre checo o meu antes de pagar qualquer coisa. Apesar de ainda mantermos contas bancárias separadas, Scott e eu usamos o mesmo banco. Nossas contas sempre fecham no mesmo dia, e não me lembro de os extratos não chegarem perto do início do mês.

Meu estômago se revira, como sempre ocorre quando algo assim acontece. Mesmo depois de dois anos de completa transparência de Scott, de vê-lo seguir o programa, ainda é muito fácil para a minha mente voltar a um momento em que ele ficava fora a noite toda, apostando com os amigos. Aos serviços não pagos e aos consequentes cortes. E à perda do anel de noivado da minha avó, vendido para pagar o apostador dele.

Tínhamos discutido isso na terapia, e Scott me concedeu acesso total a tudo. Aos extratos bancários, ao celular e ao computador. Eu costumava verificar todas as noites, mas me cansei do monitoramento constante.

Exatamente quando Scott pode sofrer uma recaída.

Pela porta, verifico se ele não saiu do sofá e abro o laptop dele. Uma rápida pesquisa no histórico não revela nada fora do comum. Os e-mails de Scott também são irrelevantes. Vou até a cozinha, onde o celular dele está sobre a mesa, e percorro as mensagens e o histórico.

Mais uma vez, nada. A última mensagem para o padrinho dele nos Jogadores Anônimos, Karl, foi hoje de manhã, às 9h.

Volto para a sala de estar e dou início à conversa.

— Nossos extratos bancários ainda não chegaram.

Ele mantém os olhos no jogo.

— Talvez seja hora de finalmente abrirmos contas online.

— Lembra que, da última vez que fiz isso, alguém roubou mil dólares? Também preciso te lembrar por que uma conta online é uma péssima ideia para a sua recuperação?

Scott não responde, mas consigo ver sua mandíbula se arquear.

— Onde você acha que estão? — pergunto.

A expressão dele se torna defensiva.

— O que te faz pensar que eu sei?

Em meio a uma mistura de medo e preocupação, tento escolher as palavras cuidadosamente. Será que ele tinha pegado os extratos, talvez para esconder algo que não queria que eu visse? Talvez a conta dele esteja no negativo para pagar uma nova dívida de jogo, ou talvez ele esteja descobrindo uma maneira de pegar dinheiro emprestado de mim sem ter que pedir. Será que é assim que começa de novo?

— Só estou querendo saber o que você acha, só isso.

Prendo a respiração, estudando o rosto dele à procura de qualquer vestígio de culpa.

Mas não vejo nada. Ele pausa o jogo, a expressão agora séria.

— Já considerou a possibilidade da sua amiga vigarista ter te seguido até em casa? Inventar uma história de merda sobre uma herança da tia Calista pode ter sido um erro.

— Por que ela arriscaria ser vista? — questiono.

Scott suspira.

— Fraude postal é uma das mais fáceis de cometer. Você pode obter todos os tipos de informações com a correspondência certa. Um extrato bancário seria ouro para alguém como Meg. — Ele olha para a frente do nosso prédio, com o átrio frio e uma porta externa quebrada. — Nosso saguão não é a melhor definição de segurança.

Eu me deixo cair no sofá, pensando em minhas palavras no dia em que disse a Meg que não compraria uma casa. Um comentário despretensioso agora retorna para me assombrar: *Gosto de ver essa quantia enorme no meu extrato bancário.* Um convite para que ela viesse dar uma olhada.

Meu coração dispara com o caos que uma conta bancária comprometida criaria na minha vida. Na de Scott. Nenhum de nós tem muito — Meg certamente ficaria desapontada com o que encontraria lá. Então surge uma nova preocupação.

— Se Meg furtou os extratos, não só perceberia que não há herança, como também veria que meu nome na conta não corresponde ao que dei a ela. Tudo o que ela precisaria fazer é pesquisar no Google para descobrir quem eu sou e o que faço. Todo o esforço que fiz para construir um relacionamento com ela foi pelo ralo. Junto com a história.

— Se ela sabe quem você é, você tem problemas muito maiores do que perder a história — comenta Scott. — Você está ativamente tentando expor a Meg. Uma vigarista não vai te deixar ir embora. Ela vai querer fazer você pagar.

Pela primeira vez, considero a possibilidade de que eu possa estar muito encrencada.

KAT

Julho

Estou terminando um serviço remunerado de redação para ser entregue no dia seguinte, minha mente nebulosa de exaustão. Acordei às duas da manhã com uma crise de terror noturno — o coração acelerado, encharcada de suor — e não consegui voltar a dormir.

— Você está bem? — sussurrou Scott.

— Foi um pesadelo.

— É essa história — diz ele. — Está colocando você perto das mesmas pessoas de novo, e seu corpo está reagindo. Ele se lembra.

— Talvez — murmurei. No meu sonho, eu estava no carro com Ron e Meg, e eles se revezavam tentando me fazer beber de um frasco.

— Volte a dormir.

Mas eu permaneci acordada, tirando o atraso que deixei surgir no trabalho remunerado, apenas fazendo uma pausa para tomar uma xícara de café que Scott havia servido para mim antes de sair para o trabalho.

Quando Jenna, minha melhor amiga da faculdade de jornalismo, liga às 10h, fico grata pelo intervalo.

— Oi — digo.

— É uma boa hora? Tenho um tempinho antes de uma reunião editorial.

Já faz um ano desde que Jenna se mudou para Nova York para trabalhar no *New York Times*. Depois que ela foi embora, eu me afastei do nosso pequeno círculo de amigos da pós-graduação que ficou aqui. É difícil ficar feliz com o artigo de alguém no *Atlantic*, ou a assinatura deles no *Times*, quando ainda estou lutando para sair do fundo do poço. Minha mãe sempre está em cima de mim, falando que preciso criar uma rede de contatos. Conhecer pessoas. *Você não pode se esconder dentro do casulo da sua relação com Scott ou confiar nos contatos de Jenna para sempre.*

— Aquela reportagem que você escreveu sobre a corrupção no Distrito Sul de Nova York ficou ótima — elogio.

— Obrigada. Quase não foi publicada. Longa história. Mas me conta como você está. No que está trabalhando?

— Meg voltou.

Ouço a respiração aguda dela.

— É mesmo? Me conte tudo.

Eu a atualizo, contando sobre o alerta do Google e como rastreei Meg até uma angariação de Ron Ashton, depois como me passei por uma compradora em potencial e fiz amizade com ela.

— Meg me contratou como assistente.

— E como está indo?

— Depende de para quem você está perguntando — respondo. Então explico sobre os extratos bancários perdidos. — Scott acha que é possível que ela saiba quem eu sou e que agora pode estar de olho em mim.

— Parece muito arriscado para Meg se for verdade — diz Jenna.

— É o que eu acho. Além disso, nas duas semanas desde que os extratos desapareceram, não houve nada de diferente. Nós passamos pelo menos quatro horas juntas todos os dias, e não vi nenhuma mudança de comportamento ou da atitude dela em relação a mim. Não me importa o quanto ela seja boa no que faz, ninguém é tão bom assim.

— Onde você acha que os extratos foram parar? — pergunta Jenna.

— Talvez tenham se perdido no correio.

No entanto, mesmo ao dizer essas palavras, elas não me soam verdadeiras. É possível que uma mulher, que não pensou duas vezes antes de encorajar uma jovem repórter a se encontrar com Nate, possa ser facilmente o tipo de vigarista que Scott imagina.

— Então, depois de todos esses anos de curiosidade, como ela é?

Penso em como responder. Na dança cuidadosa que eu e Meg estamos fazendo — cada uma mentindo sobre quem é e o que quer, sempre a um comentário descuidado do abismo. Então penso no humor afiado de Meg. A vulnerabilidade que ela demonstrou.

— Se eu não soubesse quem ela é e o que faz, eu provavelmente seria amiga dela.

— Acho que Scott tem razão em se preocupar — diz Jenna. — Meg sabendo quem você é ou não, é preciso ter cuidado.

— Não se preocupe.

Porém, desde o retorno de Meg, uma versão diferente dela surgiu. Ela não é a vigarista unidimensional que existiu dentro da minha imaginação por tantos anos. É uma mulher que odeia homens como Ron tanto quanto eu. Que sempre insiste em pagar o almoço e acaba dando uma gorjeta de trinta por cento. Que abre a janela no sinal vermelho para dar cinco dólares para a pessoa desabrigada que está ali.

— Onde você pretende publicar a história? E quando?

— Não sei — respondo, me protegendo. Estou pensando na *Vanity Fair* ou na *Esquire*. Esse é exatamente o tipo de história grande e espalhafatosa que eles adorariam: uma vigarista jovem, bonita e misteriosa. Mas tudo o que tenho são algumas reclamações de dez anos atrás e muito espaço vazio. — Preciso saber onde ela esteve e o que fez, para ter uma ideia do que Meg está planejando agora.

— Onde ela disse que esteve?

— Michigan. Como corretora de imóveis — digo. — Ela tem um site com fotos de casas que vendeu e depoimentos de clientes.

— Falso?

— Quase certeza. Mas é um beco sem saída. — Nas semanas desde que Meg retornou, eu não consegui encontrar nenhuma empresa no Michigan sob o nome Ann Arbor Realty. Uma pesquisa das imagens nas listagens dela foi rastreada até o Zillow ou o Refin, com nomes de outros corretores. — Estou sem pistas — admito. — Nenhum dos bancos de dados aos quais tenho acesso vai mostrar o que Meg quer manter escondido.

— Me deixe colocar um dos meus investigadores nisso, em *off*. Vamos ver o que podemos encontrar.

Eu esperava que ela oferecesse ajuda.

— Sério? Isso seria fantástico. Tudo o que preciso é de uma pista: um nome, uma localização. Posso fazer o resto.

— Sua mãe deve estar adorando isso — comenta Jenna.

Suspiro ao telefone e olho pela janela.

— Ela está sempre na minha cola, mandando sugestões e se oferecendo para ler o que já escrevi. Quando eu disse que estava disfarçada, ela praticamente surtou.

Jenna solta uma gargalhada.

— As intenções dela são boas.

Sei que Jenna tem razão, mas com a minha mãe o problema é mais profundo do que isso. As expectativas que sempre falho em superar, a decepção por minha grande chance no *LA Times* ter resultado numa carreira escrevendo artigos pequenos enquanto meus colegas da pós-graduação passaram a escrever para grandes jornais. Quando Jenna foi contratada pelo *New York Times*, em vez de ficar feliz pela minha amiga, a primeira coisa que minha mãe disse foi: *por que você não se candidatou para esse emprego?*

— Além de se preocupar com você, como está o Scott? — pergunta Jenna.

— Ele está bem.

— Quando vocês vão marcar a data? Quero ter certeza de que posso tirar uma folga.

— Não sei. Nós dois estamos bem ocupados. Talvez, depois que eu vender essa história da Meg, possamos sentar e programar algo.

— Parece que você está marcando uma consulta com o ginecologista. Tente ficar um pouco animada.

Eu dou risada.

— Mas estou animada. Só tenho muito o que fazer. Estou basicamente trabalhando em dois empregos.

Jenna fica em silêncio por um minuto, como se estivesse pesando minhas palavras.

— Apenas se certifique de que é só isso. Eu sei que já falei antes, mas não há nada de errado em mudar de ideia.

— Scott está indo muito bem. Está seguindo o programa. Está tudo bem, prometo.

Jenna espera um pouco antes de dizer:

— Tenho que ir. Me liga no fim de semana?

— Com certeza.

Após desligarmos, encaro o telefone. Sinto falta de ter uma amiga. Alguém para almoçar junto ou tomar um café rápido. Alguém com quem eu não precise estar sempre em guarda, à procura de mentiras e manipulações durante a conversa. Todo o fingimento, toda a atuação, tem um preço emocional. Penso novamente no amigo de Scott que trabalha disfarçado, no que ele sempre dizia. *Depois de um tempo, se não tiver cuidado, pode perder de vista o limite. Você já não pensa mais em termos de* eu *ou* eles, *apenas em termos de* nós.

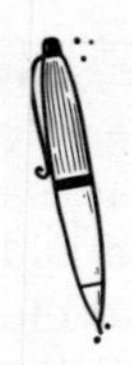

MEG

Julho
Quinze semanas antes das eleições

Seis semanas de trabalho e, devo admitir, estou começando a me preocupar. Nunca lidei com um prazo como o que tenho nesta eleição, e, como qualquer prazo que começa a fazer pressão... Quanto mais se aproxima, mais se começa a temer que as peças possam não se encaixar a tempo.

E não posso deixar de me perguntar se há algum ponto cego. Um trabalho nunca foi tão pessoal. Tão cru. Nunca tinha investido tanto no resultado. Esta é a minha obra-prima, e estou completamente paralisada.

Tenho Kat, que Deus a abençoe, nos mantendo ocupadas com propriedades nas quais Ron possa se interessar. Se ela pensou que esse emprego fosse se tratar principalmente de ioga e almoços com alguns contratos aqui e ali, estava muito enganada. Eu preciso, de fato, que ela trabalhe.

Saio com Ron pelo menos três vezes por semana, encaixando uma hora aqui e outra ali em sua agenda ocupada pela campanha, ostensivamente procurando pela propriedade perfeita para adicionar ao seu portfólio. Mas o meu verdadeiro objetivo é manter Ron falando. Não posso executar a primeira parte do plano — a que gira em torno de Canyon Drive — até ter certeza das decisões que Ron tomará na segunda parte.

Apesar de todos os apartamentos e duplexes que vimos, não tenho a intenção de vender nada para ele. Mas o plano inteiro depende de Ron acreditar que vou.

MANDEI KAT VASCULHAR propriedades com preços que variam entre 3 e 10 milhões de dólares. Ron considerou todas com a mente aberta. Toda vez que pergunto como ele se sente em relação ao preço, ele lança um comentário inútil sobre seu gerente de negócios, Steve, que o mantém ganhando dinheiro e fora da prisão.

Não ajuda em nada.

Então, em meados de julho, apenas uma semana antes de eu iniciar, de fato, a etapa de Canyon Drive, decido mudar as coisas. Em vez de fazer perguntas e esperar que Ron me diga o que preciso saber, descobri uma maneira de ele me oferecer a resposta por livre e espontânea vontade. Porque, se eu não obtiver essa informação logo, será tarde demais para começar qualquer coisa.

— Sempre quis investir em imóveis, não só vendê-los — falo para Ron.

Estamos sentados, esperando o trânsito na interestadual 405, voltando para Santa Monica. Fomos ao vale, onde visitamos um prédio de apartamentos avaliado em 3 milhões de dólares. É no carro que temos nossas conversas mais produtivas. Por produtivas, quero dizer conversas nas quais Ron fala besteiras misóginas e racistas enquanto eu assinto, fantasiando como tudo isso vai acabar.

— Você deveria comprar o prédio que acabamos de visitar — comenta ele. — É muito longe de Los Angeles para o meu portfólio, mas seria um bom investimento para você.

Olho por cima do ombro, contemplando a faixa exclusiva, tão lotada quanto esta em que estamos.

— Uma boa ideia em teoria. Mas não tenho dinheiro para custear algo assim e meu crédito não é tão bom.

Eu me pergunto o que Ron pensaria se soubesse quanto dinheiro realmente tenho. Minha pontuação de crédito é perfeita porque, quando se está ocupada enganando as pessoas, é importante sempre pagar as contas em dia.

— Procurei você online — admito. — Logo depois que nos conhecemos. Li que você assumiu o negócio do seu pai quando tinha 25 anos e o transformou na maior construtora de Los Angeles. — Olho para ele. — Suas conquistas são impressionantes. Mas nem todo mundo tem esse capital. E, se os bancos não me derem...

Deixo a frase morrer, esperando que ele a termine por mim.

— Se os bancos não te derem, então você precisa ser criativa. Devia começar a sua própria imobiliária, não trabalhar para outra empresa. Assim poderá estruturar o dinheiro como quiser.

O calor preenche meu peito quando lembro como Ron *criativamente* roubou a casa de minha família. Como minha mãe e eu tivemos que viver no nosso carro, tomando banho em abrigos ou no vestiário da escola. Como pegávamos nossas refeições no banco de alimentos — Big Macs do McDonald's uma vez por mês eram um luxo. Aperto o volante o máximo que consigo, depois me forço a relaxar, sabendo que, quando eu terminar, Ron terá perdido Canyon Drive também.

— Não entendo o que você quer dizer com "criativa". Ou você tem o dinheiro ou não tem.

Ron se vira no banco para ficar de frente para mim, no que agora considero sua postura de *confissão verdadeira*, na qual ele fala sobre política (*Democratas e sua agenda socialista liberal*), o problema dos desabrigados em Los Angeles (*É preciso reunir todos, separar os doidos dos drogados, então prender o máximo possível deles*) e mulheres (*Não sou sexista, mas, me desculpe, agora não posso nem elogiar uma mulher sem ser criticado por assédio sexual?*).

— É uma dança delicada — explica ele. — E um tanto silenciosa. Uma das maneiras mais fáceis de manter o dinheiro circulando é subfaturar os valores das minhas propriedades no imposto de renda e supervalorizá-los com os bancos. Isso mantém a responsabilidade fiscal baixa, mas o poder de empréstimo alto.

Lanço um olhar duvidoso para ele.

— Isso não é fraude fiscal?

Ron solta uma risada e continua:

— Acredite em mim, se a receita se preocupasse, estaria me processando. Mas nã-o tem o tempo ou o dinheiro necessários para ir atrás de todo mundo. E todos fazem isso, cada um de nós.

O trânsito começa a fluir e eu acelero.

— Se você possui o próprio negócio, há outras maneiras de obter dinheiro rápido — prossegue Ron. — Seis ou sete anos atrás, eu tive uma oportunidade de investimento, mas não tinha o capital líquido para investir. Era boa demais para deixar passar, então tirei do fundo de aposentadoria da minha empresa.

Olho para ele, as sobrancelhas arqueadas, e ele levanta as mãos.

— Paguei tudo de volta. Mas o dinheiro estava numa conta que eu controlava, então peguei emprestado, só por um tempo. Se não há dano, não há problema. Esse é o tipo de coisa que você tem que estar disposta a fazer para prosperar.

— Tenho certeza de que a campanha te deu muitas oportunidades também. Sua angariação de fundos foi muito bem-sucedida.

Ron se mexe no assento, voltando a se sentar de frente, e temo que tenha terminado de compartilhar por hoje. Talvez a campanha esteja fora dos limites. Mas então ele solta uma risada.

— Aquele almoço que tivemos? Foi pago por um cartão de crédito consignado para que a transação seja feita através das doações da campanha.

Solto uma gargalhada.

— Isso eu *sei* que é ilegal.

Ele me dá uma piscadela.

— Só é ilegal se você for pego.

Se a minha vida fosse um filme, esse seria o momento em que a trilha sonora de um assalto começaria — primeiro um baixo, depois instrumentos de sopro e bateria —, um ritmo animado que nos impulsiona para o inevitável fim de Ron. A câmera focaria em mim, um pequeno sorriso brincando em meu rosto, mostrando o peso da minha preocupação se dissipar. E, assim como num filme, não há um único momento a ser desperdiçado.

— Acho que já ouvi o suficiente. Negação plausível e tudo o mais.

Ron sorri torto para mim.

— Ah, não. Você está metida nisso agora. Se vai ser minha agente a longo prazo, você também precisa ser a guardiã dos meus segredos.

Lanço um olhar questionador para ele.

— Vai me fazer assinar um acordo de confidencialidade?

— Não preciso de um. Com o número de propriedades que compro e vendo, você ganhará anualmente pelo menos um milhão de dólares em comissões. Pela minha experiência, isso é o suficiente para conquistar a confidencialidade de qualquer um. A essa altura no ano que vem, você pagará tudo em dinheiro. É só esperar para ver.

É só esperar para ver. As palavras esvoaçam na minha mente como borboletas a voar.

KAT

Julho

Depois da ioga, Meg e eu estamos no sushi com Veronica quando vejo como Meg é boa no que faz, e tenho o primeiro vislumbre do que ela pode estar planejando.

— Onde será o jantar de angariação de Ron da próxima semana? — pergunta Meg.

— Numa casa em Beverly Hills. Uma propriedade enorme na Baixada.

— Ele já promoveu alguma coisa na casa dele? — questiona Meg.

Ergo os olhos à menção da propriedade de Canyon Drive, mas Meg mantém os olhos em Veronica.

— É muito pequena — diz Veronica. — A multidão que procuramos prefere cromados modernos e linhas proporcionais. A casa de Ron é mais no estilo britânico.

Meg parece preocupada.

— Algum problema? — pergunta Veronica.

— Só acho que é uma pena Ron não morar em um lugar com mais status. Há tantas propriedades no mercado que têm mais pedigree, sabe?

— Suponho que sim — concorda Veronica.

— Eu mesma diria isso a ele, mas sou uma vendedora. Tudo o que dizemos é suspeito.

Mergulho um pedaço de sushi no molho de soja e observo a conversa.

— A vizinhança dele é boa — continua Meg —, mas todos sabem que quem tem dinheiro e poder de verdade vive ao norte da Sunset Boulevard.

— Duvido que Ron queira se mudar tão perto das eleições.

— Claro. É só que... — Meg arrasta a fala, como se estivesse incerta de como dizer o que precisa. — Na angariação a que fomos, ouvi uma conversa que me deixou pensativa. — Ela olha pela janela, como se tentasse se lembrar dos detalhes. — Era um casal mais velho... a esposa tinha uma espécie de cabelo grisalho curto... você sabe de quem estou falando.

Veronica balança a cabeça e eu quase rio. Meg está descrevendo noventa por cento das pessoas naquele evento.

— Meu Deus, não acredito que não lembro dos nomes deles. Não eram apenas ricos, mas muito ricos. E ele é uma espécie de chefão...

— Os Morgenstern? — sugere Veronica.

— Sim! — exclama Meg, estalando os dedos. — Obrigada. De qualquer forma. Eu ouvi eles dizerem algo sobre Ron ser de classe baixa se passando por classe alta. — Meg franze o nariz. — A mulher disse: "*Supostamente ele é um empreendedor de sucesso, mas ainda mora num bairro com casas tão próximas umas das outras que dá para ouvir quando as pessoas estão na piscina ou grelhando algo na churrasqueira.*" — Meg pega o rolinho de salmão e o coloca na boca, mastigando-o. Ao engolir, ela continua: — Uma coisa que aprendi ao longo dos anos é que gente rica dá importância às coisas mais esquisitas.

Veronica parece preocupada, mas Meg dá de ombros.

— Tenho certeza de que está tudo bem. Quer dizer, quem se importa com onde ele mora, não é? — comenta Meg.

Em seguida, ela muda o assunto para as próximas férias do nosso professor de ioga em Cabo.

— Acho que, se você está à procura de uma agitação durante as férias de primavera, Cabo é uma boa escolha.

Mas Veronica não está escutando. Não mesmo. Os comentários cuidadosos de Meg moldaram o esboço do que ela deseja que Veronica faça. Dizer a David que os principais doadores de Ron não o veem como um igual. E ela discretamente expôs o que o está prejudicando: a casa dele.

APÓS O ALMOÇO, Veronica pega um Uber na frente do restaurante, e eu espero com Meg enquanto o manobrista traz o carro dela, embora tenha estacionado o meu em um parquímetro a três quarteirões de distância. Na rua ao nosso lado, o tráfego diminui até parar quando o semáforo fica vermelho.

— Ei, loirinha, seu tapete combina com as suas cortinas?

A voz vem de um conversível ao nosso lado. Três homens — moleques, na verdade — olham sorrindo para Meg.

A irritação cresce em mim e ofereço uma expressão séria que a maioria das mulheres conhece bem, pronta para fingir não ter escutado a piadinha em forma de assédio sexual, lançada em nossa direção por garotos que já aprenderam que sua passagem pela vida será amplamente desobstruída.

No entanto, Meg se vira para o rapaz que falou, um sorriso estampado no rosto.

— Você quis dizer da minha sala de estar?

A confiança se esvai da expressão dele quando Meg dá mais um passo em direção ao carro, e uma gargalhada brota dentro de mim ao ver a facilidade com que ela virou o jogo contra ele.

— As pessoas ainda fazem isso? — pergunta ela, olhando para mim. — Combinar os tapetes e as cortinas seria excessivo.

— A maioria das pessoas nem tem mais cortinas — comento. — Tem algum tipo de persiana.

Meg aquiesce e se inclina diante do passageiro, cujas bochechas estão coradas.

— Algumas pessoas têm venezianas — diz ela.

— Fecha o teto — murmura o garoto para o motorista.

— O semáforo já vai abrir — diz o amigo dele, rindo.

— Venezianas são muito boas — digo.

Meg se aproxima ainda mais do carro.

— Então você quer saber se o piso da minha casa combina com a decoração da janela. Está procurando um lugar para comprar? Eu vendo imóveis e posso adicioná-lo à minha *newsletter* semanal, se quiser.

Nesse momento, o semáforo fica verde e o rosto do garoto derrete de alívio. À medida que aceleram, podemos ouvir o som das risadas de seus amigos.

— Ela zoou contigo — diz um deles.

Meg se afasta do meio-fio, sorrindo.

— Alguém precisava ensinar uma lição a eles — comenta.

Independentemente de saber ou não quem eu sou, independentemente de eu ter me tornado um alvo ou não, estar perto de Meg é sempre divertido.

Eu me viro para ficar de frente para ela.

— Então, a casa de Ron — começo. — Seria ótimo conseguir essa venda.

— É uma ótima casa — diz Meg, sorrindo para mim.

É a sua casa, desejo dizer.

Ela cruza os braços.

— Acho que tenho os compradores perfeitos. Primeiro, vou fazer Veronica plantar a semente e depois vou abordar o assunto com Ron.

Eu lanço um olhar sério para ela.

— Você pode representar os dois lados de um acordo?

— Tecnicamente? Sim, embora alguns considerem isso um pouco errado. Serviço fiduciário e tudo mais. Mas sou da opinião de que podemos mantê-la fora do mercado e obter uma venda rápida, se meus compradores puderem fazer uma oferta competitiva. Duvido que Ron se anime a receber visitações duas vezes por semana.

O manobrista estaciona o carro dela diante de nós e Meg lhe oferece uma gorjeta.

— Não sabia que você tinha novos clientes compradores — comento, me perguntando onde Meg os encontrou. Ela não faz nenhuma das coisas que outros novos agentes têm que fazer, como bater de porta em porta ou fazer visitações abertas. — Quem são?

Ela me dá um pequeno sorriso.

— Não posso revelar, sinto muito. São pessoas da indústria e querem permanecer anônimas. — Antes que eu possa perguntar onde ela os encontrou, Meg verifica a hora no celular. — E estou atrasada. Conversamos mais tarde?

Meg desliza atrás do volante e desaparece em segundos, me deixando parada ali, pensando em todas as maneiras pelas quais esse poderia ser o início do seu plano.

CHEGO EM CASA logo após as 13h, ansiosa para pesquisar as maneiras pelas quais um representante de vendas pode manipular uma venda. Especialmente uma que nunca chegou ao mercado.

Eu me sento diante da escrivaninha e ligo o computador, digitando os termos na barra de pesquisa. Meu computador é lento para carregar, então me levanto e busco uma Coca Diet na cozinha. Quando retorno, a página ainda está em branco.

Não é possível carregar a página. Verifique a conexão com a internet e tente novamente mais tarde.

Olho para o roteador, que está piscando verde, e tento mais uma vez. Nada.

Vou até a sala de estar para ver se o cabo está funcionando. Talvez tenha ocorrido alguma queda. Ligo a televisão e sou recebida por uma tela preta.

— Merda. — De volta ao escritório, pego a caixa onde Scott e eu guardamos as coisas que queremos rasgar e encontro uma conta antiga. Disco o número da empresa de internet e persevero através das várias escolhas automáticas, até finalmente ser atendida por uma pessoa de verdade. — Oi, eu gostaria de relatar uma interrupção de serviço.

— Código postal? — pergunta a voz de uma mulher. Ofereço o código e a ouço digitar algo ao fundo. — Não estou vendo nenhuma interrupção na sua área.

— Bem, deve ter uma, já que nem a minha internet, nem a minha televisão estão funcionando.

Olho pela janela, como se fosse ver um poste caído no meio da rua, mas tudo parece normal.

— Qual é o número da sua conta? — pergunta ela.

Leio os números da conta e espero. Finalmente, a mulher diz:

— Vou transferi-la para um gerente de conta, que poderá ajudá-la.

Mais uma vez estou na espera, e volto à caixa para encontrar as contas do serviço a cabo de cinco meses antes — todas com a parte inferior arrancada, presumivelmente pagas. Mas uma vozinha na minha cabeça me alerta que apostadores são muito bons em enganar.

A gerente da conta entra na linha e explico toda a situação novamente, sentindo uma dor de cabeça crescer atrás dos meus olhos.

— Sua conta está com sessenta dias de atraso — diz ela, por fim. — A senhora pode pagar agora com um cartão de crédito ou vir ao nosso escritório com uma ordem de pagamento. O total devido para a retomada do serviço é de 473,94 dólares.

Desabo no sofá e fecho os olhos.

— Sra. Roberts? — chama a mulher. — Como gostaria de proceder?

— Vou pagar com o cartão de crédito.

ASSIM QUE RESOLVO tudo, ligo para o celular de Scott.

— Acabei de pagar mais de quatrocentos dólares para reativar a nossa TV a cabo e a internet — anuncio quando ele atende.

— O quê? — pergunta Scott.

— Por que você não pagou a conta?

— Eu *paguei* a conta.

— Não me venha com mentiras, Scott. Estava com sessenta dias de atraso.

Scott bufa com força.

— Olha, confesso que perdi a conta em um mês. Pensei que tivesse pagado, mas não paguei. Mas, quando a conta seguinte chegou e percebi que tinha esquecido, eu paguei. O total das duas.

— Engraçado, porque falei com a empresa no telefone agora há pouco, e eles nunca receberam o pagamento.

— Sabe, se você me deixasse pagar as contas online como qualquer outra merda de pessoa do mundo, isso não teria acontecido.

— Não vire isso contra mim — alerto. — Nós concordamos, junto com o Dr. Carter, que qualquer tipo de pagamento online pode ser um gatilho para você. Manter suas contas no papel é a melhor maneira de proteger a sua recuperação. — Antes que ele possa discutir comigo, eu prossigo: — O que me preocupa mais é que você coloca os canhotos na caixa de qualquer maneira, fazendo parecer que pagou as contas. O problema não é esquecer. Ambos estamos ocupados. A questão é a maneira como você se esforçou para escondê-las.

— Porque eu sabia que você iria ver problema onde não tem.

Olho pela janela, me sentindo inquieta. A história de Scott faz sentido. Não há provas de apostas. O celular e computador dele estão consistentemente limpos. Ele está sempre onde diz que estará, e é mais provável que eu esteja na frente do computador no meio da noite do que Scott. Quando ele me mostrou o novo extrato bancário que havia solicitado na semana anterior, não havia nenhuma atividade incomum. O saldo estava menor do que eu esperava, mas não houve grandes retiradas de dinheiro ou qualquer indício de que Scott não estava fazendo exatamente o que dizia estar: seguindo o programa.

E, no entanto, é assim que começa — contas sem pagar e credores ligando.

— Você está ignorando o problema maior — continua Scott. — A sua recusa em considerar que é Meg quem está por trás de tudo isso. E agora parece que ela também está mirando em mim.

— Por que Meg iria querer suspender nossa conta de internet e TV a cabo?

— Você ficaria surpresa. Lavagem de cheques, usar a conta e o número do roteador para comprar outra coisa.

Tento ver as coisas da perspectiva de Scott, mas meus instintos me dizem que esse não é o *modus operandi* dela. Meg não precisa do nosso dinheiro.

— Sei que você está preocupado, mas não acho que seja isso que está acontecendo.

— Está bem — diz ele num tom sério. — Acho que você sabe mais sobre a situação do que eu.

— Passo horas com ela, todos os dias. Você acha que é o único com a capacidade de ler uma pessoa?

— Sei que você acha que a conhece. Mas não conhece. Não de verdade.

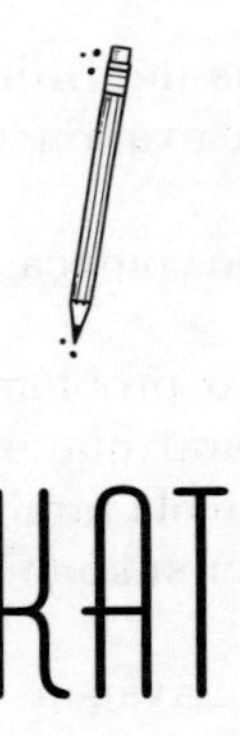

KAT

Agosto

Scott começou a me pressionar a retomar minha conta bancária online e, depois de uma semana, eu concordei.

— Só porque não posso ter conta online não significa que você não possa — disse ele. — E é melhor do que costumava ser. Você vai ter controle total, nenhum intermediário, nenhuma oportunidade para alguém como Meg interferir.

Ele também me alertou para continuar a ter cuidado com Meg.

— Se você sair para almoçar com ela, não deixe a bolsa desacompanhada. Não empreste seu celular para Meg, nem a deixe entrar no seu carro a menos que você esteja junto. Ela pode pegar sua carteira de motorista e causar todo tipo de problemas.

— Não preciso de instruções — respondi.

Mas a verdade era que, quando estava com ela, eu me via esquecendo, por períodos cada vez mais longos, que Meg não era quem dizia ser. Ou que grande parte do seu passado era completamente inventada.

E a cada saída com Meg, ela me mostrava algo novo. Esta noite vou encontrá-la para um show ao ar livre no parque, e a perspectiva de nos sentarmos em cadeiras de praia com uma garrafa de vinho é uma oportunidade atraente para ver se consigo descobrir mais sobre os compradores misteriosos dela.

Encontro com Meg num gramado em declive, onde um palco e luzes foram erguidos. As pessoas estão chegando, carregando cobertores, cadeiras e caixas térmicas. Figueiras altas se estendem acima e, quando o sol começa a se pôr, o ar esfria.

— Está com frio? — pergunta Meg enquanto reprimo um arrepio.

Abaixo de onde estamos, a banda sobe ao palco. As pessoas ao nosso redor silenciam, e as conversas se encerram uma a uma.

— Um pouco — sussurro. — As últimas semanas têm sido tão quentes, não pensei que precisaria de um casaco.

Deixei meu casaco em casa de propósito, porque lembrei que Meg sempre deixava um na parte de trás do carro. *Os invernos de Michigan deixam uma forte impressão*, dissera ela uma vez.

— Tenho um no carro, se quiser — comenta ela, tirando as chaves do bolso. — Está no porta-malas.

Sinto um lampejo de triunfo e pego as chaves, correndo de volta até o estacionamento, ansiosa por ter dez minutos para bisbilhotar. Quando eu era cliente de Meg, havia uma pasta com o meu nome e uma lista de propriedades que ela queria que eu visitasse. Ela também fez uma para Ron. Espero que haja algo — se não uma pasta, então um cartão de visita ou uma mensagem telefônica anotada em um pedaço de papel. Isso talvez me indique quem são esses compradores e, a partir daí, talvez eu possa descobrir como eles podem estar colaborando com Meg.

Destranco as portas e começo pelo banco de trás, que parece vazio. Quando verifico os bolsos dos assentos, tudo o que encontro é um pacote de lenços de viagem e uma caneta esferográfica.

Em seguida, estico a mão embaixo dos bancos, esperando que ela tenha enfiado a bolsa ali, como fiz com a minha. Imagino o que eu poderia encontrar na carteira dela. Cartões de visita com nomes que posso pesquisar amanhã. Um recibo enfiado no bolso lateral da bolsa dela, com o nome de um restaurante que eu possa visitar. Algo que me levaria na direção certa. Tudo o que preciso é de uma pista para seguir.

Mas só há sujeira, algumas folhas velhas e um cupom velho de uma lavanderia.

Atrás de mim, a banda começa com uma música da Fleetwood Mac.

Passo para o porta-luvas, que contém o manual do carro, um mapa da Califórnia e, debaixo dele, um pedaço de papel. É uma lista antiga de uma das casas que Meg me mostrou no primeiro dia. No topo, em sua agora familiar caligrafia, há uma nota. *Tia Calista — $$ — não está claro quanto*. Observo as palavras, tentando imaginar o que ela estava pensando quando as escreveu. O que ela faria com a informação se a conseguisse.

O resto do carro não revela nada. Coloco tudo de volta da maneira que encontrei e vou até o porta-malas, onde encontro o casaco jogado num canto. É um pouco mais pesado do que as pessoas usam na Califórnia, mas, assim que o visto, meus ombros relaxam e meu corpo se aquece rapidamente. Procuro por algo interessante no porta-malas, mas também está vazio. Tranco as portas e verifico as horas no celular, antes de colocá-lo no bolso interno e voltar ao concerto.

Enquanto caminho pelo estacionamento, o *clique* de um isqueiro à minha esquerda me assusta, e dou um salto para trás, engolindo um grito.

Um homem está de pé, escondido entre dois SUV, fumando um cigarro.

Ele deve perceber o terror em meu rosto, pois levanta as mãos, a brasa do cigarro brilhando no escuro.

— Desculpa te assustar — diz ele. — Só vim fumar um cigarro escondido.

Ofereço um sorriso fraco, mas aperto as chaves de Meg no punho ao correr pelas fileiras de carros de volta ao parque. Respiro fundo várias vezes, tentando me concentrar. *É apenas um cara fumando. Nada mais.*

Quando encontro Meg, já estou quase recuperada.

— Obrigada — digo ao deslizar em minha cadeira, jogando as chaves do carro de volta para ela.

Meg me entrega um copo de plástico com vinho.

— Preciso correr pro banheiro — diz ela.

Meg pega o celular e passa a alça da bolsa sobre o ombro, e eu vejo o item balançar contra seu quadril enquanto ela se afasta.

A BANDA É FENOMENAL, animando a multidão com sucessos de Blondie, The Go-Go's, Fleetwood Mac e Joan Jett. Não demorou até estarmos de pé, dançando e cantando a plenos pulmões como todos ao nosso redor.

Durante algumas horas, me permito deixar as perguntas de lado. Esqueço as preocupações e os erros de Scott, e abandono meu crescente desconforto por ter me acostumado tanto com quem Meg é como pessoa que não consigo mais vê-la com clareza. A certa altura, percebo Meg me observando com um sorriso e me pergunto quem ela vê ao me olhar. Uma mulher rica, perdida, tentando descobrir o próximo passo, ou uma jornalista que se permitiu chegar muito perto?

Fecho os olhos e decido que não me importo.

QUANDO O SHOW TERMINA, minha voz está rouca e meu corpo, dolorido.

— Isso foi incrível — digo para ela.

— Obrigada por vir comigo. — Ela aperta meu braço e continua: — Quer comer uma torta?

— Sim, por favor.

Chegamos ao estacionamento, onde as luzes dos postes emitem uma iluminação fraca, os faróis dos carros de saída varrendo o chão.

— É só me seguir — diz Meg. — Há um ótimo lugar em Santa Monica que fica aberto a noite toda.

Ao entrar no meu carro, puxo o celular do bolso, colocando-o sobre o console central, e percebo uma mensagem do banco.

Um novo dispositivo está tentando acessar sua conta. Caso não seja você, entre em contato com o gerente.

Olho para o carro de Meg e a vejo puxar o cinto de segurança sobre corpo, depois me volto para o celular. As informações de data e hora mostram que a tentativa foi feita logo após eu ter revistado o carro dela e guardado meu celular. Bem no momento em que Meg estava no banheiro.

Um carro buzina, chamando minha atenção de volta. É Meg, gesticulando para segui-la.

Coloco o celular de volta no console central e a acompanho.

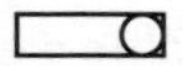

EU A SIGO ATÉ a Rua Principal em Santa Monica, a raiva borbulhando dentro de mim — não apenas de Meg, mas de mim mesma, por baixar a guarda. Todas as histórias que Meg contou sobre o passado, o pequeno fio de empatia entre nós, me puxando para perto. Me mantendo distraída. Focando minha atenção no coração dela em vez de sua mente.

Scott tentou me avisar. *Você está ativamente tentando expor Meg. Uma vigarista não vai deixar isso barato. Ela vai querer fazer você pagar.*

Estaciono em uma vaga e me lembro de que a tentativa havia falhado. E agora eu tinha sido avisada.

Há uma espera de vinte minutos, apesar do fato de ser quase meia-noite. Ficamos do lado de fora com os demais e conversamos um pouco, mas minha mente está longe, imaginando Meg espremida em uma das cabines do banheiro no parque, o concreto frio eternamente úmido e lúgubre. Os sons do show flutuando pelas janelas e ecoando no espaço estéril, Meg encarando o celular, usando meu extrato bancário furtado para tentar entrar na minha conta. Ela sabia que levaria pelo menos duas horas até eu receber a notificação. Acreditou que sua proximidade comigo a excluiria como suspeita em potencial.

— Qual é o seu próximo plano na vida? — pergunta ela. — Quero dizer, além da sua empolgante carreira como assistente imobiliária.

As bochechas dela ainda estão coradas do show, seu corpo zumbindo com a energia.

Cansada das mentiras intermináveis, decido contar algo verdadeiro.

— Na verdade, estou escrevendo um romance.

Ela parece surpresa e está prestes a perguntar algo quando seu nome é chamado. Somos conduzidas pelo centro do restaurante. O lugar está abafado se comparado com o exterior. Nos sentamos uma de frente para a outra enquanto o garçom nos entrega os cardápios.

— Estou pensando em uma torta de maçã — diz Meg, virando o cardápio. — Com um *latte* descafeinado.

— Vou querer o mesmo, mas quero uma torta de cereja.

Nós devolvemos os cardápios e nos encaramos sobre a mesa.

— Então, um romance! É sobre o quê? — questiona Meg.

A imprudência me possui e, de repente, estou curiosa para ver se ela é inteligente o bastante, rápida o bastante para conseguir improvisar e esconder quem realmente é e o que está fazendo.

— É um *thriller* sobre uma vigarista.

Os olhos de Meg se arregalam e sua risada se eleva acima do barulho do restaurante.

— Parece incrível. Qual é a grande reviravolta? Ou não quer contar?

O meu sorriso combina com o dela.

— Ainda não decidi, mas te aviso quando acontecer.

Se o que acabei de dizer a preocupa, ela não demonstra. Os braços dela repousam sobre a mesa, completamente relaxados, enquanto os clientes noturnos nas mesas que nos cercam aproveitam a comida, as conversas chegando até nós em fragmentos e poucas palavras.

Então ela me disse...

Estou dizendo, você precisa largar esse emprego.

Sinto uma dor quase física de saudade de Jenna, e imagino como seria se ela estivesse aqui em vez de Meg. Ser capaz de baixar a guarda, desfrutar de um show e um pedaço de torta sem precisar me proteger de todos os lados. Sem precisar medir cada palavra.

Em vez disso, Meg está sentada à minha frente. Uma mulher que parece uma amiga. Age como amiga, mas não é minha amiga.

— Você está bem? — pergunta ela. — Parece mais quieta do que o normal.

Olho para o quadro-negro gigante pendurado acima do balcão, com os itens do cardápio e preços em letras gigantes e coloridas, depois volto a olhar para ela.

— Alguém está tentando invadir minha conta bancária.

Estudo a expressão de Meg, mantendo os olhos fixos em seu rosto, mas apenas vejo surpresa e preocupação.

— É melhor mudar a senha agora mesmo. — Ela aponta para o meu celular na mesa. — Quer fazer isso?

Balanço a cabeça.

— Eles não conseguiram entrar. Tenho verificação em duas etapas. Mas vou ligar amanhã, só para ter certeza.

Meg pega o copo de água e toma um gole antes de continuar.

— Por que você ainda parece preocupada?

— Algumas correspondências sumiram. Extratos bancários. Contas pagas que nunca chegaram aonde precisavam chegar. Scott acha que alguém está nos atacando.

Os olhos dela se arregalam.

— Já informou a polícia?

— Ainda não. Mas Scott vai querer fazer isso depois de hoje.

Deixo a ameaça pairar, procurando no rosto dela uma reação. Um lampejo de preocupação. Um movimento. Algo que possa expô-la. Mais uma vez visualizo aquela nota. *Tia Calista — $$ — não está claro quanto.*

Nossas tortas chegam e começamos a comer em silêncio.

— Eu não quero passar dos limites, mas não acha que Scott possa estar apostando de novo? — questiona Meg, por fim.

Levanto o olhar do prato, uma percepção sombria tomando conta de mim. O segredo que compartilhei, a verdade que revelei há tanto tempo, agora volta para me assombrar. Isso é o que vigaristas fazem — roubam informações e as usam quando você está mais vulnerável. Como se dissesse, *não é comigo que você deveria se preocupar.*

Eu podia ter inventado qualquer razão para Scott e eu estarmos prolongando nosso noivado. Mas optei por oferecer a verdade, sem nunca saber o quanto ela seria habilidosa ao usar isso contra mim.

Meg gesticula em direção ao meu anel.

— Com que frequência você o tira? — pergunta ela. Devo parecer confusa, porque Meg esclarece. — Só estou pensando se é possível que ele tenha trocado a pedra sem você perceber. — Ela levanta as mãos. — Sinto muito, mas, se ele está apostando de novo, esse é exatamente o tipo de coisa que tentaria fazer.

Minha mente volta para o anel de noivado da minha avó. Para quanto tempo levei para perceber que havia desaparecido e o empenho de Scott em argumentar que a faxineira devia tê-lo levado, antes de finalmente admitir que o vendera para cobrir uma dívida.

— Estou passando dos limites. Sinto muito — diz ela. — Mas, se quiser, conheço um cara no ramo de diamantes no centro da cidade. Ele pode dar uma olhada apenas para você ter certeza.

Dou uma mordida na torta, mas mal consigo sentir o gosto, imaginando o tipo de cara que Meg poderia conhecer, e como ele trocaria rapidamente a pedra.

— Eu nunca tiro — respondo.

Embora isso não seja a pura verdade. Tiro o anel para ir à academia. Tiro quando vou à manicure. Houve inúmeras vezes em que o tirei, em que Scott poderia ter feito algo com a peça.

— Não quero piorar as coisas — continua Meg. — Mas também quero que tenha cuidado. Se seus instintos estão alertando que algo está errado, você deve ouvi-los.

— Você tem razão. Mas não acho que seja Scott.

Meg aquiesce, aceitando minhas palavras, coloca um pedaço de torta na boca e o mastiga.

— Bem, acho que isso é bom — diz ela por fim.

AO CHEGAR EM casa, entro lentamente, com cuidado para não acordar Scott, e sigo direto para o computador dele, incapaz de descartar por completo as suspeitas de Meg até poder ver por mim mesma. Uma longa lista de sites aparece, mas todos são legítimos, e nenhum deles é o do banco. Então verifico o celular dele, onde mais uma vez não encontro nada que indique que tenha sido ele a acessar minha conta. Sinto uma pontada de alívio, seguida por uma onda de exaustão, imaginando se haverá um dia em que eu não irei ficar de olho nele. Se haverá um dia em que Scott não será a primeira pessoa a cruzar minha mente.

Eu o ouço se mexer na cama e percebo como fui descuidada. Ignorei os avisos dele, acreditando que eu podia lidar com Meg. Se a estratégia dela é fomentar a dúvida no meu relacionamento com Scott, aumentar a distância entre nós a ponto de eu questioná-lo, então está funcionando.

Mas ainda estou no controle. Sei quem Meg é e o que está fazendo. Minha conta está bloqueada. A tentativa dela falhou.

Balanço os ombros para tirar o casaco de Meg e entro no meu e-mail, desejando verificar mais uma vez a hora da tentativa. Um e-mail de Jenna está no topo da lista, com o assunto *Reading, Assistente Pessoal.*

Curiosa, eu clico.

O investigador encontrou um nome fantasia sob o título comercial de Life Design por Melody, e o nome Melody Wilde atrelado a ele. Ao checar com o estado da Pensilvânia, descobriu que o nome fantasia foi preenchido por Meg Williams. Mas aqui está a questão... há uma casa envolvida. Foi assim que o investigador a encontrou. Foi vendida para a empresa de Meg por 20 mil dólares. Não sei muito sobre o mercado imobiliário da Pensilvânia, mas não é muito dinheiro.

Eu me sento na cadeira, pensando. Um nome fantasia — também conhecido como *nome comercial fictício* — e uma transferência de propriedade bem abaixo do valor de mercado. Então me lembro dos compradores misteriosos de Meg. Talvez não sejam pessoas da indústria, comprometidas em proteger sua privacidade, ou colaboradores trabalhando junto a ela. Talvez seja a própria Meg.

DOIS ANOS ATRÁS

Reading, Pensilvânia

MEG

A casa de Renata tinha dois andares e janelas de vidro em mosaico que, após uma inspeção mais minuciosa, precisavam de um acabamento novo. Enquanto seguia pelo caminho contornado por lamparinas, música e gargalhadas flutuavam no ar frio de uma noite de setembro.

Cheguei à varanda e endireitei a saia. Ninguém ali dentro sabia que as roupas que eu usava tinham sido compradas havia algumas semanas num brechó na Filadélfia, ou que o nome no solitário cartão de visita, guardado na minha bolsa vazia, não era verdadeiro. Eu tinha me preparado por semanas, construindo com extremo cuidado meu passado, camada após camada, para que esse momento — essa festa — saísse exatamente como planejado.

As pessoas ali dentro esperavam uma mulher chamada Melody Wilde — recém-divorciada, decoradora de interiores e coach de vida de celebridades de Nova York. A pessoa responsável pela reforma milagrosa na sala de estar de Renata, que não passava de alguns livros de amostra comprados online, um estofador de alta qualidade financiado com meu próprio dinheiro, para dar a ilusão de um desconto enorme, e um comentário aleatório sobre Sarah Jessica Parker.

Meu estômago estava um rebuliço de nervosismo, como sempre ficava quando eu estava prestes a encontrar um alvo pela primeira vez. Tantos detalhes precisavam estar no lugar, tantas coisas podiam dar errado. A *milagreira* é o que Renata vinha dizendo para quem quisesse ouvir. A cada nova conversa, ela me prendia às mentiras que contei, polindo-as até que emitissem um brilho exuberante de verdade.

SEIS MESES ATRÁS, eu estava prestes a desistir. A constante mudança. O isolamento que o trabalho exigia. Quanto tempo até eu cometer um erro que destruiria tudo?

Foi então que encontrei Celia.

Celia M > Mães Divorciadas

8 de julho

Eis uma coisa que estou aprendendo sobre abuso — não tem fim. Mesmo que eu tenha deixado Phillip, ele ainda encontra maneiras de me atormentar. Não, ele não me expulsou do carro e me forçou a voltar para casa à uma da manhã, mas todo dia é um novo desafio jurídico dos advogados dele. Uma maneira ridícula de atrasar, de prolongar. Não é o mesmo que o abuso físico que sofri, mas não é menos traumatizante, porque ainda estou constantemente aterrorizada. Ele ainda tem poder e controle sobre mim, e continuará a ter enquanto este divórcio se arrastar. Estou ficando sem dinheiro e, dentro de alguns meses, não poderei pagar meu advogado. Meu crédito já era. Não sei por quanto tempo consigo viver assim.

34 comentários

Senti uma agitação familiar de interesse, uma pena fazendo cócegas no fundo da minha mente. *Essa aqui.*

Era assim que sempre começava. Alguém abrindo o coração online e eu tomando notas. Eu tinha encontrado esse grupo de apoio para divorciados havia alguns anos (um grupo sobre fertilidade levou a um grupo sobre maternidade, que levou a um grupo sobre divórcio; a progressão depressivamente previsível). Eu tinha entrado como Margaret W., com uma foto de perfil de um gato adormecido.

Uma mulher de 30 anos cujo marido caloteiro a deixou com dois filhos pequenos e a capacidade de oferecer ótimos conselhos.

A página de Celia me levou à página de Phillip, que enfim me levou à de sua irmã, Renata — quarenta e poucos anos, sem filhos e uma obsessão doentia por design de interiores.

RENATA DIRIA QUE nos conhecemos em um comício político. Ela estava presente para registrar eleitores e eu estava lá, recém-chegada na cidade, à procura de novas amizades. No entanto, vinha rastreando Renata online bem antes da minha chegada a Reading — catalogando seus interesses, vasculhando lojas de segunda mão e brechós em busca de roupas semelhantes às dela, e construindo um negócio fictício que se encaixaria com tamanha perfeição nos interesses de Renata que me conhecer seria como reencontrar uma velha amiga.

Esses são os pequenos detalhes que fazem o trabalho dar certo ou não. Nunca pode haver qualquer dúvida de que você não é quem diz ser. E não importa que passado você construiu para si mesmo. Se os detalhes visuais não combinam, é como um piano desafinado, tocando a nota errada vezes o bastante para as pessoas acabarem reparando.

Eu havia literalmente esbarrado com ela, fingindo estar à procura de algo na minha bolsa, os objetos se espalhando na grama ao nosso redor. Enquanto ela me ajudava a juntar minhas coisas, contei todas as informações básicas que precisava que ela tivesse — que eu estava em uma encruzilhada após o meu divórcio, que minha mãe havia crescido na região e que minha mudança tinha sido mais sentimental do que prática.

— Conhecer pessoas será mais fácil quando meu negócio estiver funcionando e eu tiver uma desculpa para me levantar e sair pela porta todos os dias — comentei.

— O que você faz?

— Sou decoradora de interiores e coach de vida pessoal — respondi, depois soltei uma risada. — Eu sei, parece pretensioso até mesmo para mim.

— Não sei muito sobre coaching de vida, mas amo decoração — comentou ela. — Na verdade, sou meio obcecada com isso.

Eu sorri.

— Há algo de especial em pegar um cômodo e criar um visual totalmente novo. Mas faço mais do que apenas decorar. Eu redesenho o espaço físico e emocional de um cliente. — Então me inclinei para frente, confessando: — Trabalhei com muitas celebridades, mas meus projetos favoritos têm sido os pequenos. Aqueles em que eu sei que o custo é dispendioso para eles. Acabam significando mais.

Enquanto eu falava, pude ver o interesse de Renata crescer. Eu já sabia sobre sua incapacidade de bancar o estilo que ela queria em sua casa, e a relutância de seu marido em pagar pelo que ele chamava de *frivolidades*.

— Você tem um cartão? — perguntou ela. — Adoraria conversar mais com você sobre isso.

A FESTA DE RENATA já estava bem encaminhada quando cheguei. Ao entrar pela porta da frente, não pude deixar de apreciar que ela de fato tinha um bom olho para decoração. A sala estava iluminada com velas agrupadas nas superfícies dos móveis, cobrindo o espaço com uma magia cintilante. O tecido amarelo que escolhi para o estofado das cadeiras e do sofá brilhava sob a luz, e as pessoas estavam em pequenos grupos, segurando taças de vinho e beliscando aperitivos.

Renata se apressou a me cumprimentar.

— Estou tão feliz que tenha vindo. Todo mundo adorou a decoração e aposto que você terá pelo menos três novos clientes só nesta noite. — Ela baixou a voz. — Espero que não tenha problema, mas deixei escapar que o tecido foi originalmente comprado por Sarah Jessica Parker... saiu da minha boca antes que eu pudesse segurar.

Eu sorri.

— Não tem problema algum. Não é segredo que fiz umas decorações para ela. Acho que teve um anúncio na *Vanity Fair* há alguns anos. Ela vai ficar feliz de saber que foi bem aproveitado.

Meus olhos percorrem o espaço até encontrar Phillip, parado perto do canto da sala, conversando com outro homem. Ele era mais alto do que eu esperava e vestia uma camisa social e calças azul-marinho que apertavam ao redor da cintura, deixando claro que a vida sem Celia era de indulgências.

Renata seguiu meu olhar.

— Aquele é o meu irmão, Phillip. Ele é o CEO e fundador da Prince Foods. A rede de supermercados, sabe?

— Adoro esse mercado — comentei. Tinha andado pelos corredores mais cedo naquele dia, notando os preços altos e rótulos de orgânicos e não transgênicos. — Tem os melhores produtos.

A voz de Renata se suavizou.

— Ele é um ótimo homem, mas está passando por um divórcio complicado. — Ela olhou para mim com um brilho no olhar. — Talvez você devesse conhecê-lo.

Balancei a cabeça.

— Não estou pronta para nada desse tipo. É muito cedo.

Renata desconsiderou minhas palavras.

— Quem disse que alguma coisa precisa acontecer agora? Só o conheça.

— Me deixe pelo menos tomar uma bebida primeiro.

Renata me guiou até o bar, onde um barman uniformizado servia vários tipos de vinhos e cervejas.

— Vou mexer nos arranjos dos lugares — disse ela.

Com uma taça de vinho branco em mãos, analisei o perímetro da sala, tomando pequenos goles. Abordagens devem ser perfeitas, acertando a nota correta. Repassei os passos na mente de novo e tentei imaginar Celia entre essas pessoas. Rindo de piadas internas, fazendo planos para um encontro no almoço ou uma partida de tênis no clube. Me perguntei o que ela estava fazendo esta noite enquanto todos os seus velhos amigos celebravam um par de cadeiras e um sofá caros. Quantos deles tinham visitado Celia ou pensado no que Phillip estava fazendo com ela? Algum deles achava isso injusto? Será que se preocupavam com ela ou teria Celia saído do radar deles, focado apenas em poder e influência?

— O jantar está servido — anunciou Renata do outro lado da sala. — Por favor, tomem seus lugares.

Ela olhou para mim do outro lado da sala e me deu uma pequena piscadela.

A MESA PARECIA tanto formal quanto íntima, com decorações centrais de flores aparentemente recém-cortadas do jardim e dispostas em vasos baixos de cristal. Ao meu lado, Phillip tomou seu lugar e balançou um guardanapo, colocando-o sobre o colo.

— Renata me disse que você é decoradora e coach de vida? — comentou ele, estendendo a mão. — Essa é uma combinação que nunca vi antes. Phillip Montgomery.

— Melody Wilde — respondi, apertando sua mão.

Cada um de nós pegou os garfos e começou a degustar as saladas, enquanto o ritmo das conversas ao nosso redor ia e vinha, saltando de um tópico para o outro.

— Então, Melody, o que a traz à cidade? — perguntou ele finalmente.

Abaixei o garfo e tomei um gole de vinho, como se considerasse o quanto queria contar para Phillip.

— Esta pode ser uma resposta longa ou curta.

Ele inclinou a cabeça.

— Por que não começa com a curta?

Eu ofereci a ele a frase da minha mãe, a de que ela sempre quis voltar para casa.

— Eu tinha acabado de terminar o casamento. Estava ficando claro, por várias razões, que não seria uma boa ideia ficar na mesma cidade que meu ex-marido, e Reading parecia um bom lugar para recomeçar.

— Agora a versão longa.

Um garçom pegou meu prato de salada quase vazio e o substituiu por uma tigela de bisque de tomate. Peguei a colher, pensando.

— A versão longa é que meu ex-marido não está muito feliz com os termos financeiros do divórcio — expliquei por fim. — Ele sente que eu devia mais a ele do que conseguiu. Então, em vez de viver essa próxima fase da minha vida com um homem incessantemente me acusando de tomar o que era dele por direito, decidi recomeçar em outro lugar. — Sorri e provei a sopa. — Acho que a versão longa também é bem curta.

Phillip estava comendo enquanto eu falava, mas agora havia se virado para mim.

— Às vezes, quando um relacionamento termina, é melhor para todos os envolvidos se uma das partes se mudar.

— Me conte sobre você — pedi. — Mora aqui há muito tempo?

— A minha vida toda. Me formei na Universidade da Pensilvânia, depois voltei. Me casei, abri um negócio, tive filhos.

— Ele olhou para a tigela de sopa quase vazia. — Também estou passando por um divórcio bastante complicado.

Coloquei a mão no braço dele, apenas um leve toque, apenas por um momento.

— Sinto muito.

Do outro lado da mesa, Renata notou o gesto e ergueu as sobrancelhas.

— Já estava na hora — comentou ele. — Mas ela tem alguns problemas com isso e está dificultando as coisas.

Pisei no freio.

— Vamos mudar de assunto, talvez para algo um pouco mais alegre — sugeri. — O que você faz para se divertir por aqui?

Phillip afastou a tigela para o lado.

— O de sempre. Jantares com amigos, jogos de pôquer com os rapazes, viagens de pesca, golfe no clube.

— Namorei um jogador de golfe na faculdade — comentei. — Eu costumava ser muito boa.

Na verdade, era um profissional de golfe em Boise e, no fim da relação, eu tinha 43 mil dólares e enormes brincos de diamante que usava nesse momento, mas isso era apenas um detalhe.

Phillip se virou para mim, intrigado.

— Podemos jogar um dia.

— Eu adoraria.

A sopa havia terminado, e nós recebemos o salmão com aspargos, levemente temperados com manteiga de alho e limão.

— Renata não para de tagarelar sobre a pechincha que você conseguiu naquelas poltronas — comentou Phillip.

— Acho que ela está criando um mito um pouco irrealista. Tenho alguns clientes de alto nível que ocasionalmente mudam de ideia. Agora recebo ligações de todo mundo que ela conhece.

Ele deu uma mordida nos aspargos.

— Isso é bom, não é?

Suspirei e brinquei um pouco com a comida no prato.

— Sou muito grata, mas esperava tirar uma folga.

— Me conte mais sobre o seu negócio.

— Comecei no ramo da decoração quando tinha 25 anos, logo depois de me formar na faculdade de design. Tinha apenas alguns clientes, e construí o negócio ao longo do tempo. Há algumas imobiliárias com casas fora do mercado em Nova Jersey que rivalizam com a Filadélfia e as regiões ao redor, e há pessoas dispostas a pagar muito por um tapete de saguão ou uma lamparina de mesa de alto padrão. — Tomei um gole de vinho. — O ramo de coaching de vida pessoal evoluiu a partir disso. Eu tinha algumas celebridades menos famosas como clientes na cidade, e percebi que eles precisavam disso mais do que de uma casa redecorada. Precisavam de uma reviravolta total na vida. Esquecer os bares, parar de dormir com qualquer um, fazer ioga algumas vezes na semana e fazer um detox, sabe? — Ele assentiu. — O negócio com pessoas famosas é que elas prestam muita atenção à parte externa de suas vidas, e o interior acaba desmoronando por falta de atenção. Então tirei um certificado de coach e passei a me apresentar como designer de vida. — Dei de ombros. — A coisa cresceu a partir daí, muito rápido até. No auge, eu tinha mais de um milhão de dólares de lucro por ano.

Phillip pareceu impressionado.

— Incrível, para alguém que não parece ter mais de 30 anos.

— Trinta e dois — minto, aceitando os três anos extras. — Mas obrigada. A idade não importa se você tiver uma boa ideia e estiver disposto a trabalhar duro.

— Duvido que encontre muitas celebridades em Reading.

— Minha lista é diversa o suficiente e não preciso de novos clientes como coach. Estou feliz em só ir a Nova York quando necessário e ter um trabalho casual de decoração aqui. Projetos pelos quais me apaixono. — Deixei um sorriso lento se espalhar pelo meu rosto. — Nesse momento da minha vida, posso me dar ao luxo de ser seletiva.

Ao dizer essas palavras, senti uma faísca de orgulho. A afirmação em si era verdadeira, e era uma reivindicação poderosa para uma mulher que nunca tinha ido para a faculdade. Que passou vários anos morando na minivan velha da mãe.

— Você tem um cartão? — perguntou ele. Então ergueu as mãos, rindo. — Para agendarmos a partida de golfe. Não para design de interiores ou, Deus me livre, "coaching de vida pessoal". — Ele colocou as palavras entre aspas.

— Não desdenhe antes de experimentar. Eu realmente me especializei em transições de vida, e o divórcio é uma das maiores pelas quais você pode passar.

— Por enquanto, vamos começar com o golfe. Na minha opinião, não há maneira melhor de clarear a cabeça do que um percurso de dezoito buracos.

Abaixei o garfo e sorri.

— Isso parece ótimo. — Peguei o solitário cartão de visita na minha bolsa e o entreguei a ele. — Vou esperar sua ligação.

LEVOU ALGUMAS SEMANAS, mas Phillip e eu finalmente conseguimos marcar a partida de golfe. Naquele momento, o ar tinha um toque de final de outono, e, enquanto estávamos na loja de equipamentos, à espera dos meus tacos alugados, Phillip comentou:

— Deve haver apenas mais um mês antes do percurso fechar para o inverno.

— O que você faz para se divertir no inverno?

— Assisto golfe na televisão — respondeu ele.

Um homem vestindo um colete verde, com o logotipo do clube costurado sobre o coração, abaixou uma bolsa de tacos de golfe ao meu lado.

— Stephen está pronto para levar os tacos, Sr. Montgomery.

— Acho que hoje poderíamos levar nós mesmos — sugeriu Phillip. Para mim, ele perguntou: — Tudo bem para você?

Dei de ombros.

— Sempre fiz desse jeito.

Fazia alguns anos, e eu esperava que as habilidades no jogo voltassem rapidamente. Eu nunca gostei muito, mas tinha tolerado horas de percurso todos os fins de semana, com o objetivo de me conectar com um homem que tinha 90 mil dólares da tia idosa acumulando poeira no bolso.

Eu me preparei para o primeiro buraco, o taco atingindo a bola com um som satisfatório, arqueando no ar sobre o *fairway*. Me virei para Phillip.

— Achei que eu ia jogar mal.

— Você parece uma profissional. Você disse que jogou na faculdade?

— Meu namorado estava na equipe de golfe. Ele me viciou no esporte, e eu joguei por alguns anos depois que terminamos, mas aí a vida atrapalhou. Comecei a namorar alguém que não era golfista, e passávamos os finais de semana fazendo outras coisas.

Vislumbrei um pequeno sorriso no rosto de Phillip enquanto ele preparava a tacada seguinte. Jogamos o restante do buraco em silêncio, Phillip atingindo um a menos do par e eu, um acima.

Levantamos as bolsas de tacos sobre os ombros e caminhamos até o buraco seguinte. O vento soprava e as copas das árvores ao nosso redor gingavam, e nuvens brancas e fofas percorriam o céu.

Phillip olhou para mim.

— Na outra noite, na casa de Renata, você disse que o seu divórcio foi complicado.

Equilibrei a bola no pino. Tínhamos chegado à razão pela qual estávamos ali naquele dia.

— Havia muitos espólios para dividir e os ânimos se exaltaram — respondi. — Houve vencedores e perdedores, e sentimentos foram feridos. Tudo deu certo no final, tenho certeza de que no seu também dará. Você está na pior parte agora. A negociação. A briga por cada pequena coisinha.

Eu me posicionei próximo à bola, gingando com força, e a observei se inclinar para a esquerda, para fora.

— É melhor usar a cunha de inclinação para isso — aconselhou Phillip antes de retornar ao tema em questão. — Estou interessado em ouvir mais sobre o seu acordo. Você mencionou na festa que foi favorável para você.

— Foi — confirmei, deslizando o taco de volta na bolsa. — Meu ex-marido não era o tipo de cara que gostava de se esforçar. E, ainda assim, ele pediu cinquenta por cento de tudo. — Me virei a fim de encarar Phillip para que ele pudesse ver a raiva justificada no meu rosto. — Trabalhei duro para construir o meu negócio. Por que a parte dele deveria ser igual à minha? Onde ele estava enquanto eu trabalhava sete dias por semana? Ou quando eu estava litigando contra um dos clientes que se recusou a pagar? Ele estava dormindo até tarde, saindo para almoçar fora e fazendo viagens para Las Vegas. Comprando carros e roupas, e não sei mais o quê. — Respirei fundo. — Então, sim, eu me certifiquei de que o acordo fosse favorável para mim.

Enquanto falava, eu vi a vingança na expressão de Phillip. Eu estava acertando todos os pontos. Dizendo em voz alta todos os pensamentos sombrios que deviam ter girado dentro da cabeça dele nas noites após as reuniões com os advogados. Eu sabia o que dizer porque Celia já havia me dito.

Phillip fez a sua tacada.

— Sinto muito se estou sendo intrusivo, mas como você conseguiu? Meus advogados estão me dizendo que não há como evitar as leis de propriedade compartilhada, e já vou ter que pagar a ela uma quantia substancial de pensão alimentícia.

— Não é algo de que gosto de falar, para ser honesta. Vamos apenas dizer que tive que ser criativa.

Ele pareceu intrigado.

— Qualquer coisa que puder me contar, eu agradeceria. Isso vai ficar entre nós, prometo.

Deixei o pedido dele pairar entre nós, como se o estivesse considerando, mas então balancei a cabeça.

— Eu realmente quero te ajudar. Mas o que fiz talvez tenha passado um pouco da linha da legalidade, e isso colocaria a mim e uma boa amiga em perigo. Espero que entenda.

Eu queria que a imaginação dele se agitasse com a dúvida, criando diferentes cenários, cada um mais ultrajante do que o anterior, para que, quando eu finalmente contasse, a simplicidade fosse irresistível.

Enquanto jogávamos pelo percurso, Phillip falou sobre o trabalho, sobre como a indústria alimentícia funcionava e sobre como os filhos estavam crescidos.

— Eles têm vida própria agora. Sou grato por Celia e eu não precisarmos lutar pela custódia.

— Poderia ser pior — concordei.

Como é típico de um certo tipo de homem, Phillip não respeitou o meu *não*. Ele continuou a pressionar. Instigando. Mantendo o seu desejo no centro da nossa conversa.

Se isso fizer você se sentir melhor, tenho muita experiência em guardar informações confidenciais.

Se eu não conseguir resolver isso com Celia, talvez tenha que vender a casa que está na minha família há três gerações.

Eu o fiz esperar até o sétimo buraco antes de ceder.

Suspirei, como se estivesse tomando uma decisão da qual poderia me arrepender mais tarde.

— O que fiz foi simples de se executar, mas você precisa entender: haverá sérias consequências se você for pego. — Eu queria ter certeza de que descreveria os riscos no início, para que não houvesse hesitações mais tarde. — Há maneiras melhores e legais de manter a maior parte do seu dinheiro longe dela, como dar de presente aos seus filhos.

Ele balançou a cabeça.

— As crianças devem construir a própria fortuna, nada de herança.

Um quarteto se aproximou por trás de nós.

— Phillip! — chamou um deles. — Se importa se jogarmos?

— Vá em frente — concordou Phillip. — Sinto muito, estamos um pouco devagar hoje.

Os homens — todos usando alguma combinação de calça cáqui e tons pastéis — me observaram, mas não ofereceram nada além de uma saudação silenciosa. Phillip e eu saímos do caminho até eles desaparecerem no *fairway*, antes de retomarmos a conversa e o jogo.

— Eu gostaria de saber como você conseguiu — insistiu ele, limpando um de seus tacos com uma toalha verde macia.

— Eu tinha uma parceira próxima nos negócios em Nova Jersey — comentei. — Ela era designer de móveis e comprei muitas peças dela ao longo dos anos. O que fiz foi simples: fui comissionando várias coisas dela ao longo de oito meses. Pagando adiantado e guardando as faturas. O dinheiro ficou na conta dela, e eu pude dar ao meu ex-marido extratos bancários precisos, e as negociações financeiras foram baseadas nesses valores.

— Quanto ela guardou para você?

Ajustei minha luva.

— Prefiro não revelar, se não se importar.

Phillip parecia intrigado, e imaginei ele preenchendo a informação que faltava com um número obscenamente grande.

— Certamente os advogados do seu marido teriam exigido metade do que você "comprou da sua colega".

Puxei o taco *driver* da bolsa de golfe.

— Nós não usamos advogados.

Phillip pareceu impressionado.

— Como conseguiu essa façanha?

— Fingi ser colaborativa. "*Vamos facilitar as coisas e nos entender, sem pagar aos advogados uma parte do nosso espólio.*" — Dei de ombros. — Por que você acha que precisei sair da cidade e realocar todo o meu negócio? As únicas pessoas que se beneficiam de um divórcio litigioso prolongado são os advogados. Uma vez que eles se envolvem, é um ano, no mínimo, até que esteja resolvido.

Phillip ficou em silêncio para que eu pudesse preparar minha tacada seguinte, e eu aproveitei o tempo, deixando ele pensar sobre o assunto. Balancei o taco, sentindo os músculos das costas começarem a se contrair.

— Quando é a data da sua avaliação? — perguntei.

A data de avaliação é o dia — geralmente definido pelo tribunal — em que as partes devem entregar uma declaração dos ativos a serem divididos.

— Daqui a oito meses — respondeu ele. — Bem perto da nossa audiência. Por causa das opções das minhas ações, o tribunal definiu assim. É um modo de abordar qualquer valor de flutuação.

— Então você tem algum espaço de manobra.

— Eu já deveria estar fazendo uma lista.

Caminhamos até o green, nossas bolas a dois metros de distância uma da outra e a quinze metros do buraco. Puxei o meu *putter* e dei a tacada assim que uma rajada de vento soprou por trás de nós, empurrando a bola adiante.

Phillip ficou quieto enquanto colocava a bola dele dentro do alcance com um tapinha.

— Seus advogados vão querer examinar tudo — falei, quando ele terminou —, então não pode colocar o dinheiro em bens fictícios que nunca aparecem. Você terá que dar metade de qualquer ativo para ela, seja dinheiro ou um lustre Chihuly. O que precisa fazer é usar o seu dinheiro para pagar por um serviço. Algo que ela não possa exigir que você venda ou dê metade. — Lancei um sorriso brilhante. — Como uma coaching de vida pessoal.

Phillip gemeu.

Eu gargalhei.

— Me deixe explicar por que isso pode ser o ideal para você.

Puxei o celular do bolso lateral da minha bolsa de golfe, entrei no site *Life Design por Melody* e o entreguei a ele.

Phillip puxou um par de óculos de leitura da bolsa e começou a rolar a página. Então levantou o celular.

— Está pedindo uma senha.

— Sinto muito.

Passei uma semana construindo o site, roubando fotografias de decoradores de interiores de todo o país. Na guia de depoimentos, decidi colocar vários clientes famosos cuja presença na mídia estava consistentemente saturada: Jennifer Lopez, Sarah Jessica Parker, Neil Patrick Harris e Lin-Manuel Miranda. Demorou alguns dias para criar as imagens em que eu precisaria basear minha história — uma de mim, rindo com Neil Patrick Harris em um café ensolarado; outra de braços dados com J.Lo numa rua do Brooklyn; e uma terceira dentro da linda residência de Sarah Jessica Parker no Upper East Side.

Peguei o celular e digitei a senha.

— Meus clientes são muito conhecidos e valorizam a privacidade. Posso contar com a sua discrição?

— Com certeza — disse ele, clicando no testemunho brilhante de Jennifer Lopez.

Melody mudou a minha vida, por dentro e por fora. A vida não significa apenas aquilo que podemos acumular e como podemos organizá-lo. É a paisagem interna também. Nossa abordagem mental no nosso relacionamento com as coisas. Com as pessoas. Ela é uma designer de vida.

Ele percorreu mais alguns antes de devolver meu celular.

— Impressionante — comentou. — Explique como isso vai funcionar.

— É bem simples. Você vai me contratar como sua coach. Vamos fazer algumas decorações também, já que é assim que eu geralmente trabalho. O objetivo é reduzir seus ativos líquidos. Quanto menos você tiver no banco, menos terá que dividir.

Pensei em Celia, contando com a quantia abastada de Phillip para pagar as contas. Para pagar o advogado dela. Eu gostava de pensar que estava lhe fazendo um favor. Quanto mais eu pudesse enlaçar Phillip agora, mais vantagem ela teria quando a verdade viesse à tona mais tarde.

— Cobro 30 mil por mês para ter acesso total, 24 horas por dia, 7 dias por semana — continuei —, além da decoração e da renovação do espaço, embora possamos ajustar isso dependendo do quanto você deseja guardar. A maior parte da taxa irá para o coaching, sob o disfarce de uma enorme transição de vida... é o fim de um casamento de trinta anos. Vou providenciar a documentação das nossas sessões e, claro, sempre que quiser você vai poder verificar a conta. Quando seu acordo for finalizado, vou transferir o dinheiro de volta, em uma conta *offshore* que você vai criar mais tarde.

Phillip suspirou com força, gesticulando em direção ao celular.

— As pessoas realmente pagam 30 mil por isso?

— A saúde mental é um mercado enorme. Gosto de pensar que realmente as ajudo. Elas acham que sim.

— Eu não teria que fazer nada disso, né?

— Não, a menos que você queira que eu fique com o dinheiro... o que eu ficaria feliz em fazer — digo, piscando.

Phillip fez alguns cálculos na cabeça.

— Durante oito meses, isso daria apenas 240 mil dólares. Você pode aumentar a taxa para 50 mil dólares por mês? Isso seria muito mais próximo do que quero guardar.

Guardar. Proteger. Eufemismos de um homem corrupto com um prazo apertado. Meu tipo favorito.

— É claro. — Fiz uma pausa. — Para que isso pareça legítimo, será preciso dizer às pessoas que você me contratou. É importante que você demonstre que é tudo de boa-fé, especialmente aos seus advogados, que observarão cada movimento seu. — Peguei a bolsa de golfe e a joguei sobre o ombro. — Vamos terminar essa rodada.

Após devolver os tacos à loja de equipamentos, Phillip me chamou para jantar. O sol estava se pondo no oeste, e a atmosfera criava um efeito poderoso. Cruzei os braços sobre o peito.

— Eu me diverti hoje. E um jantar parece excelente. — Olhei para os sapatos brancos de golfe pelos quais paguei cem dólares, depois levantei o olhar. — Só para deixar claro, me sinto atraída por você. Mas é muito cedo para começar algo desse tipo. Acabei de finalizar meu divórcio e não quero entrar no meio do seu. — Olhei direto nos olhos dele e vi um lampejo de raiva. Apenas uma faísca, bem ali, que logo sumiu. Phillip não estava acostumado a ouvir *não.* — Eu gostaria de continuar a passar tempo com você. Mas, por enquanto, podemos ser apenas amigos? Estou tentando recomeçar o meu negócio e gostaria de fazer isso nos meus próprios termos, não como a namorada do homem mais poderoso da cidade. — Estendi a mão e deslizei os dedos pelo comprimento do braço dele. — Não estou dizendo não, só estou dizendo *ainda não.* Espero que não tenha problema.

Phillip assentiu.

— É claro. Também adoraria. — Ele pigarreou, aparentemente desconfortável. — Agradeço a sua honestidade mais cedo. Sei que não foi fácil, e estou grato pela ajuda.

Peguei a mão dele e a apertei.

— É uma honra ter a sua confiança. Esse é um momento muito estressante, então tente pegar leve consigo mesmo.

Ele olhou pelo estacionamento que se esvaziava.

— Agora tudo o que tenho que fazer é resolver a casa do lago.

Minha cabeça se ergueu.

— Que casa do lago?

A CASA DO LAGO ficava a uma hora de distância da cidade, o único espólio relevante que Celia queria. Fiz uma pesquisa extensa no grupo de divórcio para ver se ela havia falado sobre isso, e cruzei com uma postagem de vários meses atrás.

Celia M > Mães Divorciadas

Eu consegui. Pedi a casa do lago como parte do acordo. A questão é, Phillip nem sequer a deseja. Ele odeia o lugar e os eletrodomésticos antigos, os móveis que não combinam e, de acordo com ele: "Não há nada para fazer além de olhar pela janela." Mas eu amo aquela casa. Costumava levar as crianças para passar o verão inteiro, e eram onze semanas de paraíso. Sem Phillip. Sem explosões de raiva a respeito do quanto eu dava de gorjeta ao jardineiro, ou se eu deveria chamar a empregada um dia a mais a cada semana. Apenas nós três, brincando, montando quebra-cabeças, saindo para longas caminhadas ao redor do lago. Uma vez, quando Phillip teve que viajar durante as férias, nós até passamos o Natal lá. Parecia um conto de fadas. Um sonho. Aquela casa do lago é o meu lar, de um modo que a casa em Reading nunca foi.

Quando conversamos de novo pelo telefone, dois dias após a partida de golfe, Phillip me contou que a escritura estava apenas no nome dele, mas que havia sido adquirida durante o casamento. Nenhum empréstimo ou ônus sobre a propriedade. Valia cerca de 250 mil dólares, e era dele para dar se assim quisesse.

O que ele não queria fazer.

— Talvez você possa dar de presente aos seus filhos — sugeri.

— Nem pensar. Eles vão deixar a mãe viver lá de graça.

As palavras de despedida de Ron para minha mãe flutuaram na minha mente: *Há vencedores e perdedores, Rosie.*

Eu tinha feito uma pequena pesquisa desde a partida de golfe. Mantive o tom casual, como se estivesse oferecendo um favor.

— Eis uma ideia — comecei. — Eu poderia comprar a casa com um desconto generoso. Digamos 20 mil dólares? Assim que o divórcio estiver finalizado, posso transferir a posse para você e estará livre para vendê-la. Mas seria preciso fazer isso o mais cedo possível, para que o título seja finalizado antes da data de avaliação.

Phillip ficou em silêncio do outro lado da linha, e eu esperei. Já havíamos cruzado, e muito, os limites do justo e honrado, então acrescentar a casa do lago não seria um grande salto. Era só mais uma coisa que eu o ajudaria a roubar da mulher.

Eu me apressei a preencher o silêncio, para mostrar a ele que estava disposta a oferecer uma saída, se ele quisesse.

— Se parecer muito arriscado, um *não* é uma resposta perfeitamente aceitável. Tenho certeza de que seus advogados podem fechar o negócio para você e forçá-la a comprar a sua parte. Ou talvez deem algumas opções de ações no negócio em troca da propriedade. Mas, se você decidir seguir por esse caminho, será pelo valor total de mercado.

— Podemos fazer isso? — perguntou ele. — Vender tão barato?

— Acredite ou não, isso acontece o tempo todo — expliquei. — Você pode vender a propriedade por quanto quiser. Haverá algumas questões de responsabilidade fiscal, mas há maneiras de contornar isso se a propriedade é tão importante para você.

— Eu não quero a casa para mim. Só não quero que fique com ela.

A determinação endureceu como uma pedra densa dentro do meu peito.

— Então vamos garantir que ela não a consiga.

UMA SEMANA DEPOIS da partida de golfe, eu apareci na casa de Phillip com uma van de mudanças e carregadores.

— O que é isso? — perguntou ele ao atender a porta.

Gesticulei para que os carregadores esperassem no caminhão por um momento, e Phillip e eu entramos no hall.

— Preciso que escolha dois cômodos nos quais você não passa muito tempo, para que possamos remover os móveis e começar.

— Espere, o quê?

Olhei por cima do ombro. Os três rapazes que contratei descansavam sob o sol frio da manhã.

— Você não pode simplesmente me transferir dinheiro, Phillip. Temos que fazer parecer que estamos trabalhando, e parte desse trabalho é redecorar o seu espaço físico. Escolha dois cômodos; vamos remover os móveis, os tapetes e as persianas, colocar uns lençóis de proteção, passar algumas amostras de pintura e, se alguém perguntar, você pode mostrar por onde decidimos começar.

Phillip olhou ao redor, como se a resposta fosse aparecer no saguão de mármore, antes de decidir.

— Ok. A sala de estar e o escritório.

— Ótimo — respondi, gesticulando para os carregadores. — Mostre o caminho.

Phillip parou ao meu lado, observando os homens desmantelarem cada cômodo. Sofás de couro, armários antigos, mesas de canto, lamparinas Tiffany de mesa, peças de arte, tapetes caros. Tudo foi embrulhado e cuidadosamente carregado até o caminhão.

— Para onde está levando isso tudo? — perguntou.

— Aluguei um depósito. Vamos guardá-los lá e, depois que tudo estiver finalizado, podemos trazê-los de volta.

— Você precisa de dinheiro para cobrir as despesas? — questionou ele. — Carregadores, depósitos...

— Não. Está tudo dentro dos honorários.

Acenei enquanto saía da extensa garagem, o caminhão de mudança logo atrás de mim com várias das antiguidades mais valiosas de Phillip.

E, claro, eu vendi tudo.

UMA VEZ ENGANEI um geólogo (*25 mil dólares mais uma guitarra Fender Stratocaster*) que me disse que as placas tectônicas abaixo de nós estavam se deslocando. Sempre em movimento, mesmo que nunca as sentíssemos.

Pensei muito sobre isso ao longo dos anos. A ideia de que estávamos por aí, vivendo nossas vidas, pensando apenas no próximo passo, sem nunca notar a mudança extra que acontecia abaixo. Que, um dia, olharíamos para cima e perceberíamos que tudo havia mudado.

Tomar a casa do lago para Celia mudou as coisas dentro de mim. Comecei a acordar no meio da noite, sem pensar em Phillip ou no trabalho atual, mas em Ron. Em memórias da minha casa em Canyon Drive. A risada da minha mãe. Comecei a sonhar com possibilidades que eu pensava terem desaparecido havia muito tempo, mas agora com uma nova camada de potencial. O que eu estava fazendo aqui, poderia fazer outra vez, por mim mesma. Pela minha mãe.

Mas precisaria de uma abordagem diferente para Ron. Seria impossível voar até Los Angeles como coach de vida pessoal e convencê-lo a me vender Canyon Drive por 20 mil dólares. Ele tinha décadas de experiência em compra e venda de imóveis, e centenas de transações. Eu precisaria subir de nível.

Minha pesquisa começou com um amontoado de ideias rabiscadas no meu caderno. Comecei a explorar as circunstâncias em que uma propriedade poderia *não* ser vendida pelo valor de mercado. Se o vendedor não a subvalorizar deliberadamente como Phillip, seria preciso fazer as pessoas acreditarem que a propriedade valia menos, por meio de relatórios de inspeção que descreveriam danos significativos, e avaliadores dispostos a corroborar.

O universo sempre vai te dar o que você precisa. Phillip se tornou meu estudo de caso. Como estabelecer a base. Como descobrir o que funcionava, para que, se houvesse erros a serem cometidos, eu os fizesse aqui. A outra parte disso — o *coaching de vida pessoal* — era apenas para garantir que eu recebesse pelo tempo investido.

PHILLIP E EU ESTÁVAMOS lado a lado em frente a um quadro de projeto que eu havia criado, uma mistura de várias palavras, citações inspiradoras e imagens. Tirei a ideia do Pinterest, e Phillip parecia achar que era Nova Era o suficiente para ser legítimo.

— Será preciso uma inspeção e uma avaliação da casa do lago — comentei.

Phillip se virou para mim.

— Isso não vai contra o propósito de vender abaixo do valor de mercado?

Neguei com um aceno de cabeça.

— Olha, um juiz vai querer saber. Seus advogados também. Posso fazer com que os relatórios digam o que precisamos que digam. Enquanto isso... — Entreguei a Phillip o contrato com o preço de 20 mil dólares. — Sua assinatura e rubrica onde indiquei. Deixe a data em branco por enquanto.

Phillip leu o documento que baixei de um site imobiliário do tipo "faça você mesmo".

— É padrão — expliquei. — Como uma proteção extra, listei a minha empresa como compradora e vou renunciar à maioria das contingências. Quando eu terminar o relatório de inspeção, o valor vai diminuir para o preço que precisamos.

Phillip assinou e rubricou onde marquei, depois me devolveu o contrato.

— Você está fazendo um grande progresso, Sr. Montgomery — comentei, colocando o contrato de volta na minha bolsa. — Vamos continuar assim. O seu próximo pagamento é no final da próxima semana. Vou te enviar a fatura por e-mail.

Estávamos em três meses e 150 mil dólares do serviço até então, sem contar os 200 mil dólares que obtive ao vender a mobília dele. O estresse de executar o plano começava a pesar sobre Phillip. Ele parecia abatido, como se não estivesse dormindo bem.

— Estou preocupado de isso não funcionar — confessou ele. — E se descobrirem o que estou fazendo? Isso não só me arruinaria financeiramente, como também minha reputação na cidade estaria destruída.

Coloquei uma das mãos no braço dele com gentileza e o apertei suavemente.

— Olhe para mim. — Quando Phillip o fez, eu prossegui: — Essa é a parte mais difícil. Mas lembre-se, você não está fazendo nada de errado. Está gastando o dinheiro com a sua saúde mental. Para encontrar um melhor estado físico e emocional. Está vendendo uma casa que terá uma tonelada de danos estruturais, uma propriedade que você não pode mais se dar ao luxo de manter, e vai dividir o que receber pela metade. Dez mil dólares para você, dez mil dólares para ela. Há diversas maneiras de apresentar isso para que sua imagem não sofra. Mas a única coisa que você não pode fazer é duvidar.

Precisa acreditar que o que estamos fazendo é legítimo, porque a forma como você pensa nas coisas é a forma como você as apresenta ao mundo.

Phillip assentiu, e pude ver que ele estava aceitando. O medo estava diminuindo. Eu precisava dele comigo só mais um pouco.

A INTERNET FACILITOU A TAREFA DE acompanhar Ron Ashton ao longo dos anos. Registros públicos mostravam que ele ainda morava na minha casa em Canyon Drive. Sites de notícias comentavam sobre sua próxima candidatura ao senado estadual. Mas foi o artigo de um blog imobiliário local de Los Angeles, sobre um agente predador que assediou sexualmente uma cliente, que revelou minha abordagem. Mick Martin era o agente imobiliário de longa data do empreendedor Ron Ashton, que, de acordo com rumores, está considerando uma eleição para o senado estadual. O Sr. Ashton se recusou a comentar.

Esse trabalho exigia que eu visse conexões que os outros não viam. Eu tinha que pensar dez passos à frente e imaginar vários cenários ao mesmo tempo. Com o passar dos anos, meus instintos se tornaram afiados e eu raramente errava.

Pesquisei Mick Martin e encontrei duas denúncias de assédio sexual ao Conselho Imobiliário da Califórnia. De acordo com o estatuto, três seriam suficientes para uma suspensão permanente da licença. Meus dedos voaram pelas teclas do notebook, abrindo abas, fazendo diversas pesquisas no Google. *Como denunciar assédio sexual ao Conselho Imobiliário da Califórnia?* Outra: *Como obter uma licença imobiliária da Califórnia?* E por fim: *Cursos online para tirar licença imobiliária, Califórnia.*

Olhei ao redor do meu pequeno apartamento, para as sombras criadas pela escuridão da noite, e comecei outra lista no meu diário de coisas que precisava preparar. Um site de butique de uma agência imobiliária. Outro para mim, descrevendo vários anos de vendas de alta qualidade. Um telefone para a agência, com uma mensagem amigável na caixa postal. Comprei vários livros sobre o setor imobiliário, sabendo que eu precisaria chegar como uma especialista.

Isso significava deixar a Pensilvânia assim que o título da casa do lago estivesse registrado, vários meses antes do previsto. Às vezes, é preciso deixar um emprego cedo — ou a boa vontade das pessoas acaba ou se percebe que o risco de terminá-lo é maior que os possíveis ganhos ao ficar. Dessa vez, era porque eu tinha que estar de volta e posicionada bem antes das eleições de novembro.

Uma faísca de emoção dançou dentro de mim ao perceber que eu terminaria minha carreira onde comecei.

Dizem que nunca mais se pode voltar para casa.

É mentira.

LOS ANGELES

Nos dias de hoje

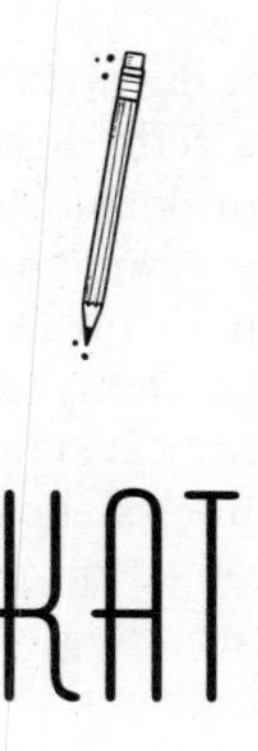

KAT

Agosto

Na manhã seguinte, a primeira coisa que faço é ligar para o banco. Eles asseguram que minha conta está segura e que nenhum dinheiro foi retirado, mas eu peço por um novo número de qualquer maneira. Onde quer que esteja o extrato do banco, quero que seja completamente inútil.

Em seguida, abro o e-mail de Jenna novamente. O nome fantasia é tipicamente usado quando uma pessoa deseja abrir um negócio sob uma titulação que não inclua seu nome legal, como *Passeadores Craques de Cães*. Mas o nome fantasia também pode ser a maior vantagem de uma vigarista, permitindo que qualquer pessoa com meios para pagar a taxa esconda sua verdadeira identidade atrás de uma empresa falsa, ou de um número diferente no imposto de renda. Se souber o nome da empresa, você pode digitá-lo no site do governo e descobrir quem a criou. Mas isso não funciona ao contrário. Se souber apenas um nome — nesse caso, Meg Williams —, é um beco sem saída.

Estou quase certa de que os compradores misteriosos de Meg — os *especialistas do ramo* que protegem a privacidade com tanto cuidado — são a própria Meg, escondida por trás de um nome fantasia. De alguma forma, ela descobriu um modo de roubar Canyon Drive de volta, ou comprá-la com um grande desconto.

Começo a trabalhar tentando descobrir exatamente o que ela fez na Pensilvânia. Jenna me deu os detalhes da venda — uma propriedade localizada em um lago e o nome do vendedor: *Phillip Montgomery*. Ao pesquisá-lo no Google, surge o de costume:

contas de Facebook e Twitter de várias pessoas — um médico, um carpinteiro e o CEO de uma rede de supermercados. Entre os resultados, há um artigo de um jornal local de Reading. É uma pequena nota, usada para ocupar espaço na página, e é curta. *Líderes de Comércio Local se Reúnem no Dia de Ação de Graças para Alimentar os Pobres.* O artigo comenta sobre os grandes participantes, quantas pessoas foram servidas e, em seguida, mostra a lista de voluntários. Dois nomes se destacam: *Phillip Montgomery* e *Melody Wilde.* O artigo tem uma pequena foto, a qual amplio para poder enxergar. Um grupo de dez pessoas, vestindo aventais e redes de cabelo, reunidos atrás de um longo balcão. E bem ali, logo atrás, está Meg. Embora ela esteja parcialmente oculta pelo grande homem ao seu lado, é ela, sem dúvida alguma.

Olho com atenção para Meg, tentando absorver os detalhes até que ela seja nada mais do que pixels em preto e branco na tela. O que ela diria se eu lhe mostrasse esse artigo? Sem dúvida inventaria uma história sobre uma visita a um amigo na Pensilvânia durante as férias. Talvez alegasse uma brincadeira com o repórter, dando um nome e uma profissão falsos. Meg é uma contadora de histórias formidável, me entretendo não apenas com casos de antigos clientes e negócios que deram errado, mas outras aventuras também. Como a vez em que ela saltou de paraquedas em um desafio. Ou as férias em que ela foi ao Parque Nacional Everglades, onde seu barco quase foi virado por jacarés. Mesmo sabendo quem ela é, ainda me vejo absorta, tendo que me lembrar constantemente de que cada palavra dela é uma mentira.

Dou início às ligações, começando por Phillip, logo descartando o médico e o carpinteiro e me concentrando no CEO da Prince Foods.

— Meu nome é Kat Roberts e sou jornalista em Los Angeles. Eu gostaria de falar com o Sr. Montgomery sobre uma mulher chamada Melody Wilde.

— O Sr. Montgomery não está disponível, mas, se a senhora deixar seu número, vou garantir que ele retorne a ligação.

A voz da recepcionista não revela nada. É possível que ela transmita o recado, mas também é provável que o jogue no lixo.

Em seguida, começo a olhar os nomes dos outros voluntários listados no artigo. Não tive sorte em falar com ninguém além de Frederica Palmieri, dona de um estúdio de dança.

— Meu nome é Kat Roberts e estou escrevendo um artigo sobre uma mulher chamada Melody Wilde. Esperava que a senhora pudesse me contar mais sobre ela.

A voz de Frederica é cautelosa.

— Sobre o que é a sua matéria?

Escolho as palavras com cuidado.

— Melody pode estar envolvida em um caso de fraude aqui em Los Angeles.

Ao fundo, posso ouvir música de piano e uma voz dando instruções.

— Nunca ouvi falar dela. Como conseguiu meu nome?

— Encontrei uma fotografia sua em um jornal de Reading, e Melody também está na foto. É de um grupo na cozinha do sopão para o Dia de Ação de Graças, há dois anos. A senhora se voluntariou para servir refeições.

A voz de Frederica fica mais clara.

— Ah, sim. Bem, se eu falei com ela, deve ter sido apenas um oi e tchau.

— A senhora se lembra se Melody foi amigável com algum outro voluntário naquele dia? Esperava poder entrar em contato com alguém que a conhecia.

— Como você disse, foi há dois anos. Mal me lembro do que fiz no mês passado.

— Eu entendo. Uma última pergunta — insisto. — A senhora se lembra de quem organizou o evento?

— Renata Davies. Ela é presidente do banco de alimentos da cidade. Está envolvida em muitos eventos comunitários.

Anoto o nome de Renata e agradeço Frederica antes de desligar.

É um pouco mais difícil entrar em contato com Renata. Primeiro, ligo para o banco de alimentos e, apesar de serem amigáveis, não estão inclinados a dar o contato de Renata para uma desconhecida que alega ser jornalista. Deixo uma mensagem com meu número, na esperança de que a transmitam.

Encontro a conta do Facebook dela e, após uma pesquisa rápida em sua lista de amigos, descubro algo interessante — Phillip Montgomery é o irmão mais velho de Renata. Minha mensagem particular para ela é uma variação do que eu disse aos demais.

Meu nome é Kat Roberts e estou entrando em contato com pessoas que possam ter conhecido uma mulher chamada Melody Wilde. Qualquer informação que a senhora possa ter seria muito útil. Pode responder a esta mensagem ou ligar para o meu número.

O mais provável é que Renata não esteja inclinada a confiar em alguém do outro lado de uma ligação ou no vasto oceano da internet. As pessoas estão muito mais dispostas a se abrir para algum conhecido de um amigo. Meg ganha a confiança dos outros primeiro. Como Veronica, por exemplo.

Pego o celular e envio uma mensagem para Meg. Veronica teve alguma sorte em convencer Ron a anunciar a casa dele? Seus compradores ainda estão interessados?

Vejo os três pontos que indicam que ela está respondendo e espero, imaginando que mentira Meg dirá dessa vez. Veronica conseguiu! Acabamos de pagar a caução de 4,5 milhões de dólares. Os compradores estão muito felizes, fechamos o negócio em trinta dias.

Não preciso fazer login na listagem de preço para saber que 4,5 milhões são pelo menos 500 mil dólares abaixo do valor de mercado. E, apesar dos números serem exponencialmente mais altos do que em Reading, isso pode ser parecido com o que ela fez lá.

Mas a ideia permanece inquieta na minha mente. Mesmo com o desconto, 4,5 milhões de dólares é muito dinheiro para qualquer um. Pagar tanto assim por uma casa não parece lá um grande golpe.

E ainda não consegui descobrir o que ela quer de mim. Penso na angariação de fundos, há dois meses. Naquela época, Meg já estava na cidade havia seis meses, construindo uma história e uma amizade crucial com Veronica, o que abriria a porta para Ron. Por que, de repente, ela mudou o foco para mim? Independentemente do que aconteceu na noite anterior, eu ainda tenho dificuldade em fazer essa conexão. Meg faz isso há muito tempo. Por certo, ela saberia que precisaria de mais de dez minutos no banheiro do parque para invadir a minha conta.

A menos que ela não quisesse ter sucesso.

Se Meg realmente quisesse me enganar, acho que teria enganado. Mas ela faz apenas o suficiente para chamar a minha atenção. Para manter eu e Scott ocupados, ao telefone com o banco e a empresa de TV a cabo, bloqueando tudo o que é possível. O que *não* estou fazendo é perguntas sobre os compradores misteriosos dela.

Agosto

Mais uma vez, Meg está atrasada.

Estou do lado de fora do Le Jardin, esperando que ela apareça para o almoço, o trânsito agitado do meio-dia passando. A fumaça do cano de escape de um ônibus me faz prender a respiração, e estou prestes a entrar para esperar quando meu celular toca com um número desconhecido.

— Posso falar com Kat Roberts?

É a voz de uma mulher, com uma pitada de sotaque do Centro-Oeste, e meu coração dispara. *Renata.*

Olho ao redor, me certificando de que Meg não está à vista.

— É ela mesma.

— Boa tarde, Sra. Roberts, aqui é Natalie do serviço de cartão de crédito do Citibank. Estou ligando para perguntar sobre o seu pagamento, que está atrasado.

Coloco o dedo no outro ouvido e me afasto da rua movimentada.

— Sinto muito, o quê?

— Aqui é a Natalie, do Citibank — repete ela. — Não recebemos o pagamento há dois meses. Se a senhora não o fizer em breve, teremos que enviar essa dívida para o setor de cobranças.

— Não tenho um cartão do Citibank. Você ligou para a pessoa errada.

— Poderia confirmar os últimos quatro dígitos do seu CPF?

Eu quase solto uma risada.

— Não vou dar essa informação, porque não abri uma conta.

Mas Natalie não será dissuadida de seu roteiro.

— O saldo atual é de 31 mil e 125 dólares, com um pagamento mínimo de 500 dólares. A senhora pode fazer um pagamento agora mesmo, se quiser.

O pânico começa a surgir dentro de mim quando minha mente volta ao alerta de Scott há algumas semanas. *Cuidado com Meg. Não deixe a bolsa desacompanhada. Não a deixe usar seu celular.* Seria Meg, ainda tentando me manter ocupada em uma missão de roubo de dados, para me fazer revelar informações que ela poderia usar contra mim, ou algo mais? Olho rua abaixo, imaginando Meg estacionada em uma garagem em algum lugar, fingindo ser Natalie do Citibank.

— Qual é o seu nome mesmo? — pergunto, me esforçando para ouvir a voz dela, para ver se soa familiar.

— Natalie.

É impossível ter certeza por causa do barulho da rua.

— Me passe o número da conta — digo, procurando uma caneta e um pedaço de papel na bolsa. Uso a parede de tijolos atrás de mim como apoio, minha letra torta e deformada. — Eu não abri essa conta — repito. — Não vou pagar 30 mil dólares.

Natalie permanece calma.

— Eu entendo, Sra. Roberts. Posso fazer uma anotação no arquivo. Mas, para limpar o nome, a senhora precisará fazer um boletim de ocorrência e enviá-lo para nós. Até lá, a senhora é a responsável pela dívida.

Sra. Roberts. Finalmente cai a ficha de que Natalie está usando meu nome verdadeiro, e percebo que Scott estava certo o tempo todo. Essa é a maneira de Meg me dizer que sabe de tudo.

Nesse momento, sinto uma presença atrás de mim. Eu me viro e encontro Meg ali, de pé, com um olhar de preocupação no rosto, e meu estômago se retorce.

— Obrigada pela ligação — digo e desligo a chamada.

Os pedestres caminham ao nosso redor enquanto Meg pergunta:

— Você está bem?

Quando não respondo, ela pega meu cotovelo e me guia para longe do restaurante chique onde planejávamos comer. Em vez disso, me leva a um *food truck* de tacos, estacionado no meio-fio. Ela pede dois tacos, depois andamos até um parque próximo e nos sentamos em um banco.

— Me diga o que está acontecendo — pede ela. — É Scott?

Pressiono os lábios, uma mistura de raiva e vergonha tomando conta de mim. Por acreditar que eu poderia fazer amizade com Meg e viver ao lado dela como uma aliada. Pelo quanto me deixei chegar perto dela. Quando finalmente abro a boca, minhas palavras são duras e frias.

— Era alguém alegando trabalhar no Citibank e dizendo que há uma dívida de 30 mil dólares em meu nome.

Mesmo que não fosse ela ao telefone, tenho certeza de que Meg estava por trás da chamada de alguma forma.

Meg se reclina, chocada.

— Ah, meu Deus. — Sempre a atriz. Sempre a amiga preocupada. — Você precisa abrir um boletim de ocorrência.

Eu a encaro, tentando entender seu objetivo.

— Olha — continua ela —, não quero provocar problemas, mas isso, a violação do banco e a conta não paga…

Meg deixa a frase morrer.

Balanço a cabeça, enojada comigo mesma por ter contado a ela sobre as apostas de Scott, por entregar a ela uma parte tão importante de mim.

— Não é Scott.

Deixo o peso da minha certeza me envolver. Não sou ingênua. Conheço as estatísticas de uma recaída. Mas desde a noite do show, quando Meg tentou invadir minha conta bancária, voltei a verificar todos os aparelhos dele, e não havia nada. O computador do trabalho de Scott está fora do meu alcance, mas ele seria louco se tentasse qualquer coisa por lá, onde cada tecla pressionada é registrada e monitorada.

— Sei que é nisso que você quer acreditar — comenta Meg. — E eu quero que isso seja verdade também. Mas você tem que se proteger, mesmo que isso signifique encarar algumas verdades dolorosas.

Verdade? Cada palavra dela é uma mentira.

— Não acho que isso tenha sido uma ligação legítima — digo. — Acho que foi um golpe de *phishing*. Alguém tentando me enganar para conseguir meu CPF. Isso acontece o tempo todo.

Será que Meg vai vacilar? Desviar o olhar? Mas ela puxa o celular e abre o navegador, e eu a vejo pesquisar Citibank no Google, entrando no site deles. Ela segura o celular para que eu possa vê-lo.

— Aqui está o número, vamos ligar e confirmar.

Isso é algum tipo de teste? Ela acha que eu não vou ligar na frente dela? Digito o número e escolho várias opções automatizadas, até que sou colocada em espera. Enquanto aguardo, o som de risadas do parquinho se infiltra pelo meu pânico crescente.

Dessa vez, falo com alguém chamado Paul. Leio o número da conta que Natalie me deu e me afasto de Meg para lhe dar os últimos quatro dígitos do meu CPF.

— O saldo é de 31 mil e 125 dólares — confirma ele.

Fecho os olhos, os sons do parquinho ficando confusos. Não é um golpe de *phishing*, mas uma dívida real — uma dívida tão grande que não tenho esperança de conseguir pagá-la.

— Pergunte sobre as transações recentes — diz Meg.

Meus olhos se abrem e estudo a maneira como ela me observa, os olhos arregalados de compaixão e preocupação. Por que ela ia querer que eu perguntasse isso? O que é que ela quer que eu ouça?

Em resposta a essa pergunta, Paul percorre diversos adiantamentos em dinheiro, todos na região, e algumas cobranças no supermercado.

— Pode me dizer qual é o endereço de cobrança? — pergunto.

Ele diz que é uma caixa postal em Brentwood. Olho para Meg novamente, ciente de como é fácil configurar uma online.

A voz de Paul interrompe meus pensamentos.

— Os extratos são enviados para um e-mail. — Ele lê devagar: — *sobrinhadacalista@yahoo.com*.

Meu olhar corta para Meg, a brisa soprando fios de cabelo sobre seu rosto, sua expressão clara e preocupada. Lembro a mim mesma de que ela teve anos para aperfeiçoá-la.

— Obrigada — digo a Paul, e em seguida encerro a ligação.

Meg coloca a mão no meu braço e eu a afasto, desesperada para ir a algum lugar onde eu possa pensar. Onde possa descobrir como ela poderia ter feito isso.

— Você precisa abrir um boletim de ocorrência — insiste ela. — Posso ir com você se quiser.

Olho para ela, incrédula, imaginando nós duas em uma delegacia, com Meg ao meu lado ajudando a elaborar a narrativa. Em que momento ela deixaria escapar o detalhe das apostas de Scott? Uma menção sútil que desviaria a investigação dela.

Vou ter que contar a Scott. Não posso esconder dele uma dívida de 30 mil dólares. Uma pequena voz flutua do meu interior. *E se Meg estiver certa? E se foi Scott afinal?*

Não é a primeira vez que me pergunto como minha vida seria se Scott não fosse um viciado. Ou se eu o tivesse deixado, em vez de ficar e ajudá-lo a superar o vício. As coisas estariam muito mais claras agora, sem eu precisar cruzar com uma constante dúvida, ou sem as vozes que invadem meu sono, sempre questionando o que ele diz. Sempre perguntando se vai acontecer de novo. Insistindo que eu procure por rachaduras, tentando descobrir o que é real dentro do meu próprio relacionamento.

Nesse momento, o celular de Meg toca. Ela olha para a tela.

— São os compradores da casa de Ron. Tenho que atender.

Ela se afasta, de costas para mim.

Deus, ela nunca para. Mesmo após roubar 30 mil dólares que eu não tenho, ela ainda está tentando manter a história desses compradores míticos. Eu me pergunto quem está, de fato, do outro lado dessa ligação. Veronica? Outra pessoa? Eu me esforço para ouvir Meg, mas os sons do parquinho e a brisa carregam as palavras dela para longe de mim.

Ela desliga e volta para o banco do parque.

— Desculpe por isso.

Eu me levanto e jogo meu taco quase inteiro no lixo.

— Preciso ir — digo.

Ela me dá um abraço, seu perfume caro me envolvendo, mas meu corpo permanece rígido, meus braços estendidos nas laterais.

— Me ligue se precisar de alguma coisa.

AGUARDO SCOTT CHEGAR em casa, pois preciso ver o rosto dele ao contar o que aconteceu. Para me assegurar de que minha lealdade não está equivocada.

Dirigi de volta para casa no piloto automático e, ao chegar, a pequena semente da dúvida havia crescido e ficado do tamanho de uma pequena pedra dentro de mim. A possibilidade de ele ter feito isso. Porque é possível. Só por que eu não consigo encontrar evidências não significa que não esteja acontecendo.

Quando ele chega, dá uma única olhada em mim.

— O que houve?

Ele me encara enquanto conto os detalhes, enquanto leio uma página onde reuni todas as informações. A data em junho, quando a conta do cartão foi aberta, logo após minha primeira saída com Meg. A dívida em meu nome. As cobranças mais recentes, retiradas em dinheiro e, por fim, o endereço de e-mail associado à conta.

— Aquela filha da puta — diz ele quando termino.

Encaro Scott, à procura de um vislumbre da mentira. Um lampejo de culpa antes dele ser ocultado por um constructo de indignação.

Meu silêncio chama a sua atenção e ele recua.

— Calma aí. Você acha que fui eu?

— Não sei o que pensar.

Ele se levanta e começa a andar, a voz cada vez mais alta.

— O que mais você quer de mim, Kat? Abri minha vida para você investigar quando quiser... meu celular. Meu computador que, mesmo após dois anos, você ainda verifica diariamente. — Ele se vira para mim. — Você se tornou a melhor amiga de uma droga de vigarista e, ainda assim, *eu* sou o suspeito? Essa mulher se infiltrou na sua vida. Ela tem você na palma da mão, te leva a shows, almoços, ioga. Você é a porra da assistente dela! Ela tenta, várias vezes por sinal, acessar nossas informações... os extratos bancários roubados, a conta de TV a cabo perdida... Ainda assim, cada vez que algo acontece, você sempre desconfia de mim primeiro.

Ele se senta ao meu lado e toma minhas mãos nas dele, sua voz quase falhando.

— Não sei mais o que posso fazer para provar que não sou eu. — Lágrimas se acumulam em seus olhos. — Estou começando a acreditar que isso nunca vai acabar. Você nunca vai confiar em mim.

— Scott...

Mas ele levanta a mão, me silenciando.

— Não vou deixar Meg acabar conosco. — Ele agarra a página de anotações. — Estou assumindo a situação. Amanhã vou abrir uma investigação contra Meg. O que quer que ela esteja fazendo acaba agora.

A dor que vejo em seu rosto quase parte meu coração. O quanto ele trabalhou duro e o quanto deve doer o fato de que, não importa o que ele faça, eu ainda duvido dele.

Mas isso acabou.

— Tudo bem — sussurro.

KAT

Agosto

Parei de atender as chamadas de Meg, então ela começa a mandar mensagens.

Você está bem?

O que está acontecendo?

Por favor, só me diz se você está bem.

Por fim, eu respondo. Estou bem, só lidando com aquele cartão de crédito. Apresentei queixa à polícia. Eles vão assumir o caso.

E Scott? pergunta ela.

Eu não respondo.

SCOTT IMPRIMIU OS EXTRATOS do cartão de crédito e levou tudo que está associado à conta para a delegacia, e estou grata por não ter que olhar para isso. Mas não consigo fazer mais nada. O arquivo sobre Meg permanece em minha mesa, fechado, e perdi vários prazos de redações de conteúdo que não consegui me forçar a escrever, mesmo precisando do dinheiro mais do que nunca.

Mais uma semana se passa. Veronica liga e deixa uma mensagem. Meg disse que você está doente. Estamos com saudade. Espero que melhore logo.

Doente. Balanço a cabeça, imaginando Meg contar uma história sobre idas à emergência e antibióticos para Veronica, enquanto elas se sentam nos tapetes de ioga à espera da aula. Criar histórias é o que Meg faz de melhor.

Vislumbres da chamada do Citibank continuam a me atormentar. A rua imunda, o cheiro do ônibus ao passar, o arranhar do banco de madeira do parque. E a ligação que Meg recebeu, logo antes de eu sair. *Os compradores misteriosos de Meg.*

Pego o celular e abro a conversa com Meg, retrocedendo três semanas até encontrar o que estou procurando. Veronica conseguiu! Acabamos de pagar a caução de 4,5 milhões de dólares. Os compradores estão muito felizes, fechamos o negócio em trinta dias.

Enquanto eu estava ocupada protegendo o meu CPF e discutindo com agências de crédito, não tive tempo para pensar muito no fato de que Meg está prestes a recuperar sua casa. Ela provavelmente nem quer os meus 30 mil dólares. Só precisa que eu fique fora do caminho até fechar o negócio. E eu a deixei se acomodar fazendo exatamente isso.

Imagino Ron empacotando seus pertences, enviando móveis para o depósito, sem nunca suspeitar que Meg orquestrou a venda rápida, a saída dele da casa de infância dela. E o que ela vai fazer em seguida? Será que vai vendê-la silenciosamente, dessa vez pelo valor de mercado, e embolsar a diferença antes de sumir da cidade? Talvez Veronica apareça na ioga e se pergunte por que o espaço ao seu lado está vazio. Talvez se pergunte por que o número de Meg está desligado.

Há dez anos, Meg fez uma ligação que arruinou minha vida. Perdi minha carreira e meu lugar no mundo. Ela roubou meu senso de segurança e minha autoestima e, desde então, todos os dias, eu tive que viver com as consequências daquela ligação. Tive que aceitar o medo como parte da rotina.

E agora ela voltou e tomou ainda mais. Porque Meg é uma vigarista, e vigaristas roubam — como e quando querem.

Cansei de sentir pena de mim mesma. Chega de dúvidas e lamentações. Posso ter perdido o plano de ação dela enquanto era executado, mas isso não significa que não posso desvendá-lo agora.

Scott apresentou o boletim de ocorrência ontem e trouxe a papelada para eu assinar em casa — *Kat Roberts* x *Meg Williams*. Agora que a polícia está envolvida, haverá uma investigação formal, e Scott prometeu que eu terei acesso a tudo o que descobrirem sobre ela.

Meg não vai destruir minha vida duas vezes.

KAT

Setembro

Conseguiu entrar em contato com Phillip Montgomery ou com a irmã dele, Renata? Até agora ninguém me ligou de volta — questiono Scott quando ele retorna após o trabalho.

— Você precisa fazer uma pausa — diz ele, beijando o topo da minha cabeça.

Coloco uma mecha de cabelo atrás da orelha.

— Estou bem.

Ele revira os olhos.

— Você vai chegar à exaustão. — Ele se posiciona atrás de mim e massageia meus ombros. — Acho que você precisa se afastar um pouco. Deixe a gente conduzir a investigação, e eu prometo que, se alguma coisa surgir, você será a primeira a saber.

Seus dedos pressionam os músculos tensos do meu pescoço, mas eu me afasto.

— E vou fazer o quê? — pergunto. — Esperar ela criar outro cartão de crédito no meu nome? Acumular mais dívidas?

Scott puxa a cadeira do escritório e se senta, me afastando das anotações.

— Você está sem comer, sem dormir. Só estou sugerindo que você faça uma pausa de um dia, ou uma semana, para espairecer. Trabalhe em outra coisa, depois volte com a mente renovada. Você sabe melhor do que ninguém que, às vezes, paciência e tempo são as únicas coisas que podem ajudar a desvendar uma história.

— Tenho uma dívida de 30 mil dólares. Não tenho o luxo de ser paciente.

O que não consigo admitir é que, quando não estou trabalhando na história de Meg, tudo o que resta é o conteúdo de merda sobre decoração, jardinagem e relacionamentos. *Será que seu novo amigo é um vigarista? Cinco sinais para ficar de olho.* O pensamento quase me faz chorar.

— Bem, você vai fazer uma pausa esta noite. Vai tomar um banho e vestir algo bonito. Fiz uma reserva no Magnolia para as 18h30. O trânsito está uma loucura, por isso temos que sair daqui 45 minutos antes.

Olho para o celular, silencioso sobre a mesa, e me pergunto onde Meg está, imaginando-a lá fora, pensando que escapou impune. Sem saber que a citamos em um boletim de ocorrência, e que Scott e seus colegas estão trabalhando duro para montar um caso contra ela. Sem saber que estou lentamente elaborando a história que finalmente irá expor seus golpes.

APÓS O BANHO, eu me visto enquanto Scott toma o dele. Na minha mesa de cabeceira, pego minha loção favorita, tentando espremer as últimas gotas do recipiente vazio.

— Merda — murmuro, sabendo que levará meses até que eu possa pagar outra.

Mas então me lembro do pequeno tubo que Scott me deu de presente de aniversário no ano passado. Eu o deixei no porta-luvas dele, depois de uma viagem de carro até Tahoe.

— Vou buscar uma coisa no seu carro — aviso pela porta fechada do banheiro.

— O quê? — grita ele, sobre o som da água corrente.

Eu o ignoro e pego as chaves na mesa do corredor, ao lado do celular dele. O ar fresco da noite envolve meu cabelo molhado, mas, em vez de sentir frio, me sinto revigorada. Uma noite fora pode ser exatamente do que preciso. Vejo o carro dele estacionado algumas casas adiante e o destranco, deslizando para o banco do passageiro e abrindo o porta-luvas.

Encontro a loção atrás do manual do carro e de vários guardanapos velhos de restaurantes de fast-food. Agarro o recipiente e, quando estou prestes a fechar o porta-luvas, vejo um celular espremido em um canto.

A loção desliza para o meu colo enquanto pego o aparelho e o viro em minhas mãos. É pequeno e preto, um desses telefones descartáveis que parece um smartphone, mas apenas executa as funções básicas: ligações, e-mail e internet. Ativo a tela, na esperança de ver uma fotografia de estranhos — um celular perdido guardado em segurança no porta-luvas de Scott até que ele possa devolvê-lo. Mas tem apenas um simples fundo azul, mostrando a hora, a data e o botão de desbloqueio.

Clico no botão e o telefone se ilumina, sem senha para protegê-lo, como se o dono não estivesse preocupado com roubo de dados.

Não há fotos, nem contatos, nem chamadas recebidas ou feitas. Clico no navegador para ver o histórico.

Minha respiração fica presa em meu peito enquanto examino a lista. Os nomes familiares de sites de apostas que assombraram meus sonhos e meus momentos mais sombrios se enfileiram para revelar o quanto Scott havia mentido bem.

Deslizo ainda mais pela página, até a data do show no parque. O momento da tentativa de violação no banco. Foi Scott quem tentou acessar minha conta.

Rapidamente, vou até as configurações para ver qual e-mail está vinculado ao telefone. E, mesmo que eu esteja esperando, mesmo que esteja me preparando para o que sei que vou encontrar, ainda sinto como se tivesse levado um soco no peito.

sobrinhadacalista@yahoo.com.

MEG

Setembro
Oito semanas antes das eleições

Todos os caminhos levam a Canyon Drive. Mais uma vez estou sentada no carro, olhando para a casa da minha infância. Quantas vezes já estacionei nesse mesmo local? Quantas horas já perdi recordando a maneira como fomos despejadas? As roupas enfiadas em sacos de lixo, sem tempo nem para colocar os sapatos, enquanto o xerife estava no saguão e os vizinhos ocupavam as calçadas e os extensos gramados para assistir à cena.

Mas hoje é diferente. Hoje vou fazer a última visita com meus compradores, Gretchen e Rick. Clientes que roubei de um colega, depois de ouvi-lo falar sobre que tipo de propriedade o casal buscava. Alguns telefonemas, um encontro acidental numa *open house*, uma oportunidade extraoficial, nem sequer divulgada. Quem não aproveitaria a oportunidade de conseguir uma propriedade no atual mercado competitivo?

Canyon Drive será fechada amanhã, e Ron se mudou para um hotel até que possamos encontrar algo mais adequado para um senador estadual. Uma mudança necessária em relação à procura de propriedades de investimento, que nunca foram parte do meu plano. E agora vou entrar na minha casa de novo — não pela primeira vez, mas pela última.

A primeira vez tinha sido há pouco mais de um mês, no início de agosto, a fim de mostrar a casa para Gretchen e Rick. Ron também estava lá, então tive que manter a expressão curiosa e evidente.

Eu havia ficado surpresa com o quanto havia mudado. O chão agora estava pintado com uma cor escura em vez da madeira clara da qual me lembrava. A lareira de tijolos havia sido refeita em mármore, e a cozinha estava completamente renovada. Mas enquanto eu parava diante da pia, olhando pela janela e para o quintal, a vista era exatamente como me lembrava. O mesmo gramado inclinado em direção às altas sebes nos fundos. A mesma figueira, o formato de seus galhos esticando-se por todo o caminho até o buraco, da largura do meu quadril, onde dois dos maiores desses galhos se encontravam — o lugar perfeito para ler ou me esconder da minha mãe e de Ron.

Havia guiado Gretchen e Rick pelos cômodos do andar principal, e Ron optara por esperar lá fora enquanto olhávamos ao redor. No andar de cima, eu consegui, de alguma forma, mostrar as funcionalidades — o quarto e o banheiro principais, uma varanda com área de lazer e a porta do meu antigo quarto, para onde apontei.

— Mais um quarto de hóspedes e um banheiro — dissera eu, deixando Gretchen e Rick entrarem sozinhos, sem querer que as memórias daqueles últimos meses bagunçassem minha mente.

Hoje, porém, cheguei cedo. Olho para o celular mais uma vez, esperando ver uma notificação de Kat. Ela está quieta há semanas, ignorando minhas mensagens e ligações. Veronica também não teve notícias dela. Um lampejo de preocupação passa por mim ao imaginar Kat tentando descobrir como pagar aquele cartão de crédito sozinha. Ela não vai conseguir considerando o que tem escrito ultimamente — textos sobre cuidados com as cutículas e o poder dos óleos essenciais.

Estou quase certa de que Kat acredita que fui eu quem abriu o cartão de crédito e acumulou toda a dívida. Não sei ao certo o quanto ela sabe a respeito de onde estive nos últimos dez anos, mas cada trabalho que fiz indicaria que sou, exatamente, o que ela pensa que sou — uma vigarista, uma oportunista, distorcendo a realidade para atender aos meus propósitos. Armar para um político com uma das mãos e, ao mesmo tempo, roubar dinheiro de uma jornalista azarada com a outra. O que significa que ela estará ainda mais determinada a me expor, escrevendo algo que não só pague bem, mas que finalmente abra portas para publicações maiores. Eu sabia quem ela era desde o início. Não posso ficar zangada quanto a isso agora.

Procuro entre as chaves até encontrar a certa.

— A porta da frente é feita de carvalho, originado de uma floresta na Virgínia. A árvore provavelmente saudou os colonos de Jamestown, antes de chegar aqui para nos proteger.

Minhas palavras são um mero sussurro sob a varanda coberta, que ainda cheira exatamente como me lembro — a grama e mofo do estuque, que nunca seca por completo.

Entro no saguão frio, observando o espaço. A casa não tem mais os horríveis móveis cromados e de couro de Ron, e posso deixar os fantasmas retornarem. Aproveitar o tempo para dar um último adeus. Sigo pelo andar de baixo, passando pela escadaria principal com um banco de janela ao lado do último degrau, pela sala de estar, antes repleta de estantes de livros.

A casa pode estar diferente, mas as referências são as mesmas. Conforme subo a escada dos fundos, o corrimão na parede tem a mesma textura, os mesmos traços e amassados na madeira. Passo a mão sobre a superfície, me reencontrando. O quarto degrau ainda range do mesmo jeito que me lembro, e eu passo um minuto ali, subindo e descendo, apenas para poder ouvi-lo. Fecho os olhos, fingindo que minha mãe ainda está viva, que ainda está na casa comigo, apenas fora do meu campo de visão. Ela pode chamar a qualquer momento: *Depressa, preguiça.*

O latido de um cão num quintal distante me força a voltar ao presente. Continuo subindo as escadas, indo para o meu antigo quarto, aquele com a janela ampla que tem vista para o quintal, e com um grande closet, onde a inclinação do telhado encontra o chão em um ângulo de 45 graus.

Fico parada no meio do espaço, tentando encontrar minha versão mais jovem, mas é difícil. Nada está igual. A pintura, o piso e as molduras — tudo foi substituído, embora as renovações sejam baratas. Persianas de plástico nas janelas em vez de madeira, fibra de vidro nos banheiros em vez da porcelana original.

Eu me viro para o closet, esperando que Ron tenha, de alguma forma, o deixado em paz. Estendo a mão para a maçaneta, me apegando com firmeza à memória da parede interior, marcada com os arranhões dos meus sapatos. A haste curva onde uma vez pendurei minhas roupas. E, na parte de trás, na parede mais distante, os arranhões e as marcações do meu crescimento. Ainda posso vê-las em minha mente, as linhas horizontais, e ao lado delas, a caligrafia desbotada de Nana.

Rosie 27-8-78
Rosie 17-12-82

E, num marcador mais escuro, a caligrafia da minha mãe, tão familiar quanto uma música que sei de cor.

Meggie 4-2-93
Meggie 26-10-98

Porém, ao virar a maçaneta e abrir o armário, a luz se acende automaticamente, revelando as prateleiras laminadas de uma instalação da Califórnia Closets. O ar é estéril, o chão sob meus pés, brilhante, e a parede da qual me lembro e tudo nela escrito foi relegado a um depósito de lixo anos atrás.

Saio apressada do cômodo, desço as escadas da frente, cruzo a sala de jantar e sigo para o quintal, o único lugar que ainda carrega algum toque das pessoas que eu amava. Passo a mão pelo tronco da figueira enquanto me dirijo para o canto dos fundos, onde as rosas de Nana ainda balançam e dançam na leve brisa — dezoito arbustos plantados há quase sessenta anos, quando ela própria era uma jovem mãe. Antes da espiral decadente de seu único filho nas drogas e no álcool.

Esse é o único lugar onde ainda posso senti-la — e as memórias me invadem. Longas tardes passadas revirando o solo, procurando entre as folhas por pulgões com um frasco de água com sabão. Nana me ensinou os nomes de cada variedade — Santana, Kensington, Bluez —, e eu os sussurro bem baixinho como um mantra.

É um pequeno milagre que ainda estejam aqui, que Ron não as tenha removido e feito uma estrutura para uma fogueira ou uma banheira de hidromassagem. Eu me abaixo, pego algumas pétalas e as cheiro — a doce fragrância me carrega de volta no tempo.

— Meg, você está aí?

A voz de Rick de dentro da casa me puxa para o presente, e toda a dor e o ressentimento que cultivei na última década voltam de repente, se encaixando nos sulcos e nas bordas que esculpi. Deixo as pétalas caírem no chão.

— Aqui fora — chamo, retornando à casa, onde eles estão esperando no saguão.

Rick, sócio de um escritório de advocacia no centro da cidade, e Gretchen, sua esposa, dona de casa. Não é o poderoso casal anônimo da indústria no qual eu fiz Kat acreditar. Percepção é tudo. Clientes sem nome e sem rosto, que valorizam a privacidade, forçam a pessoa a encaixar esses detalhes em uma história. Porque, quando se deixa um rastro de migalhas, as pessoas esperam que elas levem a algum lugar.

— Vamos começar pela cozinha? — pergunto, com um sorriso genuíno.

— PODEM PEGAR AS chaves no escritório da Apex amanhã. Vou ligar assim que for oficialmente de vocês — digo, quando terminamos.

Observo o casal ir embora, e só quando estou destrancando meu carro é que o vejo. Scott, o noivo de Kat, ao volante de um sedã Toyota mais antigo, me observando.

Eu o reconheço pelo perfil de Kat no Facebook. Uma vez que descobri o nome verdadeiro dela, foi fácil encontrá-la online, o que me levou a ele. *Scott Griffin, detetive de fraudes.* Li sobre os casos em que ele trabalhou. Vasculhei o Facebook atrás de fotos — Scott na praia, esquiando nas férias, rindo na frente de um cacto gigante no deserto. Não há dúvida de que é ele.

Deixo meu olhar recair sobre ele, mantendo os movimentos calculados e suaves. Quando me afasto do meio-fio, me permito olhar uma única vez pelo espelho retrovisor, sentindo uma pitada afiada de traição. Os dois estão trabalhando juntos.

KAT

Setembro

Tento não notar os espaços vazios deixados por Scott, pois a ausência dele é óbvia em todos os cômodos do apartamento. De pé diante do balcão, o roupão apertando minha cintura, eu penso nos próximos passos. Luto contra o desejo de ligar para Meg. Para dizer que ela estava certa e perguntar o que devo fazer agora. Entendo melhor a raiva impotente que ela sentiu por anos, muito mais aguda do que a culpa que atribuí a ela há tanto tempo. Agora essa raiva reverbera através de mim, uma fúria de baixa frequência que pulsa a cada batimento cardíaco. Até onde eu iria para fazer Scott pagar?

Perco horas pensando no que Meg faria se estivesse no meu lugar.

QUANDO SCOTT SAIU do banheiro, me encontrou sentada no sofá, meu cabelo secando desajeitado, meu rosto ainda sem maquiagem.

— Você não está pronta — comentou ele.

Então Scott viu o celular sobre a mesa de centro à minha frente. Diversas emoções brilharam em seu rosto — primeiro medo, depois raiva e, por fim, uma firmeza estoica, como se uma cortina se fechasse atrás de seus olhos.

— O que é isso? — perguntou ele.

— Não começa.

Eu estava entorpecida, a quilômetros de distância da punhalada inicial de choque e dor. Em vez disso, senti uma calma fria me encobrir e a acolhi. Eu queria viver dentro dessa bolha, livre da dor o máximo possível, porque sabia que a alternativa era reviver cada traição, vez após vez, muito tempo depois daquele momento.

Ele desabou na cadeira à minha frente e colocou a cabeça entre as mãos.

— Sinto muito — falou.

Um refrão familiar, girando de novo e de novo. Eu conhecia todos os passos — as desculpas, a autoflagelação, o arrependimento. E então as promessas. E nós nos arrastaríamos para fora do buraco mais uma vez.

Em vez disso, eu ignorei tudo. As perguntas sobre o que desencadeou a recaída. Como começou e por quê. As recriminações, dizendo a ele que, se tivesse me contado que estava com dificuldades, nós poderíamos, juntos, ter superado a fase difícil. As palavras flutuaram para fora da minha mente, e então se foram. Eu não tinha mais nada a oferecer.

Removi lentamente o anel de noivado e o coloquei em cima do celular escuro, e me perguntei quanto conseguiria por ele. Será que era ao menos verdadeiro? Devia ter aceitado a oferta de Meg de ir avaliá-lo.

Scott levantou a cabeça.

— Kat, não.

— Trinta mil dólares — sussurrei, e ele se encolheu.

— Eu ia pagar, eu juro.

O roteiro era exatamente como eu me lembrava.

— Você se esforçou tanto para me fazer acreditar que fui eu quem arruinou tudo, que eu trouxe Meg até aqui porque fui descuidada. Porque confiei demais. Mas foi você quem roubou os extratos, quem não pagou a conta, e culpou Meg por isso.

— Vou voltar para o tratamento. Cinco dias por semana. Vamos resolver isso juntos. Preciso de você.

Soltei uma risada aguda.

— Você precisa da minha pontuação de crédito. Precisa do pouco dinheiro que tenho na poupança. Mas não precisa de mim.

— Isso não é verdade.

— Eu não acho que você saiba o que é verdade.

Todas as mentiras dele, a falsa indignação com Meg que voltou de repente, contrapondo-se à preocupação silenciosa de Meg. Como ela tentou me ajudar a ver o que estava bem na minha frente.

O fato da vigarista ser mais confiável do que seu próprio noivo diz muito.

— Quero que vá embora — falei. — Esta noite. Você tem duas horas para fazer as malas. Qualquer coisa que deixar será vendida para cobrir a dívida que você acumulou.

O remorso de Scott se transformou em raiva.

— O que houve com *eu te amo*? O que houve com *vou ajudá-lo na sua recuperação*?

Olhei incrédula para ele.

— Eu não chamaria uma dívida de cinco dígitos de "recuperação", não é?

— Para onde diabos eu devo ir?

Dei de ombros.

— Ligue para o seu padrinho. Encontre um amigo. Durma no sofá de alguém. Não me importo.

— E se eu não for embora? — perguntou ele.

— Vou ligar para a polícia. Um dos seus colegas vai aparecer e eu vou explicar o que você fez. Então vou entregar o celular, cheio de evidências de quando você tentou invadir minha conta bancária e com o e-mail ligado ao cartão de crédito. Tenho certeza de que eles podem resolver isso com você na delegacia.

— Você não ousaria.

Senti o meu antigo eu se despedaçando. Bordas lascadas, medos frágeis e suspeitas. Preocupações que me mantinham acordada à noite, imaginando anos de constante monitoramento. Anos de dúvida e verificações, o ciclo interminável de questionamentos, perguntas, confirmações — tudo isso se soltou de mim, deixando para trás nada além de uma firmeza polida.

— O cronômetro vai disparar — anunciei.

Enquanto ele fazia as malas, eu saí, levando comigo o celular descartável dele. Esperei no meu carro, me certificando de que todas as portas estavam trancadas, e me encolhi no banco, checando os espelhos para ter certeza de que ninguém podia ver uma mulher sentada sozinha no carro, em uma rua escura.

Imaginei Scott esvaziando a cômoda, o armário, limpando a mesa do escritório. Enfiando as roupas dentro de uma mochila, levando tudo o que trouxera para o relacionamento. A arte emoldurada na sala de estar. A luminária na mesa dele que pertenceu ao seu pai. O forno elétrico chique que ele tanto quis.

Por fim, Scott saiu, seu carro abarrotado com seus pertences, e eu esperei até que ele virasse a esquina e desaparecesse antes de voltar ao apartamento. Caminhei pela sala de estar, entrei no nosso quarto — meu quarto agora —, subi na cama completamente vestida e adormeci.

O CELULAR TOCA, me trazendo de volta ao presente. É um número desconhecido, e meu estômago se revira. Outra agência de cobrança? Outro cartão de crédito aberto em meu nome?

— Kat falando.

— Kat Roberts?

Fecho os olhos, me preparando.

— Ela mesma.

— Aqui é Renata Davies, estou retornando sua ligação.

De repente, meus olhos se abrem. Todos os pensamentos sobre Scott desaparecem enquanto eu me esforço para encontrar uma caneta e um pedaço de papel.

— Sim — respondo. — Muito obrigada por retornar. Eu esperava que a senhora pudesse me contar alguma coisa sobre uma mulher chamada Melody Wilde.

Há uma longa pausa. Por fim, Renata fala, a voz baixa e zangada:

— Posso dizer que ela é uma fraude e uma falsa. Posso dizer que ela veio para a cidade cheia de mentiras sobre quem era, e usou isso para entrar no meu círculo de amigos. E posso dizer que ela roubou 350 mil dólares do meu irmão e o convenceu a colocar uma casa no nome dela. É esse tipo de informação que está procurando?

Talvez eu consiga minha história, afinal.

PASSO UMA HORA no telefone com Renata, que me contou a respeito de uma mulher que posava de decoradora de interiores e coach de vida pessoal para celebridades em Nova York, e como o irmão de Renata, Phillip, foi convencido a deixar Meg — ou *Melody* — atuar como sua "coach" no divórcio, coletando uma enorme quantia de dinheiro que ela prometeu devolver após o acordo final.

— Me conte sobre a casa — pedi, a única peça que poderia se conectar ao que Meg estava fazendo agora.

— A casa do lago — explicou Renata. — Falei para Phillip deixar a casa para Celia, mas meu irmão é teimoso e a casa estava no nome dele. Fazia parte do espólio.

— Como Melody ficou com ela?

— Ele vendeu para ela por 20 mil dólares, o que é uma fração do valor real. Melody disse que ele poderia comprar de volta assim que o acordo estivesse finalizado, e depois vender de novo pelo valor de mercado.

— Ele com certeza sabia que seria pego nos impostos, não é? — comentei, metade de mim focada no que Renata falava, e a outra metade em como Meg poderia ter convencido Ron a concordar com algo semelhante.

— Melody disse que sabia um modo de contorná-los. Outra mentira. Mas, àquela altura, a única coisa com a qual Phillip se importava era se agarrar ao que ele acreditava ser dele — explicou ela. — Ele não pensou além do acordo do divórcio. Melody o convenceu de que isso funcionaria simplesmente porque disse que tinha funcionado com ela.

— Vigaristas muitas vezes visam pessoas emocionalmente vulneráveis — falei. — Pessoas que precisam acreditar na realidade que eles estão vendendo, desesperadas por uma solução para quaisquer problemas que estejam enfrentando.

— Ela arruinou a vida dele. A reputação dele — disse Renata.

Eu sabia o que Meg diria. *Ele arruinou a própria vida. Apenas encontrei todas as rachaduras.*

— Ele entrou em contato com a polícia? — perguntei.

— Sim, é óbvio, mas disseram que seria "difícil de processá-la". Palavras deles. Como Phillip também estava envolvido com fraude, seria difícil provar que ela o enganou. Os advogados do divórcio renunciaram e ele foi forçado a representar a si mesmo. Foi uma confusão.

Foi difícil reunir uma única pitada de simpatia por Phillip Montgomery. Renata me deu o nome e o número de telefone da ex-mulher dele, e eu liguei para ela em seguida. Celia expôs um homem que aterrorizava ela e seus filhos.

— Fiquei mais tempo do que deveria — contou. — Saí com apenas uma bagagem de itens essenciais. Phillip ficou furioso. Mudou as fechaduras. Não me deixava entrar em casa para recuperar o resto das minhas coisas. Quando conseguimos uma ordem judicial, a maior parte já tinha desaparecido. Foi jogada fora, doada, vendida, sei lá. Eu não me importava com as roupas, mas algumas das peças tinham um valor sentimental, as joias da minha mãe, bilhetes e cartões que as crianças me deram ao longo dos anos... isso acabou comigo.

Boa parte da história dela soava familiar. Meg e a mãe viveram sua própria versão.

— Como acha que Meg a encontrou?

— Não faço ideia. Mas houve algo muito estranho... algumas semanas atrás, um advogado imobiliário entrou em contato comigo, e estava trabalhando em nome de uma contraparte na Califórnia. Ele me disse que a escritura da casa do lago havia sido transferida para mim. E, como eu a adquiri após o divórcio ter sido finalizado, Phillip não pode tocar nela. É minha.

Eu endireitei a postura, minha caneta imóvel.

— Meg te *deu* a casa?

— E tudo dentro dela — disse Celia. — Até os impostos foram pagos.

Não consegui falar por um momento. A generosidade de Meg era inesperada e, no entanto, não me surpreendeu. Claro, ela ficou com o dinheiro de Phillip. Mas equilibrou a balança. Devolveu a Celia um pouco do poder que Phillip tinha roubado e o expôs no processo. A mesma coisa que ela havia feito por Kristen. A mesma coisa que estava tentando fazer agora, pela mãe e por si mesma.

— O incrível — continuou Celia — é que, antes de tudo isso acontecer, eu tinha aceitado que não conseguiria nada. Estava pronta para desistir e deixar Phillip ficar com tudo.

— Por quê? — perguntei.

— O divórcio é como um vírus. Invade todos os cantos da sua vida, cada pensamento e cada momento. Tudo é visto através das lentes de *como isso beneficiará ou prejudicará o acordo*. É tóxico.

— Mas você teria desistido de muito dinheiro.

— Quanto custa a sua liberdade?

AINDA ESTOU TENTANDO responder essa pergunta. É uma vergonha complicada ser traída por alguém em quem se confia, e a dor dessa traição se agrava pelo desenrolar da vida que você pensou que teria. Os pertences removidos, os espaços vazios deixados para trás lembrando você de tudo o que nunca percebeu. Contar a amigos e familiares, as ligações e mensagens nas quais você tem que carregar os lamentos de todos os demais juntamente ao seu. É por isso que a única pessoa para quem contei até agora foi Jenna.

Ela disse todas as coisas certas, e ficou indignada em meu nome.

— Espero que você tenha ido à polícia.

Primeiro, tive que retirar as acusações que Scott fez contra Meg.

FIQUEI ESPERANDO POR quinze minutos antes de alguém voltar à linha do telefone.

— Oi, eu apresentei um boletim de ocorrência há algumas semanas, mas houve um mal-entendido, e quero retirar a queixa.

— Número do processo?

Leio os dígitos e estou pronta para aguardar enquanto ela procura, mas a mulher logo responde:

— Isso não é um número de processo. Geralmente é um número de dez dígitos, que fica no canto superior direito da sua cópia do boletim de ocorrência.

Olho para o relatório que Scott me deu para assinar. Oito dígitos e uma letra.

— Daqui a pouco eu ligo de novo — digo.

É claro, nunca houve um verdadeiro boletim de ocorrência. Se Scott realmente tivesse feito um, a investigação acabaria por inocentar Meg e culpá-lo. Mas uma revelação maior me impede de ficar com raiva por outra mentira. A inexistência do boletim significa que ainda sou a única pessoa que sabe quem Meg é, e o que está fazendo.

Pego o celular e envio uma mensagem para ela, esperando que não seja tarde demais. Que ela ainda não tenha fugido. Obrigada por me dar o espaço de que eu precisava para resolver as coisas. Estou pronta para voltar ao trabalho.

Mas o celular fica em silêncio. Eu me levanto e vou até a cozinha pegar um refrigerante. Quando volto, decido ler minhas anotações de Celia e Renata, tentando encontrar uma conexão entre o que Meg fez com Phillip Montgomery e o que ela pode ter feito com Ron. Um relatório de inspeção forjado? Uma avaliação falsificada?

Fingir ser compradores particulares focados em preservar a própria identidade, e então possivelmente roubar a propriedade de Canyon Drive de volta? Nem posso ter certeza de que o preço de venda foi de 4,5 milhões de dólares. Meg poderia ter me contado qualquer coisa, sabendo que a informação não seria publicada por semanas.

Talvez ajude se eu vir tudo em ordem, começando com Cory Dempsey, passando por Phillip, e adicionando o que sei até agora sobre Ron. Também quero dar uma olhada nas poucas vítimas que consegui encontrar logo depois que Meg deixou Los Angeles pela primeira vez. Vasculhar um pouco mais a fundo para ver se eles também mereciam a atenção de Meg da mesma forma como Cory mereceu. Como Phillip mereceu. Como Ron agora merece.

Tiro o arquivo da gaveta da escrivaninha e o abro. Uma folha de papel em branco está no topo da pilha. Eu a deixo de lado e me deparo com outra folha em branco. Minhas mãos começam a tremer quando passo a folhear as páginas, folha em branco após folha em branco, minha mente finalmente entendendo o que aconteceu.

Scott.

Enquanto eu estava sentada no carro esperando que ele saísse, Scott roubava minhas anotações e as substituía por uma pilha de papel sulfite.

Tudo o que reuni sobre Meg — nomes, datas, endereços antigos e informações da família — se foi. Dez anos de trabalho desapareceram, junto com quaisquer chances que eu tinha de vender a história e pagar a dívida. A raiva me consome. Agarro a lata de refrigerante e a jogo contra a parede, onde ela explode numa cascata de bolhas marrons, formando uma poça no chão de madeira.

MEG

Setembro
Sete semanas antes das eleições

Estou caminhando em uma pequena casa no Sunset Park, pela quarta vez nesta manhã, garantindo que vou cruzar e ser vista por agentes da Apex o suficiente antes de terminar o dia, quando alguém atrás de mim diz:

— Ei, Meg.

Eu me viro do closet para o qual estava olhando e vejo Guy Cicinelli, um agente mais velho do escritório da Apex, que havia enfiado a cabeça no minúsculo quarto.

— Parece que você está me seguindo — digo, tendo-o visto, pelo menos, nas três últimas casas que visitei.

Ele sorri.

— Talvez sejamos rivais. — Ele espreita o armário por cima do meu ombro. — Meus clientes vão adorar esta casa.

— Os meus também — digo, me referindo aos clientes que estou fingindo ter.

Um jovem casal à procura de sua primeira casa. Um professor aposentado procurando uma residência menor, que se encaixe melhor com a péssima pensão. Faltam algumas semanas para eu sair da cidade, mas preciso aparentar estar trabalhando, à procura do próximo contrato. *Sempre feche um negócio*.

— Nunca deixa de ser incrível. — Guy suspira. — Ajudar pessoas a encontrar o lugar que chamarão de lar, e depois tornar isso realidade para elas.

— Sei bem o que quer dizer — respondo e, pela primeira vez, não é mentira.

Quando recebi a confirmação de que a casa do lago era oficialmente de Celia, senti um tipo de alegria que só se sente ao se fazer algo completamente altruísta e correto. Foi um momento de paz, como se todos os problemas e as mágoas no mundo, de repente, tivessem interrompido seu caos giratório e ficassem em silêncio por um único instante abençoado. *Eu fiz isso. Eu dei aquela casa para ela.*

Voltamos para a sala de estar e Guy gesticula para a rua.

— Aquele é o seu comprador sentado no carro? Você sabe que ele pode entrar. Mesmo que esteja aberta para corretores, os compradores aparecem o tempo todo.

— Como assim? — pergunto, olhando pela janela da frente. — Meu comprador não está aqui.

— Bem, há um cara estacionado aí na frente — comenta Guy. — Presumi que fosse seu cliente, já que ele esteve nas últimas três casas que você olhou.

Maldito Scott. Reviro os olhos.

— Não é um cliente. Ele é noivo da minha assistente. — Volto para o hall central. — Já viu a cozinha? É incrível.

Guy vaga pela cozinha, e eu uso a oportunidade para me afastar dele e ir até o quintal, onde há uma laje de concreto com uma grande rachadura que os compradores de Guy precisarão consertar. Um caminho leva ao portão dos fundos, e eu o sigo, fingindo olhar para a garagem.

Meu celular vibra com uma mensagem de Kat, e eu paro. Obrigada por me dar o espaço de que eu precisava para resolver as coisas. Estou pronta para voltar ao trabalho.

Após semanas de silêncio, ignorando minhas chamadas e mensagens, agora ela quer voltar? Penso em Scott estacionado na frente, em Kat pedindo para voltar, e quero gargalhar. Se for uma tentativa coordenada, é muito desajeitada.

Saio para o beco e sigo para o sul, planejando voltar para a rua e me aproximar do carro de Scott por trás. Eu me imagino batendo na janela dele e o assustando. *Você é namorado da Kat*, diria. *O Apostador*. Saboreando o momento em que ele percebe que foi descoberto. Porém, antes de virar a esquina e executar minha abordagem, eu paro, recobrando o bom senso.

Será mais fácil vigiá-lo se Scott achar que suas ações estão funcionando.

Eu me viro e caminho de volta pelo beco, passando pelo portão dos fundos, atravessando a casa e acenando para Guy ao passar. Saio pela porta da frente, calma e relaxada.

NO DIA SEGUINTE, eu me sento à minha mesa, o sol da tarde criando um arco iluminado sobre a superfície, a casa silenciosa, exceto pela carbonatação efervescente e quieta do refrigerante que acabei de servir. Um dos meus cadernos da Pensilvânia está aberto com as anotações que fiz sobre o nome fantasia que criei lá.

Na tela do computador, há várias guias abertas. Uma mostra as empresas de custódia no sul da Califórnia e os condados que elas atendem. Outra explica as limitações impostas à apresentação de um nome fantasia sob um nome comercial já existente na Califórnia. Uma terceira mostra o recibo de uma passagem de avião que acabei de comprar, uma rápida viagem a Las Vegas, partindo amanhã cedo e voltando no mesmo dia.

Em cada trabalho, há um ponto de inflexão. Um momento em que não há saída além de deixar as coisas acontecerem, esperando que o esforço que você colocou no esquema seja suficiente. Com Cory, esse momento chegou tarde demais. Só quando eu comecei a retirar dinheiro da conta dele é que precisei manter os olhos no futuro. Com Phillip, o momento foi quando vendi os móveis dele. Se ele tivesse mudado de ideia e pedido para voltar atrás, todo o golpe teria acabado.

Este é o ponto de inflexão para Ron. Tenho um site para terminar e uma visita a um tabelião em Las Vegas. Depois, uma segunda parada no escritório do escrivão do condado antes do meu voo de volta, onde vou solicitar um nome fantasia, um dos últimos marcos para atingir meu prazo, duas semanas antes da eleição. Faltam apenas 35 dias.

Então vou levar Ron para ver a propriedade de Mandeville. Dois hectares no coração de Brentwood, disponível no mercado há mais de dois anos, com apenas um punhado de compradores interessados, que desistiram inesperadamente há um ano. Um peso morto pendurado no pescoço do representante de vendas e com um cadeado a cuja combinação qualquer um pode ter acesso.

A mensagem de Kat continua sem resposta no meu celular. Não sei bem o que pensar a respeito — no que ela acredita ou o que ela quer. Penso na chama de preocupação que senti quando Kat me contou sobre a violação da conta bancária e depois sobre o cartão de crédito. Eu tive certeza de que era Scott e fiquei muito frustrada quando ela se recusou a ver o que era óbvio para mim.

Mas quem sou eu para julgar? Todos os relacionamentos que tive foram uma mentira.

Encaro o site que acabei de criar, quase idêntico ao legítimo, com exceção de um sublinhado extra no final.

Fecho o computador, pensando se devia ter mantido meu nome fora da lista de voo. Se eu devia fazer uma viagem de carro de nove horas até Nevada. Mas me livro do desconforto. Preciso desse nome fantasia — e da conta bancária afiliada a ele —, e quanto mais cedo melhor. Amanhã à noite, já estará feito.

NA MANHÃ SEGUINTE, estou na Sunset, indo para a rodovia que me levará ao aeroporto, quando vejo Scott novamente. Dessa vez, dois carros atrás de mim.

— Merda — murmuro.

Luto contra o desejo de acelerar, de tentar despistá-lo em uma das muitas ruas sinuosas que se ramificam na Sunset. Mesmo com tempo de sobra antes do voo, eu não quero desperdiçá-lo em um jogo de gato e rato pelo trânsito matutino.

Meu coração dispara à medida que minha mente revira as opções que não levarão a lugar nenhum. Em qualquer outra situação, eu ficaria feliz em deixar Scott me seguir — para o mercado, para o salão de beleza, para o ginecologista. Mas ele não pode me seguir até o aeroporto. Não para usar o distintivo a fim de burlar a segurança e ver de qual portão estou partindo, para depois fazer uma ligação e colocar alguém à minha espera em Las Vegas.

Penso naquele confronto com Nate há muito tempo, quando ele apareceu na casa de Cory, ameaçando me expor. Não fugi durante a noite, nem tentei negar as acusações dele. Em vez disso, entrei no jogo, incrementando-o e tornando as coisas grandes demais para ele lidar.

Verifico as horas mais uma vez. Pelo espelho retrovisor, o único carro que nos separa muda de faixa, deixando Scott diretamente atrás do meu. Como se a decisão tivesse sido tomada por mim.

Piso no freio, parando meu carro na faixa da esquerda. Os carros à direita desviam bruscamente, e eu me preparo para o impacto. Scott não tem tempo para reagir. Ele bate na traseira do meu Range Rover e o carro avança, o impacto reverberando pelo meu corpo.

Uso a adrenalina do momento e chuto a porta aberta, saindo, e vários carros desaceleram para ver a cena se desenrolar.

— Mas que caralho? — grito, me aproximando do carro de Scott.

Ao passar pelo meu para-choques, percebo o para-lama deformado, mas no geral intacto. O carro de Scott, no entanto, está acabado. O capô amassado e o airbag acionado, embora, felizmente, ele pareça ileso. A última coisa de que preciso é um processo.

Ele sai do carro, claramente abalado, e eu reprimo o desejo de sorrir. Em vez disso, pego o celular e começo a tirar fotos. Do meu para-choque, do carro de Scott e de sua placa, e até do próprio Scott.

— Quero ter certeza de que vou documentar tudo — digo. — Meus advogados vão acabar com você.

— Do que está falando? — pergunta ele. — Você não tinha motivos para parar.

— Tinha um cachorro. Você não o viu?

Scott parece confuso.

Alguém parou à beira da estrada.

— Vocês estão bem? Precisam que eu ligue para a emergência?

— Não — diz Scott.

Mas eu rebato:

— Sim. Quero um boletim de ocorrência que diga que esse homem estava dirigindo colado no meu carro. A culpa é dele.

O bom samaritano liga o celular e, em dez minutos, a polícia chegou.

Scott parece nervoso, como se não tivesse certeza de qual papel desempenhar. Ele deveria revelar que é um detetive atrás de uma suspeita? Ou vai fingir ser um cidadão comum? Tenho quase certeza de que a Polícia de Los Angeles não designa Toyotas velhos aos seus detetives, então acho que ele não estava me seguindo oficialmente.

O policial se aproxima.

— Vocês estão bem? Podemos levar os carros para a lateral e liberar o trânsito novamente?

Quando estacionamos na lateral, eu começo, com fervor:

— Esse homem bateu direto em mim. Ele não estava olhando para onde ia. Todos os outros carros viram aquele cachorro atravessar as quatro faixas. Mas esse cara provavelmente estava no celular.

Scott balança a cabeça.

— Isso não é verdade — argumenta ele. — Ela pisou nos freios sem motivo.

Eu me viro, subindo a voz.

— Por que eu faria isso?

Espero, imaginando como Scott vai responder a pergunta. Em vez disso, ele se vira para o policial.

— Posso falar com você em particular?

— Claro que não — digo, minha voz quase histérica. — Não vai ter nenhum *papo de irmãos* pelas minhas costas. — Aponto para Scott, me aproximando dele. — Eu conheço bem o seu tipo. Sei o que caras como você tentam fazer. Vão se juntar e fazer da situação minha culpa. "Mulheres no volante" — digo, colocando as palavras entre aspas. — Nada disso. Hoje não.

O policial levanta as mãos.

— Senhora, por favor, se acalme. Vamos todos nos acalmar.

Eu me viro para encará-lo.

— Não mande eu me acalmar. Faça o boletim. E por favor, certifique-se de que a sua matrícula também esteja nele.

Começo a tirar fotos novamente. Do meu para-choque, do policial, e mais de Scott.

Enquanto dou a volta no carro dele, vejo uma mochila no banco de trás. Um travesseiro. Embalagens de comida amassadas no chão. Um forno elétrico de aço inoxidável enfiado atrás do banco do motorista e uma escova de dentes aparecendo no bolso lateral do assento.

Sei bem como é quando alguém está morando no próprio carro.

Quero socar o ar, fazer uma dancinha feliz no acostamento da Sunset Boulevard. Olho para o policial, ocupado anotando as placas dos veículos, e passo por Scott, deixando meu ombro esbarrar no dele.

— Parece que Kat finalmente te expulsou — digo, minhas palavras flutuando sob o som do trânsito atrás de nós. — Como era mesmo aquele ditado? "*Fim da linha, filho da puta.*" — Lanço um sorriso doce. — Ou algo assim.

Os olhos de Scott se arregalam de surpresa, mas ele não diz mais nada.

MENOS DE UMA HORA depois, terminamos. Scott está preso à espera de um reboque, e eu demoro o suficiente para garantir que o policial vá embora. Depois de hoje, Scott pode me seguir o quanto quiser.

Volto para o trânsito, me certificando de manter a velocidade ligeiramente abaixo do limite, e logo estou na rodovia 405, indo para o sul em direção ao aeroporto. Vai ser apertado — vou ter que pagar pelo estacionamento VIP —, mas ainda vou conseguir pegar o voo. Quando me acomodo na via esquerda, deixo a adrenalina ir embora. Quando o nome fantasia estiver instituído, a segunda metade do meu plano pode começar.

Outubro

Devolva as anotações. Minha primeira mensagem para Scott desde que o expulsei, e ele responde rápido.

Venha me encontrar.

Se é o celular que você quer, já não está mais comigo, respondo. Já entreguei à polícia quando apresentei uma queixa contra você.

Eu havia ido à delegacia e esperado no balcão, dando à detetive detalhes que pareciam aborrecê-la, até que mencionei o nome de Scott.

Ela ergueu os olhos abruptamente.

— O *detetive* Scott Griffin?

— Esse mesmo — respondi. — Tenho os extratos do cartão de crédito e o telefone que ele usou para abrir a conta.

Quando ela abriu o saco de evidências e me pediu para deixar o telefone, eu hesitei.

— Acho que prefiro ficar com ele, se me permite. Deixo os detetives olharem sempre que precisar.

A mulher olhou para mim por sobre a armação preta dos óculos de leitura.

— Não é assim que funciona.

Scott responde à mensagem. As coisas não precisam ser assim.

Por favor, procure a ajuda de que precisa, respondo.

ATÉ ONDE EU sei, Scott ainda está trabalhando. Minha queixa é provavelmente a última em uma longa linha de casos de fraudes, ou está sendo adiada por Scott. Entrei com um recurso no Citibank, embora eles tenham dito que, sem a confirmação da polícia de que foi uma fraude, eu terei dificuldade para ter a dívida perdoada, porque algumas das cobranças — por comida e, uma vez, pelo nosso aluguel de junho — me incluem. Ninguém parece se importar se eu abri a conta ou não.

Aceite as coisas que não podem ser mudadas. Uma frase da recuperação de doze passos de Scott me vem à mente.

— Que bosta — digo em voz alta para a sala vazia.

Olho para o celular silencioso, depois abro as mensagens com Meg. A minha última mensagem está lá, sem resposta, e eu receio que ela tenha desaparecido. Que tenha desligado o celular e silenciosamente deixado a cidade, contando uma história para Veronica a fim de impedi-la de pensar sobre sua partida abrupta. Se o depósito de Canyon Drive estiver concluído, não haverá razão para ela ficar.

Meu dedo paira sobre o botão de chamada. Preciso saber.

O celular toca e eu me preparo para a mensagem automática, informando que o número não está mais disponível. Ou que a caixa postal está cheia.

Em vez disso, ela atende.

— Foi Scott — digo.

Meg fica quieta por um instante, e penso na conversa que tivemos quando ela me mostrava casas. *Os homens sempre mostram quem realmente são.* Scott se esforçou para me distrair com coisas que não eram verdade, me forçando a questionar meus próprios instintos, me dizendo que eu não podia confiar no que via com meus próprios olhos. Ele destruiu a minha confiança, me convencendo de que para cima era para baixo, de que o bom era ruim. Meg foi a única que tentou me manter lúcida, para me ajudar a ver quem Scott era, e, ao fazê-lo, quem ela também era.

— Sinto muito — diz Meg finalmente.

— Eu devia ter te escutado.

— Se você tivesse feito algo na hora em que viu o extrato bancário faltando, teria feito alguma diferença com o cartão de crédito?

Penso no que o Citibank me disse, em quando o cartão foi requisitado.

— Não. Talvez alguns milhares de dólares a menos, mas não o suficiente para mudar nada. — Suspiro devagar. — Não consigo parar de pensar na traição. A sensação de impotência... me mantém acordada à noite, e reviro todas as coisas que escolhi ignorar.

A voz dela é calma.

— Não é culpa sua que Scott seja uma pessoa de merda.

— Ele vai se livrar dessa.

— Provavelmente — diz ela. — Na minha experiência, homens como Scott costumam se safar.

Penso em quanto tempo ela teve que esperar para responsabilizar Ron.

— Você fechou o negócio da casa de Ron?

— Fechamos — responde ela.

Sinto o ar fugir de mim. Todo o meu trabalho, todo o tempo que investi na esperança de ver as coisas de dentro. Mas nunca estive dentro. Meg garantiu isso.

E, no entanto, se fosse realmente o fim, ela não estaria aqui ainda, atendendo o celular, indo para a ioga. Recuo um passo na minha mente, tentando ver além de Canyon Drive, e me pergunto: *o que seria o sucesso para Meg*? Talvez a resposta não seja uma casa.

— Ron está querendo comprar alguma coisa, ou ele vai esperar, agora que a eleição está tão próxima?

— Estamos vendo algumas opções.

— Eu ficaria feliz em ajudar — digo. — Com o que você precisar. Estou desesperada para espairecer, e a papelada parece uma distração perfeita.

Meg fica quieta por um momento, como se estivesse pensando.

— Vamos fazer o seguinte — diz ela. — Vamos dar uma caminhada. Preciso sair de casa, e parece que você também. Que tal o parque Temescal Canyon, em uma hora?

Sinto um choque de energia, como se alguém tivesse me ligado na tomada mais uma vez.

— Te encontro no estacionamento?

— Até já — responde ela, e desliga.

Olho para as anotações de minhas ligações com Renata e Celia, e foco a compra da casa do lago de Celia. É claro que, seja lá o que for que aconteceu com a venda de Canyon Drive, Ron aceitou isso. O que significa que Canyon Drive não era o objetivo final de Meg, mas sim o ponto de partida para algo maior.

MEG

Outubro
Quatro semanas antes das eleições

O Temescal Canyon é perto de onde eu moro, e um ponto de caminhada popular entre os moradores. O céu está nublado e, por ser um dia de semana, o estacionamento está praticamente vazio. Tranco a porta e examino os carros ao redor, puxando a gola do meu casaco contra o pescoço. Será bom sentir a queimação de uma colina íngreme, suar meu nervosismo, que tem estado tão tenso que parece à flor da pele. Tudo depende do dia seguinte, da minha habilidade de vender a Ron uma visão de si mesmo que existe apenas na mente dele. Se eu não conseguir, não haverá tempo para um plano B.

Kat estaciona o carro ao lado do meu, e aguardo enquanto ela paga a taxa de estacionamento e joga o bilhete no painel. Depois atravessamos o estacionamento e entramos no parque.

— O que aconteceu com seu carro? — pergunta ela.

Olho para o meu para-choque, ainda amassado.

— Um cara na Sunset. Ele estava ao telefone e bateu com tudo.

A expressão de Kat se enche de rugas de preocupação.

— Você está bem?

— Claro. Essa coisa é um tanque. Mas o carro dele levou a pior. — Nossos pés andam sonoramente pelo caminho de terra, enquanto alguns trilheiros passam por nós na direção oposta. Minha respiração se aprofunda, meus ombros relaxam, e eu me permito esse tempo para desfrutar o ar fresco. Espero até a trilha se estreitar e começar uma subida para trazer Scott à tona. — Como estão as coisas?

— Bem, eu acho. A casa está silenciosa sem Scott, então estou feliz pela chance de sair.

— Fez o boletim de ocorrência?

— Semana passada — diz ela.

— O que disseram? Podem fazer alguma coisa?

Formamos uma fila única à medida que a trilha se estreita, com Kat logo atrás de mim. A trilha faz uma curva à esquerda em um desfiladeiro profundo. Não consigo ver o rosto dela, mas a imagino cuidadosamente planejando sua expressão, repassando as coisas que ela pode e não pode dizer para manter a fachada de Scott como um funcionário do banco, e não um membro respeitável da Divisão de Crimes Comerciais da Polícia de Los Angeles.

— Eles estão *investigando*. Mas como o cartão de crédito foi usado para algumas despesas domésticas, não parece bom.

Entre suas palavras estão todas as coisas que Kat não pode dizer. Como deve ter sido para ela denunciá-lo aos colegas, e como existe a chance muito real de que eles possam encobrir tudo para Scott. Ficamos quietas, mas nossas respirações ficam pesadas conforme a inclinação aumenta. Um grupo de mulheres sorridentes se aproxima de nós enquanto descem, e abrimos espaço para elas passarem.

— Você é mais forte do que pensa — digo ao retomarmos o passo. — Vai superar isso e se tornar melhor por causa do que passou.

E ela vai. Eu sei, por experiência, que, quando seu coração é destruído, as peças criarão algo mais forte. Mais durável.

Kat não responde, mas sei que me ouviu.

CHEGAMOS À CACHOEIRA e damos meia-volta. A viagem de volta é tranquila e breve, e logo nos encontramos andando por uma grande clareira pontilhada por figueiras e com uma mesa de piquenique no centro. Gesticulo para a mesa.

— Vamos descansar um pouco antes de voltarmos para o mundo real?

Ela dá de ombros.

— Claro.

— Então, quais são os próximos passos? — pergunto ao nos acomodarmos.

— Enviei o relatório da polícia para o Citibank e congelei a conta, então pelo menos Scott não vai piorar as coisas.

— Você o denunciou ao supervisor dele?

Ela desvia o olhar.

— Ele tem uma cópia do relatório da polícia, sim.

Gosto da maneira cuidadosa como Kat fala. Ela é melhor nisso do que pensa.

— E o celular? — questiono.

— Também está com a polícia. — Ela balança a cabeça. — O que eu realmente preciso é voltar a trabalhar.

Olho para Kat, pensando em como quero responder. Por mais que eu goste de tê-la por perto, quando Kat desapareceu as coisas ficaram mais simples. As próximas semanas exigirão um cálculo perfeito e um desempenho impecável.

— As coisas estão lentas agora. Não tenho nada para você fazer.

— E quanto ao Ron? — pergunta ela. — Ele não vai comprar outro imóvel?

— No momento, ele está liderando as pesquisas, então quer esperar. Ver se prefere comprar algo em Sacramento. — Viro e coloco uma perna de cada lado do banco, para ficar de frente para ela. — Ouça, esqueça Ron. Esqueça o trabalho remunerado de merda que te dei. Você tem a oportunidade de se reinventar. De deixar de ser a pessoa que ditaram que você era, e se tornar quem você quer ser. Escreva o romance. Faça um safári. Compre um barco e navegue pelo Havaí. Faça algo grande. Algo ousado. Surpreenda a todos, até a si mesma.

— Foi isso o que você fez? — pergunta ela. — É isso que está fazendo?

O peso da pergunta dela recai sobre mim.

— Apenas vendo imóveis — respondo por fim.

Kat olha para baixo.

— E se eu não for uma pessoa grande e ousada, com grandes ideias ousadas? — questiona.

— Você descobre como ficou assim. Volta no tempo, até a pessoa que mostrou que você não poderia ser grande e ousada, e dá uma outra chance para si mesma. Você só tem uma vida. Como quer vivê-la?

— Por que a casa de Ron foi vendida tão abaixo do preço de mercado? — pergunta ela, me ignorando. — Fiz uma pesquisa. Deveria ter sido vendida por, pelo menos, 5 milhões, com base nos números da região.

Meus olhos se arregalam, deixando a surpresa transparecer, antes de eu olhar para minhas mãos, apertadas sobre meu colo. Não me surpreende que Kat tenha continuado a trabalhar na história, mesmo enquanto tentava resolver os próprios problemas. Eu não esperava menos dela. Então levanto o olhar, minha expressão fria como aço.

— Ambas as partes ficaram felizes com a transação — respondo. — Não há nada mais nisso, Kat.

— Agora pode me dizer quem comprou?

As vendas de residências aparecem no registro público assim que o título é registrado, o que pode levar de seis a oito semanas. Rick e Gretchen Turner serão revelados como os donos da casa, e eu me pergunto quanto tempo Kat vai perder pesquisando os antecedentes deles. Como um mágico, eu a deixei ver apenas o suficiente para acreditar que está testemunhando o truque, embora a fraude acontecesse fora de vista esse tempo todo.

— Estou de mãos atadas pelo pedido dos meus clientes para não revelar isso — respondo por fim.

Estou exausta pelo quanto cada uma de nós tem que ser cuidadosa, selecionando e escolhendo as palavras que refletem uma realidade inexistente. Mas já tomei uma decisão. Quando isso acabar, Kat saberá de tudo. Não apenas sobre esse trabalho, mas sobre todos eles, todas as pessoas que escolhi como alvos e o porquê. Quero que ela saiba que fiz o melhor para aderir ao *código das garotas* de Kristen: você ajuda outras mulheres, sempre que puder. Que eu nunca escolhi um alvo simplesmente porque eu podia.

Checo o celular.

— Preciso ir. Há algumas propriedades que preciso ver.

Ficarei feliz quando toda a farsa acabar.

MEG

Outubro
Quatro semanas antes das eleições

A propriedade de Mandeville custa pouco mais de 7 milhões, e está localizada em uma pequena estrada perto de Mandeville Canyon.

— É um trecho plano de terra que totaliza um pouco menos de um hectare, quase ninguém ouviu falar — digo a Ron enquanto dirigimos para o oeste de Beverly Hills.

Eu havia acenado a mão diante da preocupação de Ron com o meu para-choque amassado. *Uma colisão besta na Sunset*, dissera eu.

— Localizada no centro — digo agora. — Você estará perto das comodidades de Brentwood, mas terá a privacidade de que precisa como senador estadual.

— Estou definitivamente cansado de viver em hotéis — comenta ele.

— A propriedade ainda não está pronta para a mudança — aviso. — Mas acho que não vai demorar muito. Sei que o preço é um pouco alto, mas, com a venda de Canyon Drive, você tem mais do que o suficiente para um adiantamento favorável se decidir financiá-la. — Olho para ele de soslaio. — Se quiser se candidatar a governador um dia, esse seria o lugar perfeito para eventos de campanha. Jantares de angariação. A representante de vendas é uma amiga minha, e ela disse que a propriedade pertenceu a Ronald Reagan por um tempo, na época em que ele trabalhava em Hollywood. É do mais alto pedigree.

Como esperado, isso desperta o interesse dele.

Dirijo por um portão aberto, ladeado por carvalhos antigos. Um muro de pedra contorna a propriedade, estendendo-se em ambas as direções, até onde os olhos alcançam. Estive aqui várias vezes — em dias diferentes, em momentos diferentes. E, a cada vez, estava tão deserta quanto hoje.

Muitas dessas antigas propriedades-troféus permanecem no mercado por anos, sem nenhum comprador disposto a gastar o tempo e o dinheiro necessários para restaurá-las. Muitas delas, como esta, têm apenas cadeados, e é simples obter a combinação e mostrá-la sem que um representante de vendas ansioso saiba que você esteve lá.

Forço-me a afrouxar as mãos no volante e a relaxar os músculos.

— Um portão de segurança pode ser instalado com facilidade — digo. — A casa ficou vazia há pouco tempo. O vendedor está motivado, mas a propriedade ainda não chegou ao mercado.

Há uma longa e sinuosa entrada, margeada por mais carvalhos, e sigo com o carro, as rodas esmagando o cascalho. Paramos em frente à casa de rancho de um único andar, com uma mistura de tijolo e tábuas brancas de madeira.

À medida que nos aproximamos da porta da frente, organizo meus comentários com cuidado, como um castelo de cartas, um fato atraente em cima do outro.

— Há espaço para cerca de trinta carros para manobristas estacionarem — digo. Então aponto para os fundos. — Atrás da casa, há uma piscina, uma casa com um apartamento acima e um pequeno estábulo se você quiser cavalos. Dizem que Reagan cavalgava todos os dias.

Então eu o guio para o interior.

— Precisa de alguns reparos: uma demão de tinta fresca e novos aparelhos domésticos, mas essas coisas podem ser feitas em uma semana. — Aponto para os pisos de madeira, para a lareira de pedras de rio e a sala de estar em conceito aberto que leva à cozinha. — Cinco quartos, todos neste andar. Além dos aposentos de empregada doméstica.

Eu o sigo, deixando a imaginação dele tomar conta.

— Uma cozinha enorme, que pode facilmente acomodar uma equipe completa de bufê — digo ao passarmos. — Ligações para máquinas duplas de lavar e de secar bem ali.

Na parte de trás, entramos em um enorme pátio de lajotas com uma vista incrível do desfiladeiro abaixo à distância.

— Poucas luzes da cidade chegam até aqui, então as estrelas à noite são magníficas.

Passamos uma hora caminhando pela propriedade, e sinto o interesse dele crescer e minha própria animação aumentar. Essa é a peça central do meu plano. Sem ela, não terei nada para mostrar como resultado pelo meu tempo aqui, além de uma comissão pela venda de uma casa que sempre deveria ter sido minha.

— Sei que você vai passar a maior parte do seu tempo em Sacramento — digo quando terminamos e voltamos para o carro. — Mas vai precisar de um lugar para onde fugir, onde recarregar as energias. Quase todos os políticos influentes têm algo assim e, como diz o ditado, vista-se para o trabalho que você quer, não para o que você tem. — Ao ver a luz na base do desfiladeiro, acrescento a última camada de persuasão. — Acho que é possível. Com o que tem da venda de Canyon Drive, você não terá que cobrir uma diferença muito grande... 3 milhões, talvez. Meu conselho é que pense nisso com cuidado. Veja os números com seu gerente de negócios, mas não demore muito. Há três visitas diferentes para a propriedade esta tarde, e vai vender rápido. Mas minha amiga me deve um favor. Ela pode garantir que a nossa oferta seja a primeira na mesa e, se pudermos fazer tudo em dinheiro, isso será competitivo o suficiente para tirá-la do mercado.

Deixo o comentário se assentar enquanto voltamos para o escritório de Beverly Hills, onde deixamos o carro de Ron. O cotovelo dele descansa sobre o console central, e eu penso em como seria fácil estender a mão e convidá-lo para algo mais íntimo. Uma camada extra de escândalo que poderia vir à tona no pior momento possível. Assédio sexual à sua agente imobiliária, bem antes da eleição.

Vou ser honesta, eu cheguei a considerar. Na Pensilvânia, quando estava pesquisando o melhor ponto de entrada, fiquei tentada por quanto dano poderia fazer se fosse namorada dele. Mas não importava de quantas maneiras eu tentasse aceitar isso na minha mente, parecia ser uma ponte intransponível. O fantasma da minha mãe estaria muito perto, sua voz sussurrando coisas que eu não queria ouvir.

Quando voltamos ao escritório, Ron está pronto.

— Elabore a papelada — anuncia ele. — Vou ligar para Steve e colocá-lo para arrumar o dinheiro.

Eu me volto para ele.

— Tem certeza? É muito dinheiro. — Levanto a mão e rio. — Sei que passei a manhã inteira convencendo você, e agora aqui estou eu, tentando te convencer a desistir. Mas não quero que faça algo com o qual não se sinta confortável. Se for um risco muito grande, podemos voltar a procurar outro prédio. Adicionar algo ao seu portfólio e prosseguir com o status quo.

É a coisa perfeita de se dizer.

— Risco é o que faz a vida valer a pena — responde ele. — Vamos fazer uma oferta pelo preço total, tudo em dinheiro.

Lanço um olhar cauteloso para ele.

— Você vai conseguir reunir tudo tão rápido?

Ron olha pela janela.

— David e eu temos algo na campanha que nos permite ter uma reserva de emergência em dinheiro.

— Tem certeza de que quer arriscar isso tão perto da eleição? — pergunto. — Se vazar...

Deixo a frase morrer, permitindo que ele imagine as consequências.

— Eu me preocupo com o dinheiro e você se concentra em fechar o negócio. Quero um trâmite curto. Seria um ótimo lugar para realizar uma festa da vitória. Se a casa não estiver pronta, podemos montar tendas, contratar um serviço de bufê para trazer a comida.

Eu sorrio.

— Pode deixar.

ESPERO 24 HORAS, então ligo para Ron a fim de dar a boa notícia.

— Eles aceitaram a nossa oferta, e o vendedor concordou com todos os termos. O negócio será fechado em catorze dias, duas semanas antes das eleições.

— Quanto tempo até termos a inspeção pronta? — pergunta ele.

— Já está agendada para quinta-feira, e o relatório deve chegar no começo da semana que vem. Os vendedores também já assinaram, então o contrato foi completamente finalizado. Se tudo correr bem, fechamos o negócio e você vai poder ter a casa na noite da eleição.

— Isso seria fantástico.

Leio os documentos da escritura na tela à minha frente, procurando ter certeza de que tudo está como deveria. Sete milhões de dólares, tudo em dinheiro, um depósito de caução de catorze dias, se a inspeção não revelar nada alarmante.

O que não vai acontecer.

Minha próxima ligação é para o gerente de negócios de Ron, Steve Martucci.

Quando ele atende, encho minha voz de calor, tingida com uma pitada de flerte.

— Ei, Steve, aqui é Meg Williams, como você está?

— Meg! — Steve tem lidado com os negócios de Ron há mais de trinta anos. — Parabéns pelo novo contrato. Você e Ron estão se revelando uma equipe e tanto.

— Estou emocionada por finalmente encontrar algo para ele. Ron dá muito trabalho.

Steve ri.

— Eu sei bem. Como posso ajudá-la?

— Só quero te deixar a par do que vamos precisar de você para colocarmos a caução na propriedade de Mandeville Canyon. — Suavizo a voz. — Embora eu saiba que você é um profissional e já fez isso mil vezes.

Steve solta uma risada.

— Duas mil vezes. Mas você não é tão ruim também — comenta. — A transação de Canyon Drive foi uma das mais tranquilas que já vi. Você é muito melhor que o último agente, Mick. Eu nunca gostei dele.

Penso naquela tarde, pouco depois de chegar a Los Angeles, e nas três propriedades que Mick me mostrou. A maneira como ele ficou muito perto, esperando por um sinal de que eu poderia estar disposta a mais. Quando confirmei, ele não hesitou.

— Estou tão feliz que alguém finalmente o denunciou. Felizmente nem todos os homens são assim.

A minha alusão é clara — Steve é um dos mocinhos. E, como a maioria das pessoas, ele fará tudo o que puder para manter essa impressão.

— Qual empresa de custódia vocês vão usar dessa vez? — pergunta ele.

Pesquisei todas as diferentes empresas que Ron usou ao longo dos anos e selecionei uma que será conhecida, mas não recente.

— A Orange Coast — respondo.

Após uma oferta ser aceita, o comprador receberá um e-mail do oficial de titularização, dizendo: *Parabéns pela sua nova casa!* Nesse e-mail, haverá um link seguro para instruções de custódia e fiação.

— Você deve receber um e-mail do oficial de custódia dentro de uma hora, com o link para a transferência de fundos — explico. — Eu me certifiquei de que eles estão prontos para enviar os documentos de custódia e o relatório preliminar do título também, já que nosso cronograma é muito apertado. Precisaremos dos habituais três por cento do preço de compra para o depósito e, assim que passarmos pela inspeção, conseguirei uma data de fechamento mais precisa.

Só fechei dois negócios em toda a minha carreira, mas, até para os meus ouvidos, eu pareço uma profissional.

Desligo o telefone, uma bolha de alegria dançando dentro de mim. É isso que anos de trabalho duro podem garantir, se você se mantiver focado e dedicado. Entro na cozinha para preparar um sanduíche e o como em pé em frente ao balcão da cozinha, encarando o quintal — um pedaço plano de grama, cuidado por um jardineiro que vem uma vez por semana, pago por uma senhoria que eu nunca conheci. Há uma fogueira instalada no canto dos fundos, a tampa polvilhada com pólen e excrementos secos de pássaros, e quatro cadeiras não utilizadas reunidas ao redor.

Sons de risadas e, em seguida, o barulho de alguém pulando na piscina flutuam sobre a cerca da casa ao lado, me puxando de volta para a tarefa em questão. Despejo os restos do sanduíche no lixo e retorno para o computador, minha mente mapeando as próximas duas semanas. Se tudo correr bem, quando a votação antecipada começar, não haverá como Ron sair dessa.

Mas, primeiro, preciso de um relatório de inspeção que comprove o que eu já disse a Ron, e preciso fazer as malas. Mais uma vez, vou deixar quase tudo para trás. Faço uma varredura na sala, tentando imaginar como será depois que eu me for. Com tudo deixado como está, para Kat descobrir.

KAT

Outubro

Venha visitar. Você agora tem tempo — convida Jenna.

— Não tenho dinheiro.

Empurro os fones de ouvido para firmá-los e caminho ao longo da ciclovia que corta a praia. Parei em um estacionamento em Santa Monica e segui para o norte, precisando sentir o vento e o sol me livrarem da frustração.

— Tudo o que você precisa fazer é comprar uma passagem de avião. Quando estiver aqui, você não precisará pagar por nada.

A ciclovia está vazia às 9h da manhã de uma terça-feira, apenas um ciclista ocasional passando por mim como um vulto — um segundo ali, no outro longe. A batida rítmica do surfe à minha esquerda, o suave sol do início de outubro nas minhas costas.

— A eleição é daqui a quatro semanas. Preciso ficar por aqui e ver o fim disso.

Se Jenna acha que estou perdendo tempo com uma história fora do meu alcance, ela não diz isso, e fico grata. Alcanço a parte da ciclovia que passa por cima da areia e contorna a rodovia costeira do Pacífico, olhando para o túnel escuro usado pelos banhistas para atravessar em segurança a rua movimentada, e que se abre em um extenso ancoradouro. Outra estrada se afasta bruscamente à direita da rodovia, em direção a Palisades, e meu olhar segue a subida onde imagino Meg, escondida em uma casa que nunca visitei, planejando os estágios finais de um golpe que eu nunca vou testemunhar.

— O que acha que ela vai fazer? — pergunta Jenna.

— Não tenho ideia. Ela me afastou, dizendo que as coisas estão devagar agora e que não precisa de mim.

— Você não acredita nela?

Eu rio e me recosto em um corrimão de metal, olhando para o oceano e Point Dume sob a névoa a distância.

— Ela podia estar certa sobre Scott, mas mente sobre todo o resto.

— Talvez ela tenha descoberto quem você é.

Era nisso que Scott queria que eu acreditasse — que Meg me seguiu até em casa, roubou nossa correspondência e começou uma missão para nos roubar. Nada disso era verdade.

Na areia abaixo, duas gaivotas brigam por um pão de cachorro-quente meio comido, pulando e picando uma à outra, rasgando, no processo, o pão em pequenos pedaços.

— Acho que não — respondo. — Se fosse o caso, ela não teria me mantido por perto. Mas voltamos à ioga e aos almoços, às mensagens e ligações. Nada mudou.

Mas a verdade é que não há como ter certeza.

A voz de Jenna vem através da linha, gentil e cautelosa.

— Se você ainda deseja essa história, Kat, eu sei que é capaz de consegui-la.

— Não é tão simples.

Tudo o que eu achava que queria tinha sido baseado nas suposições de uma jovem mulher traumatizada, que precisava atribuir a alguém a responsabilidade pelo que aconteceu com ela. Precisava olhar para a cadeia de eventos que levaram ao seu estupro, encontrar o elo entre o *antes* e o *depois* e, em seguida, cortá-lo.

Agora estou dez anos mais velha, e entendo que a vida não é linear, que causa e efeito, às vezes, não são claros. Eu ainda quero a história, mas, em algum momento ao longo das últimas semanas, a minha motivação mudou. O que quero agora é ver o sucesso de Meg.

A voz de Jenna me puxa de volta.

— Quando terminar, me liga. Faça a viagem, talvez. Minha porta está sempre aberta.

— Obrigada.

Encerro a ligação e me viro, o sol da manhã agora atingindo diretamente meus olhos, e os fecho, deixando a luminosidade queimar tudo.

AO VOLTAR PARA o estacionamento, encontro Scott esperando por mim, encostado a um carro que não reconheço. Meus passos vacilam, mas apenas por um momento.

— Você está me seguindo? — pergunto.

Ele faz um pequeno dar de ombros em confirmação.

— Preciso falar com você.

— De quem é esse carro? — questiono.

— Alugado. A sua amiga Meg pisou nos freios, fazendo com que eu batesse na traseira do carro dela.

Minha mente relembra o para-choque amassado de Meg.

— Talvez você não devesse ter seguido ela, já que Meg não fez nada de errado.

Destranco a porta do carro e olho para ele por cima do veículo.

— Você não sabe disso — diz ele.

— Se tivesse provas, você não estaria aqui. O que você quer, Scott?

— Ontem ela levou aquele cara para ver uma propriedade em Mandeville Canyon.

Um lampejo de frustração passa por mim. Assim como a linha do horizonte, toda vez que penso saber aonde Meg está indo, ela se afasta de mim, uma ilusão em eterna mudança.

— E? Ele quer comprar uma casa. Ela vende casas.

— Você sabe que isso não é verdade — diz ele. — Posso ajudar você.

— Roubando as minhas anotações? Roubando dinheiro que você sabe que eu não tenho?

— O único motivo pelo qual você está aqui, falando comigo, é para pegar suas anotações de volta — argumenta ele. — Como disse, eu a segui. Há coisas que eu sei que você pode precisar.

— Preciso de 30 mil dólares.

Scott ignora a minha cutucada.

— Lembra como costumávamos trocar ideias um com o outro? Pensar em novas pistas para seguir? — A expressão dele é suplicante, e eu tenho que desviar o olhar. — Diga que não sente falta disso.

— Não sinto falta disso.

— Se você retirar as acusações contra mim, podemos trabalhar juntos. Farei o trabalho de detetive, e você poderá escrever a história que vem perseguindo há dez anos. Posso dar informações exclusivas de dentro da investigação. Pode ser uma mudança de vida para nós dois.

Eu o encaro, a textura de sua pele tão familiar, e me pergunto se ele se lembra de fazer essa mesma promessa há algumas semanas.

— E, convenientemente, sumir com um problema seu — digo por fim.

— Talvez — admite ele. — Mas, se você não retirar as acusações, eu vou perder o emprego e nunca vou conseguir pagar você de volta.

Sei que ele acredita no que está dizendo, mas também sei que ele nunca vai cumprir a promessa. O dinheiro que me deve será uma obrigação que o incomodará por um tempo, até Scott se acostumar tanto com o peso que nem pensará mais nele.

Um Volvo maltratado encosta perto de mim, uma prancha de surfe presa ao teto, e vejo um homem mais velho sair, um traje de mergulho aberto e pendurado na cintura. Ele solta a prancha das amarras e tranca o carro, correndo um pouco em direção à água. Minha mente viaja de volta até Cory Dempsey, o homem que deu início a isso tudo, e me pergunto o que ele diria se pudesse ver sua antiga namorada agora, prestes a destruir o futuro de um senador estadual.

— Você teria a vantagem de usar os recursos do departamento: vigilância, computação forense — continua Scott. — Se Meg estiver fazendo alguma coisa online, poderemos saber. Ela está mirando uma figura política. Podemos impedi-la antes que ela cause mais algum mal.

Eu quero rir. O mal já foi feito, por Ron. Por Scott.

— Por que eles ainda não colocaram você de licença? — pergunto. — Fiz uma denúncia contra você há mais de uma semana.

— Tenho amigos que estão me protegendo — diz ele. — Resolver a papelada demora. Mas, se você não retirar as acusações, nenhum de nós conseguirá o que quer.

Scott já não sabe o que eu quero.

— Eis a minha oferta — digo finalmente. — Vou retirar as acusações, mas você precisa deixar o departamento. Peça demissão e obtenha ajuda de verdade.

— Você não pode estar falando sério.

— Você decide.

Deslizo para o banco do motorista e saio. Scott permanece onde está, observando enquanto viro à direita na rodovia. À medida que me misturo ao trânsito que segue para o sul, espero ter tomado a decisão certa.

MEG

Outubro
Quatro semanas antes das eleições

O depósito de Ron chega à conta de custódia sem problemas e, em cinco dias, o restante do dinheiro será transferido — 4 milhões de dólares da venda de Canyon Drive e 3 milhões da campanha de Ron —, e eu sairei do país.

Mas antes, tenho que encontrar Ron na propriedade de Mandeville com seu paisagista, Rico. Eu tentei convencê-lo a desistir — *a eleição é daqui a quatro semanas; concentre-se em vencer* —, porque toda viagem à propriedade é arriscada. O representante de vendas ficaria surpreso de nos encontrar lá.

Entreguei a Ron o relatório de inspeção, obtido da empresa que a realizou na propriedade há um ano, ajustando as datas e adicionando detalhes para atender às nossas necessidades — aparelhos domésticos que precisam ser substituídos, novas calhas em um dos anexos. Apaguei alguns dos maiores problemas que levaram o comprador anterior a desistir — um telhado deteriorado, um sistema de climatização desatualizado e madeira apodrecida. Até onde Ron sabe, a propriedade está em boas condições.

Mas neste dia vamos discutir a ideia de reavaliar a colina atrás da casa. Ron tinha notado um potencial para deslizamentos e queria uma opinião de seu especialista. Estacionamos os carros juntos no pátio da frente e entramos pela lateral da casa, caminhando em direção aos fundos.

O espaço está silencioso, o som do trânsito da Sunset nas proximidades desapareceu por completo. Há apenas o vento, passando pelas árvores e descendo pelo desfiladeiro. Um falcão voa lentamente em círculo acima de nós, e eu tento imaginar como seria viver aqui. O quanto seria tranquilo e distante, como se estivesse vivendo em outra era.

Ron está animado, provavelmente se imaginando o novo Reagan do século XXI, até mesmo a camisa xadrez e o chapéu de caubói que ele usará nos fins de semana. Tento imaginar como ele ficará devastado ao saber que nada daquilo em que acreditava era real.

Escolhi essa propriedade com cuidado, evitando Kat e conduzindo minha própria pesquisa. Passei um mês procurando propriedades — descartando aquelas muito próximas da cidade, aquelas que talvez compradores capazes ou dispostos a restaurá-las pudessem encontrar — antes de achar Mandeville. O que a torna tão perfeita é seu representante de vendas e todos os problemas invisíveis que a casa possui. Do tipo que não salta aos olhos, não importa quantas vezes se passe por eles.

Enquanto Ron e Rico discutem a planificação e o paisagismo com plantas nativas, eu noto um carro entrando na propriedade e estacionando perto do meu. O som de portas batendo chama a atenção de Ron.

— Está esperando alguém?

Ninguém visitava a propriedade há semanas. Passei horas sentada na entrada, com uma história pronta que explicaria minha presença. *Só parei para fazer uma ligação rápida!* Ninguém apareceu, nenhuma vez. Nem os proprietários, ou os zeladores, ou o representante de vendas. Nem mesmo um carro fazendo uma inversão.

Mas agora, catorze dias antes do meu prazo — o qual estabeleci para mim mesma na Pensilvânia, quando havia sonhado em pegar o dinheiro de Ron, mas também em roubar a eleição dele —, alguém está aqui, visitando a casa que eu acreditava ter sido esquecida.

Minha mente dispara, tentando descobrir como me livrar de quem quer que seja e como explicar a presença para Ron. Compradores reserva? Pessoas que fizeram uma curva errada? Avalio as possibilidades, descartando-as.

— Deve ser Sheila — digo finalmente. — Outra agente que disse que estaria na região com alguns compradores e que poderia deixar umas chaves para mim. Já volto.

Ron aquiesce e se vira para Rico, e eu corro em direção aos visitantes, na esperança de enganá-los.

Ao virar a esquina da casa, vejo uma mulher, que reconheço de outras visitas, mexendo no cadeado com seus clientes à espera.

— Olá! — cumprimento. — Posso ajudar?

Ela se vira para mim.

— Apenas dando uma olhada. Não se preocupe, vamos ficar fora do seu caminho.

— Posso falar com você por um instante? — pergunto.

Ambas nos afastamos alguns passos.

— Olha, meu cliente é bem específico quanto à própria privacidade. — Minha expressão é tensa e ansiosa. — Prometi que teríamos o lugar só para nós enquanto ele trazia um empreiteiro para verificar aquela encosta.

A agente parece simpática. Em Los Angeles, a demanda por privacidade é comum em um determinado grupo demográfico, e os agentes estão acostumados a atender às solicitações.

— Já estamos terminando — digo. — Talvez eu possa levar vocês para um almoço e vocês voltam à tarde?

Ela olha para os clientes, que estão espiando pelas janelas e sussurrando na varanda.

— Vamos fazer o seguinte — diz ela. — Temos duas outras propriedades para ver na região hoje, então podemos visitá-las e voltar daqui a uma hora. Será tempo suficiente?

Quase a abracei, pois meu alívio é genuíno.

— Obrigada — sussurro. — Fico devendo uma. E, sério — digo, puxando a carteira e entregando duzentos dólares —, o almoço é por minha conta.

Ela pega o dinheiro da minha mão, sem hesitar, antes de voltar para os clientes e conferir com eles. Depois todos voltam ao carro.

— Agradeço muito a compreensão — grito.

Logo eles estão seguindo pelo caminho de entrada e virando à direita, em direção à Sunset. Solto o ar com força, me encostando na lateral da casa e tentando não imaginar o que teria acontecido se ela tivesse recusado. Se os clientes tivessem uma agenda mais apertada. Se tivéssemos chegado um pouco mais tarde e os encontrado caminhando pela propriedade que Ron acredita ser dele.

Eu me afasto da parede e volto para Ron e Rico.

— Tudo pronto? — pergunto, desesperada para terminar e ir embora.

Ron balança a cabeça.

— Ainda não. Quero mostrar a Rico o riacho, onde eu gostaria de expandir a margem no lado leste.

Eu os sigo, meus nervos explodindo, observando o tempo passar e me perguntando se poderíamos sair daqui ilesos em uma hora. Porém, depois de 45 minutos, estamos de volta aos nossos carros, embora eu não relaxe até sairmos da propriedade e voltarmos para a cidade.

MEG

Outubro
Duas semanas antes das eleições

É hora de ir.

Kat está sentada de frente para mim, os pratos espalhados pela mesa entre nós enquanto o restaurante se esvazia. Ela não sabe, mas este é nosso último almoço. No dia seguinte, terei partido, e Kat ficará para juntar as peças do que eu fiz.

— Algum cliente novo no horizonte? — pergunta ela.

Ainda investigando. Ainda com esperanças de descobrir. Ela está mais perto do que imagina.

Brinco com o guardanapo antes de contar a ela uma meia verdade.

— Estou pensando em dar uma pausa no setor imobiliário — digo, olhando pela janela e para a rua, onde pessoas passam com sacolas de boutiques caras. — Talvez tirar umas férias. Tenho feito isso há tanto tempo, e são os mesmos clientes exigentes, a mesma bagunça com a escritura, os mesmos vendedores, tentando esconder um vazamento no porão ou o barulho do aeroporto. É exaustivo e nunca termina. Pensei que voltar para casa seria a mudança de cenário que eu procurava, mas simplesmente não consigo me livrar da sensação de que preciso de algo diferente.

Kat me estuda, e eu me pergunto se ela finalmente vai se revelar, fazendo perguntas que sei que está morrendo de vontade de fazer. *Como você consegue fazer isso? Quem são os seus alvos? Qual é seu plano com Ron?*

Mas o momento passa.

— Você é uma dessas pessoas que nunca consegue parar quieta — diz Kat em vez disso. — Dessas que se mudam, à procura de um lar, mas nunca o encontram.

Que presente foi saber que Kat me vê como eu realmente sou.

— Meu lar desapareceu no dia em que minha mãe faleceu. E, desde então, tenho perseguido o fantasma de um sentimento. À procura de um recomeço que poderia colocar minha vida em ordem. Mas, em algum momento, uma pessoa precisa parar de correr atrás de algo que não existe e apenas seguir em frente.

Eu me pergunto se ela pode ouvir o que habita entre minhas palavras. Cansei de mentiras, estou pronta para encontrar um lugar — uma comunidade onde eu possa construir algo para mim mesma — e anseio por um único momento de honestidade entre nós duas. No qual eu pudesse recomeçar e contar tudo a ela. Voltar àquela tarde chuvosa no cibercafé, quando vi um rosto conhecido e uma oportunidade.

Antes de dizer algo do qual me arrependerei, volto a conversa para ela.

— Alguma novidade? Teve notícias de Scott?

Ela desvia o olhar para o lado.

— Não e, honestamente, estou aliviada.

Tomo um gole da minha água com limão e a observo mexer nos talheres, olhando para todos os lados, menos para mim. Ela está mentindo. Mas isso não importa. Depois do dia seguinte, tudo estará acabado.

Tenho apenas algumas coisas para fazer — arrumar as malas, reservar o voo, garantir que tudo esteja preparado, para que amanhã eu esteja pronta para agir.

Pela manhã, o gerente de negócios de Ron, Steve, receberá instruções para transferir o restante do dinheiro, sem suspeitar que a venda tranquila de Canyon Drive tenha criado o cenário perfeito para esta venda. Não é um golpe de *phishing* se a pessoa do outro lado está esperando um link.

No início desta semana, posei como assistente de Ron e fiz várias ligações. Confirmei detalhes. Defini a linha do tempo. Elaborei um comunicado de imprensa — as palavras de Ron, daquele passeio há tanto tempo com Kat, voltando para assombrá-lo. *Quando a mídia se apodera de alguma coisa, é impossível voltar atrás.* Eu me sinto como uma dançarina em sua última apresentação no palco. Meu corpo dói e anseio pelos dias em que não terei que me contorcer. Já experimentei identidades o suficiente para saber exatamente quem quero ser. Que partes eu quero manter.

Mas estou orgulhosa do trabalho que fiz. Do pensamento criativo que me permitiu chegar até esse momento. É preciso uma cidade para criar uma vigarista de primeira linha, e não faltam professores no mundo dispostos a me ajudar a desenvolver minhas habilidades. A aprender a mentir de forma convincente. A manipular e ofuscar. A usar o poder de refletir o melhor das pessoas de volta, usando seus egos como veículos para recuperar o que roubaram dos outros.

Kat joga o guardanapo em cima do prato e se levanta.

— É melhor eu ir. Preciso resolver algumas coisas esta tarde. Comprar um novo forninho elétrico já que Scott levou o nosso com ele.

Levanto o olhar, minha mente repleta de coisas que não posso dizer, afetando minha capacidade de pensar. Meus olhos se enchem de lágrimas, e agilmente deixo os óculos de sol caírem do topo da minha cabeça para escondê-las.

Kat vasculha a bolsa em busca das chaves e, ao encontrá-las, me dá uma rápida olhada.

— Nos falamos amanhã?

— É claro — respondo.

Mantenho os olhos nela enquanto Kat caminha entre as mesas vazias, e então ela se vai.

— Adeus — digo, a ninguém em particular.

Como sempre acontece. Como sempre deve ser.

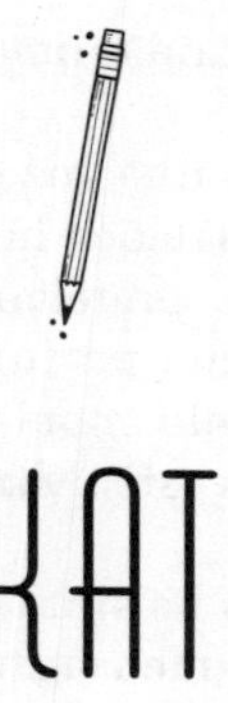

KAT

Outubro

Meg me manda uma mensagem logo depois do almoço. Pode vir aqui? Preciso de ajuda com uma nova transação que comecei com Ron. Outra mensagem chega com o endereço dela. Ainda de pijama, mesmo depois do meio-dia, coloco o iogurte pela metade sobre o balcão. No outro dia, depois de ver Scott na praia, cheguei em casa e procurei propriedades em Mandeville Canyon, mas nada apareceu para mim, e nenhuma oferta foi aceita na área desde então.

Chego em uma hora, envio de volta, mas ela não responde.

Eu me esforço para vestir roupas limpas, renunciando ao banho que venho adiando, agarro as chaves e a bolsa e estou no carro em quinze minutos.

O SOL LANÇA um manto quase dourado sobre a casa de Meg conforme me aproximo da porta da frente. É a primeira vez que venho aqui, e me pergunto se posso desviar da nossa conversa para usar o banheiro ou tomar um copo de água, apenas para dar uma olhada rápida ao redor.

Bato na porta, mas não há som de passos, então toco a campainha e aguardo.

Ainda nada.

Tento girar a maçaneta, que está destrancada, e entro em uma sala de estar iluminada e arejada, decorada com um sofá branco com chaise, uma mesa de café cromada, baixa e de vidro, e uma bela lareira de cerâmica.

— Meg — chamo, mas minha voz ecoa de volta para mim.

Adentro a cozinha, os balcões nus e cintilantes, e abro a geladeira, apenas para ver as prateleiras impecavelmente limpas, uma garrafa solitária de água no fundo. É como se eu estivesse entrando em uma casa modelo, montada para parecer que pessoas viviam ali, mas os armários estão vazios.

— Meg?

Espio o quintal, mas não há sinal dela.

Onde você está?, mando a mensagem.

Na sala de jantar, há uma mesa com oito cadeiras ao redor. No centro, há uma pilha de cerca de vinte cadernos em espiral e, no topo, um envelope com o meu nome.

Dentro, há uma carta e um canhoto de cheque enviado ao Citibank, no valor de 31 mil e 125 dólares. Encaro o papel por menos de um minuto, sem palavras, antes de começar a ler.

> K.
> *Uma boa história pode ser sedutora. A maioria das pessoas tende a acreditar em uma narrativa, em vez de examinar as evidências que se acumulam diante dela. Mas o que não sabem é que ninguém é um narrador confiável. Narradores confiáveis não existem.*
>
> *Alguma vez já pensou no seu nome? Kat — uma predadora que persegue sua presa, esperando o momento certo para atacar. Era assim que você se via, contando uma história sobre uma herança e uma nova rica, procurando algo para preencher os dias?*

Levanto os olhos da carta, atordoada. Scott estava certo, afinal. É claro que Meg não cairia na minha história sobre uma grande herança. Era ela a vigarista contando grandes histórias, não eu.

> *Não me importo que tenha mentido. Uma das coisas mais difíceis no que eu faço é o fardo de sempre carregar a confiança das outras pessoas. O fato de não precisar carregar a sua foi um presente.*

Porém, mesmo que você esperasse as minhas mentiras, eu ainda me arrependo de tê-las contado, e ainda me arrependo de ir embora desse jeito. Mas é assim que sempre acaba: comigo desaparecendo, antes que alguém esteja pronto para dizer adeus. Até mesmo eu.

Às vezes, foi difícil aceitar que eu nunca viveria uma vida normal. Que eu nunca teria um relacionamento normal ou uma família normal. Mas eu tinha algo maior. Uma vida que atravessou um continente, conhecendo pessoas que eu nunca conheceria de outra forma. É claro que deixei muita confusão e muitas perguntas no meu rastro. As pessoas com quem eu fazia amizade muitas vezes se perguntando o que — se é que houve algo — a respeito da nossa amizade havia sido real. Mas cada uma delas deixou uma marca indelével em mim. Eu adoro o filme Casablanca *por causa de Diane, em Phoenix. Prefiro o meu pão torrado graças à Natasha, em Monterey. Colegas de trabalho e vizinhos que, por um tempo, se tornaram minha comunidade. Que me impediram de viver em isolamento. E, entre eles, encontrei alguns bons amigos. Talvez não do tipo com que eu possa manter contato, mas isso não me impede de levar sua bondade comigo.*

As mentiras que conto servem a um propósito, indicando o caminho para o carma. Devolvendo o poder àqueles que o perderam. Há uma diferença entre justiça e vingança, e ela se resume a quem está contando a história.

Os cadernos lhe darão uma noção do que fiz e por quê, porque o contexto importa.

Os homens que visei — corruptos, egoístas e, às vezes, perigosos — estão por toda parte. Em todas as cidades, em todas as indústrias, fazendo o que fazem de melhor: se aproveitando dos outros. Eu mal havia acabado de lidar com um deles quando outro aparecia, em outro lugar. Posso ver agora o preço que paguei, o custo à minha própria

> *alma. Porque a proximidade com a corrupção e a ganância é como viver no topo de um depósito de lixo nuclear. Eventualmente, ele vai se infiltrar no seu sangue e te envenenar também.*
>
> *Há muito mais que eu gostaria de te contar, mas meu tempo aqui chegou ao fim. Portanto, esteja ciente de três coisas. Primeiro, meu afeto por você foi real. Eu valorizava nossa amizade, e vou carregá-la comigo sempre. Em segundo lugar, você merece lealdade das pessoas que ama. E, em terceiro, e talvez o mais importante, se você souber a fraqueza de um homem, é fácil pressioná-lo até conseguir o resultado que deseja.*
>
> *Fique bem e escreva essa história — ou um romance, ou quaisquer coisas que quiser — com a minha bênção.*

Os cadernos não estão organizados em nenhuma ordem específica. O de cima é de vários anos atrás, e, quando o abro, as páginas estão datadas no topo, preenchidas com a caligrafia de Meg. Alguns tópicos são listas de coisas que ela precisava fazer. *Ligar para a companhia telefônica e configurar a internet.* Outros eram fatos sobre cidades, localidades e pessoas. *O carro de Marco foi reempossado no ano passado. Começar com ele. A cidade de Flagstaff é muito pequena, não vai funcionar.* Algumas anotações parecem ser mais pessoais — memórias da mãe dela, racionalizações para decisões que ela tomou ao longo do caminho. Impressões das pessoas que Meg conheceu, dos homens que namorou e o que ela foi capaz de tirar deles: 50 mil dólares de um homem em Fresno, que roubou esse dinheiro do tio moribundo; 100 mil dólares de outro homem em Houston, que mantinha um esquema de pirâmide. A lista não era tão longa quanto eu imaginava que seria, porque Meg levava tempo pesquisando antes. Para garantir que os homens que ela visava de fato mereciam.

Percorro as páginas, cada detalhe saltando aos meus olhos. Estratégias de como se aproximar de um alvo. Como ganhar a confiança de alguém. Meg até descreve o que fazer se alguém descobrir o que ela está fazendo. *Mantenha a pessoa por perto. Deixe-a distraída com outras coisas.* Olho para cima, pensando nos compradores misteriosos dela, que provavelmente não serão ninguém especial. Cada pista que segui, cada teoria que eu tinha, foi selecionada e entregue a mim por Meg.

O próximo caderno na pilha é o primeiro que ela escreveu, datado de mais de dez anos atrás. *Nasci para ser uma vigarista, embora só tenha percebido essa aptidão depois de muito tempo sendo uma.* Encontro uma anotação inicial sobre Ron Ashton, a mágoa e a raiva tão vívidas na página que me pergunto como ela conseguiu passar tanto tempo com ele nos últimos meses. O quanto isso deve ter custado a ela. Espero que o resultado valha a pena.

Minha pergunta de algumas semanas atrás volta para mim: *como seria o sucesso para Meg?* A resposta está enterrada em um desses cadernos.

Vasculho até encontrar o mais recente e leio sobre o retorno dela para Los Angeles, se posicionando para conhecer Veronica. O *negócio espetacular* que ela e David conseguiram na casa não foi nada mais do que uma ilusão criada e executada por Meg, com o único propósito de polir sua reputação e ser exatamente quem Ron precisava que ela fosse.

Canyon Drive foi uma venda legítima, uma armação para o que viria a seguir — Mandeville Canyon — e um nome fantasia para uma empresa chamada Orange Coast Escrow. Leio o rascunho do e-mail para o gerente de negócios de Ron: Parabéns por sua nova casa! A Orange Coast Escrow está animada para trabalhar com você. Incluído neste e-mail está um link seguro para a custódia e as instruções de transferência.

Pego o celular e digito o endereço da web anotado na parte superior da página no caderno, abrindo um site da Orange Coast Escrow. Possui todos os links usuais — Ferramentas e Recursos, Serviços e um intitulado Aviso Contra Fraudes de Transferência. Criminosos muitas vezes tentam roubar seu dinheiro se passando por nós. Por favor, ligue antes de transferir quaisquer fundos! Em seguida, há um número de telefone.

Em uma nova janela, digito no Google: *Orange Coast Escrow.* Dois links aparecem: o que acabei de olhar e um segundo. Alterno entre os dois, mas são idênticos, até o aviso de fraude. Então vejo o detalhe — um sublinhado extra no final do endereço que inseri do caderno de Meg. E um número de telefone diferente. Quando o digito, a voz de uma mulher diz:

— Você ligou para a Orange Coast Escrow. Por favor, pressione 1 para falar com um oficial de custódia.

Quando o pressiono, a chamada é desconectada. Tento novamente, com o mesmo resultado.

Em seguida, procuro a representante de vendas para a propriedade de Mandeville Canyon.

— Olá — digo quando ela atende o telefone. — Aqui é Kat, assistente de Meg Williams da Apex Beverly Hills. Estávamos nos perguntando quando a propriedade de Mandeville foi colocada sob caução.

A mulher do outro lado da linha solta uma risada.

— Deus, eu bem que gostaria que estivesse. Vocês têm um comprador para mim?

Digo que retornarei à ligação e desligo, maravilhada com o nível de habilidade e planejamento que Meg usou. Ela sabia que nunca seria capaz de roubar uma propriedade de Ron, então o fez acreditar que havia comprado uma. Um depósito de custódia fechado com sucesso para que o próximo não fosse questionado.

Volto ao caderno de Meg, as páginas virando cada vez mais rápido quando o golpe de Meg finalmente se torna claro. A situação sem saída que ela criou para Ron. Uma custódia de imóvel imaginária com uma empresa de custódia falsa. Um nome fantasia sob o título de Orange Coast Escrow e uma conta bancária com o mesmo nome, ambos abertos por Meg em setembro. As palavras *doações de campanha* sublinhadas três vezes. Sete milhões de dólares transferidos para aquela conta — por um mero instante, e depois sumiram de novo. E então leio um rascunho de um comunicado de imprensa que, de acordo com as anotações de Meg, supostamente acabou de se tornar público.

— Ah, meu Deus — digo para a casa vazia.

Então começo a rir.

MEG

Outubro
Duas semanas antes das eleições

O Uber me deixa no Terminal 2 do Aeroporto de Los Angeles. Devolvi o Range Rover ao revendedor no dia anterior, informei que estava saindo do país e que precisava cancelar o financiamento. *Sinto muito pelo para-choque!* Quando o motorista tira minha bagagem do porta-malas, verifico o relógio, na esperança de passar rápido pela segurança e encontrar uma TV.

O lugar está cheio de passageiros de fim de tarde. Enquanto aguardo na fila para passar pela máquina de raio-X, imagino Kat chegando à minha casa e encontrando o que deixei para ela. Então penso em Ron, lidando com o caos que criei, e me deixo reviver o momento em que contei a ele o que eu tinha feito.

NÃO FOI DIFÍCIL encontrá-lo. Ele estava onde sempre está às 3h30 da tarde em um dia de semana, correndo pelo Parque Palisades, em Santa Monica. Com caminhos de cascalho, que serpenteiam através das árvores, e penhascos com vista para o oceano, era um lugar popular entre corredores, pais ou babás empurrando carrinhos de bebê, e adeptos da caminhada conversando profundamente. Mas eu sabia que Ron viria. Ele cuidava do corpo com a energia comprometida de uma mulher insegura chegando à meia-idade, usando a calmaria entre almoços e a hora de coquetéis para fazer isso.

Eu me preparei, tendo imaginado este momento durante grande parte da minha vida adulta. Por muitos anos, fantasiei Ron algemado, a polícia invadindo e fechando sua empresa. Ron sendo processado por fraude. Mas então cresci e percebi que há dois sistemas legais distintos nesse país — um para os homens brancos e ricos como Ron Ashton, e outro para todos os demais.

Fingi me alongar contra uma árvore até vê-lo à distância, então me afastei e comecei uma lenta corrida em direção a ele. Os olhos de Ron brilharam ao me reconhecer.

— Meg — cumprimentou ele enquanto eu parava. — Justo a pessoa com quem quero falar. Recebeu alguma das minhas mensagens? Preciso das chaves da casa de Mandeville. Os empreiteiros precisam começar se quisermos que esteja tudo pronto até a noite da eleição.

Limpo a minha testa.

— Não será possível.

Ele pareceu confuso.

— Aconteceu alguma coisa com o vendedor?

Em todos os anos em que fiz isso, eu nunca consegui ficar por perto e ver o instante em que a ficha cai. Quando os equívocos e as suposições sobre mim desmoronam.

— Não há casa — digo. — Não há caução. O dinheiro se foi.

Ele pareceu confuso, mas ainda não entrou em pânico.

— Do que diabos você está falando?

— Você não comprou a casa de Mandeville Canyon. Se a procurar, ainda está à venda. Se ligar para a representante de vendas, ela dirá que eles não recebem uma oferta há mais de um ano.

Eu podia vê-lo tentar compreender minhas palavras.

— Como isso é possível? — perguntou ele. — O dinheiro foi transferido para a Orange Coast Escrow nessa manhã. Steve confirmou.

— O dinheiro foi transferido para uma conta que eu controlo e, de lá, foi transferido para a Cooperativa de Desabrigados de Los Angeles. É uma organização maravilhosa que administra abrigos, fornece aconselhamento e assistência médica. Até realizam feiras de emprego. — Apertei os olhos sob o sol de fim de tarde. — Como um grande doador, você deveria considerar participar de uma delas.

Houve um sopro — um momento — quando tudo pairou no ar entre nós. Um segundo, depois dois, e então tudo se encaixou.

— Isso é impossível — sussurrou ele.

Verifiquei o relógio.

— Em cerca de vinte minutos, a história será lançada. O comunicado de imprensa já foi enviado a todos os principais meios de comunicação. "Candidato ao Senado Ron Ashton Doa 7 Milhões aos Desabrigados". — Baixei minha voz. — Embora nós dois saibamos que nem tudo era dinheiro seu. Uma boa parte pertencia aos seus doadores.

As pessoas estavam começando a reconhecer Ron. Um rapaz pegou o celular e eu gesticulei para ele.

— Cuidado. Você está sendo filmado.

— Como você...

— Você pode estar se perguntando: "Por que os desabrigados?" — interrompi. — Tenho certeza de que sua base vai se fazer a mesma pergunta. — Respirei fundo, cimentando os detalhes do momento na minha mente: o ar da tarde com uma pitada de sal. O som distante das ondas quebrando na praia abaixo. — Você se lembra de uma mulher chamada Rosie Williams? Você namorou com ela há cerca de quinze anos.

Ele pareceu confuso.

— Rosie era minha mãe — continuei. — Em 2004, você armou para conseguir a escritura da nossa casa... aquela que acabei de vender para você. Minha mãe estava em estágio terminal, doente e, ainda assim, você nos expulsou. Se lembra do que disse a ela? — Quando ele não respondeu, eu repeti suas antigas palavras: — Há vencedores e perdedores na vida. Você perdeu essa. Aceite a perda e seja mais inteligente da próxima vez.

Ron olhou ao redor, percebendo, de repente, que tínhamos uma audiência conforme mais pessoas se reuniam.

— Isso é mentira — disse ele. — Nunca aconteceu.

— Acho que despejar pessoas de suas propriedades é uma parte crítica do seu modelo de negócios.

Levantei o celular e apertei o play do arquivo de áudio que havia deixado pronto. A voz de Ron preencheu o ar ao nosso redor. *Meu sonho é encontrar algo que precise de reparo. Sou um desenvolvedor e empreiteiro por natureza. Basta despejar as trambiqueiras e os viciados em drogas, fazer uma renovação rápida e barata, dobrar os aluguéis e alocar para estudantes universitários muito burros ou bêbados demais para refletir.*

Parei a gravação.

— Os principais meios de comunicação devem relatar seu anúncio surpresa muito em breve. A sua declaração é excelente. "Muitos anos atrás, me aproveitei do espólio de uma família" — recitei de memória. — "Minhas ações sempre me assombraram, e eu me arrependo há anos. A doação para a Cooperativa de Desabrigados de Los Angeles é a minha maneira de reparar esse erro."

O rosto de Ron se contorceu num sorriso de escárnio.

— O que você está fazendo é ilegal. Você roubou meu dinheiro.

Dei de ombros.

— O problema é que você roubou primeiro. O que o coloca em uma situação complicada — comentei. — Se deixar a doação como está, perderá sua base e provavelmente a eleição. Suponho que você poderia relatar o dinheiro como roubado, alegar que foi entregue aos desabrigados contra a sua vontade, mas como explicar a transferência feita pelo seu gerente de negócios para uma conta de custódia? — Decido dar uma cutucada final. — Quando a polícia investiga alguém, eu imagino que procuram olhar todas as suas finanças. Pessoais e empresariais. Talvez retrocedendo muitos anos. — Dei um passo para trás, sinalizando o fim da nossa conversa. — Foi um prazer trabalhar com você — brinquei. — Boa sorte nas eleições.

Eu me virei e comecei a correr por uma pista lateral. Um olhar por sobre o ombro mostrou Ron, parado ali com os tênis brancos brilhantes e a roupa de corrida caríssima, macia e folgada nas pontas.

Enviei a mensagem para Kat logo após pedir um Uber para o aeroporto. Pode vir aqui? Preciso de ajuda com uma nova transação que comecei com Ron.

Antes que ela pudesse responder, desliguei o celular. Eu sabia que ela viria.

DEPOIS DE PASSAR pela segurança, puxo a bagagem de mão e passo pelos portões para Las Vegas e Nashville. Vejo duas mulheres sentadas, uma ao lado da outra, no bar do aeroporto, as cabeças próximas abaixadas, e me pergunto o que elas são uma para a outra. O que estariam planejando. Uma das regras da minha mãe surge em minha mente ao vê-las.

Duas mulheres trabalhando juntas são uma força da natureza.

Localizo meu portão — um voo para Houston e, de lá, uma conexão para a Costa Rica — e encontro um lugar para sentar. À minha frente, uma senhora idosa tricota, o novelo enrolado em um saco aos seus pés. Observo enquanto as agulhas dela se chocam, os dedos habilmente enrolando e dobrando, estendendo o comprimento do que quer que esteja produzindo, linha por linha.

Mas então ela dá um nó. Desliza as agulhas para fora, agora com uma peça quadrada completa, e então guarda tudo. Penso nos últimos dez anos — disputa após disputa, cidade após cidade, alvo após alvo. Ron era o nó, e agora era hora de pôr essa parte da minha vida de lado.

Tenho uma casa alugada à minha espera — um pequeno bangalô numa colina com vista para a praia. Imagino o sol quente, a areia macia e o sal marinho secando sobre minha pele. Talvez eu aprenda a surfar ou trabalhe num bar, vendendo bebidas para turistas. Ou talvez eu passe meu tempo lendo na varanda.

Talvez, um dia, eu leia um romance sobre uma vigarista que viaja pelo país, sonhando com o dia em que finalmente reparará o coração partido de sua mãe.

Outubro

Na manhã seguinte, todas as agências de notícias locais relatam sobre a enorme e inesperada doação de Ron para a Cooperativa de Desabrigados de Los Angeles. Acordei cedo apenas para poder ver os apresentadores intrigados a cada hora. Ergo o olhar dos cadernos de Meg para ver a última atualização.

— Faltando duas semanas para as eleições, é uma escolha estranha para um candidato cuja posição ferrenha sobre os desabrigados era tão bem divulgada — diz o âncora Kent Buckley, do *Channel Five Morning News*.

— Imagino que a base dele não esteja muito feliz com isso — responde sua colega. — O que você acha da declaração do Sr. Ashton? Alguma informação sobre a família a que ele se refere? Alguém já comentou algo?

— Até agora nada. A campanha do Sr. Ashton se recusou a comentar, e o próprio Sr. Ashton não pôde ser contatado. — Kent muda para uma câmera diferente, terminando o bloco. — Fique aqui no News Five para ver o desenvolvimento dessa história. Agora vamos à previsão do tempo com Kristy.

Abaixo o volume e volto para os cadernos de Meg. Passei a maior parte da noite folheando-os, lendo sobre os golpes em cidades por todo o país, mais detalhados do que minhas próprias anotações poderiam ter sido. Eu tinha nomes, localidades, sites antigos que já não existem. As poucas ligações que fiz foram para pessoas felizes em comentar sobre Meg, Megan, Melody ou Maggie, dependendo de onde ela esteve e como se chamava na época. Estou tão absorta no que estou lendo que pulo quando meu celular vibra com uma mensagem de Veronica.

Teve notícias de Meg? Sabe onde ela está?

Penso no que deve estar acontecendo dentro da campanha de Ron. Três milhões de dólares, doações de apoiadores de todo o estado, desaparecidos. O caos quando descobriram junto ao resto do mundo onde foram parar.

Outra mensagem. Me avise assim que tiver notícias dela.

Uma linha da carta de Meg volta à minha mente. *Umas das coisas mais difíceis no que eu faço é o fardo de sempre carregar a confiança das outras pessoas.* Sinto pena de Veronica, que nunca percebeu como Meg a tinha manipulado e usado. Uma pessoa que sempre se perguntará o que aconteceu com sua amiga.

Não sei onde ela está, respondo. Fui à casa dela ontem, mas estava vazia. Ela desapareceu.

Depois puxo outro caderno da pilha de Meg e continuo a ler.

DUAS HORAS DEPOIS, minha mãe liga.

— Me diga que está escrevendo sobre isso.

Deixo o caderno que estou lendo de lado, grata pela pausa, embora eu temesse essa ligação.

— Estou escrevendo sobre isso — repito.

— Meg estava envolvida? Com certeza Ron Ashton não faria essa doação sozinho. Ele foi coagido? Chantageado? Você tem um ângulo único aqui. Ninguém mais pode escrever a partir da perspectiva que você tem.

É sempre assim com a minha mãe, a insistência dela em me arrastar junto, para perseguir os sonhos dela em vez dos meus.

— Ela não parece ter nada a ver com isso — digo. — Todos as notícias que estou vendo citam algum tipo de vingança por algo que aconteceu há muito tempo. Mas Ron Ashton não falou com ninguém.

— Agora é a hora de dizer a ela quem você é e o que quer. Você tem um relacionamento com Meg. Prometa que vai proteger a identidade dela em troca de acesso total. Uma história assim abrirá todas as portas para você.

Olho para os cadernos contendo tudo o que Meg gostaria de me contar.

— Meg se foi — digo. — Não sei onde ela está.

Minha mãe suspira, um som agudo que carrega tanta coisa — culpa, decepção, impaciência —, as críticas tão conhecidas que aprendi a esperar.

— Todo esse tempo — diz ela. — Desperdiçado.

— Não foi desperdiçado.

Penso no que Meg me deu. Não apenas os cadernos, não apenas o dinheiro para cobrir a dívida de Scott, mas a clareza.

Encontrei as páginas que descrevem a saída dela da vida de Cory Dempsey. Uma ideia, anotada na parte inferior de uma página. *Ligar para o Times: o envolvimento de Nate.* Ela não tinha como saber que a jovem repórter que havia respondido à ligação faria algo tão tolo. *O contexto importa.*

Culpar Meg pela mentira que me colocou no caminho de Nate era apenas uma circunstância do acaso, tão inútil quanto culpar uma tempestade de raios por um incêndio florestal. Tudo queimado em uma pilha negra de cinzas, até que um novo broto possa emergir.

— Agora que Scott não está te prendendo em Los Angeles, você pode se mudar. Meu amigo Mitchel me contou que soube de uma posição de verificador de fatos no *San Francisco Chronicle*. Trabalhe duro e, em seis meses, você poderá finalmente recomeçar de onde parou há tantos anos.

Minha mãe nunca vai mudar. Nunca vai parar de ansiar pelo que perdeu. Mas não é minha responsabilidade dar isso a ela.

— Tenho que ir — digo —, mas vou pensar nisso.

Após desligar, me lembro da angariação de fundos há quase cinco meses, e do que pensei que eu queria. *Você só tem uma vida — como quer vivê-la*?

Tenho algumas ideias.

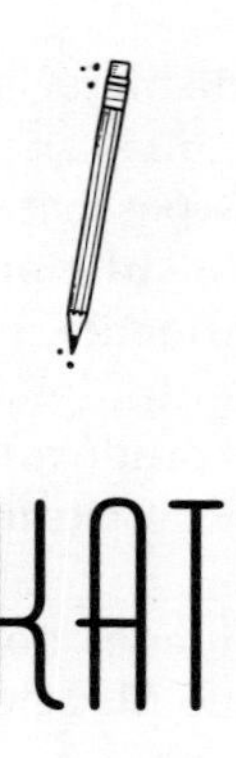

KAT

Dezembro

Dou uma última volta pelo meu apartamento, agora vazio. Todos os móveis foram vendidos ou doados, meus pertences restantes empacotados no carro. Roupas, fotos, o computador e os cadernos de Meg.

Quando comecei a investigar Meg, pensei que sabia quem estava procurando — uma mestre manipuladora, uma mentirosa talentosa e uma camaleão. Toda a pesquisa que eu tinha feito sobre vigaristas retratava pessoas com uma habilidade inata para enganar e ofuscar em benefício próprio.

Meg Williams era isso tudo. Mas também era muito mais.

Ao contrário da maioria dos vigaristas, Meg não era uma sociopata. Era apenas mais uma mulher, exausta pela forma como o sistema parece sempre falhar conosco. Ela visava homens corruptos, pulando alvos menores, se recusando a tirar vantagem de oportunidades que pudessem ser muito fáceis. Em vez disso, ela focava pessoas como o professor que plagiou o trabalho de uma colega. Um sobrinho roubando a aposentaria da tia. Um diretor de escola e ex-professor de matemática que predava garotas adolescentes. Um ex-marido que não sabia dividir.

Claro, Meg tinha escolhas e opções. Ela poderia ter economizado dinheiro e ido para a faculdade comunitária, como seu amigo Cal queria que ela fizesse. Encontrei Cal, morando em Morro Bay com seu parceiro, Robert. Quando perguntei se ele tinha alguma coisa a dizer para Meg, ele simplesmente falou:

— Espero que ela saiba o quanto era amada.

Isso parece ser o refrão da maioria das pessoas que Meg encontrou. Não as que ela roubou, mas as pessoas com quem fez amizade ao longo do caminho, as pessoas que lhe deram acesso a seus alvos. Não posso enfatizar o suficiente o quanto isso é incomum para uma vigarista. Normalmente, golpistas não passam de conchas vazias, mentindo e manipulando para conquistar o objetivo final que têm em mente, deixando amigos e vizinhos feridos e magoados se tiverem sorte, ou destituídos se não tiverem. Mas Meg era diferente.

— Ela pagou as mensalidades do meu último semestre — diz alguém que a conheceu como Maggie Littleton.

Essa mulher, que pediu para não ser identificada, me contou uma história de como Meg — ou Maggie — fez amizade com ela em uma faculdade comunitária em Spokane, onde as duas fizeram um curso de web design. Meg trabalhou duro para manter suas habilidades afiadas, sempre aprendendo, sempre crescendo. O esforço valeu a pena, com sites falsos, artigos em revistas cheios de photoshop e fotografias.

— Maggie costumava tomar conta dos meus filhos de graça — continua a mulher. — Ela sabia que eu estava com dificuldades de economizar para o último semestre. Quando fui ao departamento de ajuda financeira implorar por uma extensão da mensalidade, eles me disseram que já havia sido paga. Maggie pagou tudo, logo antes de deixar a cidade. Tudo o que tenho, meu negócio, minha casa, é graças a ela.

Essa é a marca de uma verdadeira vigarista: quando as pessoas que ela deixa para trás descobrem o que ela fez e ainda desejam o seu bem.

Pensei seriamente em escrever a matéria. Não tinha dúvidas de que poderia lançá-la em qualquer grande veículo de imprensa — uma série de cinco partes, um podcast, um artigo especial —, mas não consegui. Sabia que o olhar masculino rapidamente simplificaria a história de uma mulher vigarista ao máximo. Como se a coisa mais notável em Meg fossem seus cromossomos X e não sua mente afiada, sua inteligência fora de série, e sua frieza quando encurralada.

Não conseguia parar de ler os cadernos dela, estudando-os como um mapa. Vendo algo novo, alguma pequena anotação na margem, que perdi da primeira vez. Quanto mais lia, mais eu aprendia. Como se mudar e permanecer ao máximo fora do radar.

Como alterar seu nome e criar uma história crível à prova de escrutínio. E encontrei o Facebook dela e a senha, impressos na capa interna do caderno número três, uma entrada automática para os muitos grupos privados que ela usou para encontrar seus alvos.

O que eu tinha em mãos era um manual de instruções sobre como fazer o que ela fez — e como fazê-lo bem. Meg Williams, a pessoa que sonhei em encontrar por dez anos, ainda vai mudar a minha vida. Mas não da maneira que eu pensava.

Jenna me apresentou a uma agente literária que ela conhece, e eu conversei com a mulher na semana passada.

— As primeiras páginas estão ótimas! Termine o romance e tenho certeza de que posso vendê-lo — disse ela.

Paro na porta do escritório que uma vez dividi com Scott, lembrando como costumávamos trabalhar num companheirismo silencioso. Eu me preocupei se me arrependeria de deixar ele se safar. Mas também não queria ser aquela que arruinaria a vida dele, mesmo que o que ele havia feito pudesse ter arruinado a minha. Scott não é como os alvos de Meg. Ele não é ganancioso ou corrupto. É apenas um viciado, fazendo o que viciados fazem. Um homem que precisa de ajuda, não de vingança. Ouvi dizer que ele está indo bem como paciente num centro de tratamento em Nevada, trabalhando como segurança de banco.

Ron Ashton perdeu as eleições de lavada e, quando foi revelado que quase metade da doação para os desabrigados veio de doações de campanha, sua base o abandonou e a Comissão Federal Eleitoral interveio.

Quanto à Meg, eu a imagino num lugar quente. Numa propriedade exuberante com muito espaço e ainda mais privacidade. Com a liberdade para descobrir seu próprio coração. Seus próprios sonhos.

Passo muito tempo imaginando o que Meg pensaria se soubesse o que estou fazendo. Se essa foi a intenção dela o tempo todo.

A diferença entre justiça e vingança se resume a quem está contando a história.

Tranco a porta e coloco as chaves em um envelope revestido, endereçado ao meu senhorio, deixando-o cair na bandeja do correio ao sair.

Levei menos de uma hora para encontrá-lo, morando em Portland e trabalhando como gerente regional de vendas em uma empresa de software. Levarei cerca de dois dias para chegar lá. Tenho certeza de que ele se encontra com muitas pessoas — rostos e nomes devem se misturar, tornando difícil para ele se lembrar do meu de uma única noite, dez anos atrás. Já arrumei um lugar para morar, serviços incluídos, é claro. Através do perfil da Meg no Facebook, identifiquei várias pessoas que podem se envolver no círculo de amizades de Nate.

Graças à Meg, ele terá uma surpresa.

GUIA PARA GRUPOS DE LEITURA

1. Uma das ferramentas mais poderosas no arsenal de Meg é a familiaridade com as redes sociais. O que você acha que ela poderia descobrir a partir de sua presença online?
2. Como ambas sabem que a outra está mentindo sobre a própria identidade, Meg e Kat também sabem que não devem confiar uma na outra. Como a amizade delas cresce apesar disso?
3. Discuta o papel do ego nos golpes de Meg. Como os alvos dela criam aberturas a partir do próprio mau comportamento?
4. No início, Kat culpa Meg pelo que aconteceu com Nate. Quando você acha que ela deixou de se sentir assim?
5. A maior desvantagem da carreira de Meg é a solidão. Você acha que ela poderia ter mantido contato com os amigos quando começou a enganar Cory? Como você se sentiria no lugar dela, se mudando pelo país a cada poucos anos, sem fazer nenhuma conexão permanente?
6. Meg acredita que enganar Phillip para devolver a casa para Celia foi um ponto de virada em sua carreira. Em que sentido esse trabalho foi diferente dos outros que ela havia executado?
7. Por que Kat demora tanto tempo para reconhecer que Scott teve uma recaída? Para você, qual seria o limite

entre apoiar um parceiro que está tentando superar um vício e se proteger?

8. Kat não confia que Scott será investigado pelos colegas. Há incentivo para os departamentos de polícia investigarem os oficiais e detetives? Quais motivações eles têm para varrer a corrupção e a violência para debaixo do tapete?

9. Meg afirma: "A diferença entre justiça e vingança se resume a quem está contando a história." O que ela quer dizer, e você concorda com ela?

10. O que vai acontecer com Kat e Meg? Você acha que Kat terá sucesso em sua nova missão? Será que Meg vai mesmo se aposentar dos golpes?

UMA CONVERSA COM A AUTORA

O que a inspirou a escrever *As Mentiras que Conto*?
Sou obcecada por podcasts de crimes reais e, há alguns anos, me deparei com um sobre um vigarista que fez todo o possível para atrair suas vítimas, ganhar a confiança delas e então roubar tudo o que possuíam. Esse indivíduo em particular era um homem, mas me lembro de pensar: *E quanto às mulheres vigaristas? As pessoas estariam mais propícias a confiar nelas?* A partir daí, minha imaginação tomou conta.

Como em *The Last Flight*, eu não queria escrever sobre uma personagem feminina que fosse uma verdadeira sociopata, então passei muito tempo tentando descobrir como escrever a respeito de uma vigarista que tinha consciência. Uma mulher que usava seu intelecto e sua inteligência para fazer algum bem num mundo em que mulheres, muitas vezes, sofrem.

Meg e Kat não confiam uma na outra, mesmo quando se aproximam. Qual foi a parte mais desafiadora de escrever sobre o relacionamento delas?
A parte mais desafiadora foi garantir que o relacionamento evoluísse naturalmente, ao mesmo tempo em que mantinha a linha do tempo curta. Kat sofre com a carga pesada do seu próprio trauma, o que a impede de ver Meg claramente no início, e eu precisava que ela se abrisse devagar para Meg, não importava quem ela acreditasse que Meg fosse. A outra parte desafiadora foi garantir que Meg estivesse fervilhando com sua própria raiva reprimida, ao mesmo tempo em que se mantinha simpática ao leitor. Foram muitas coisas para equilibrar!

O relacionamento de Kat com Scott é fortemente influenciado pelo vício dele em jogos de azar. O que você desejava que os leitores aprendessem com esse conflito?
Quero que os leitores vejam a complexidade e a mágoa de amar um viciado. Que eles são mais do que a pior coisa que já fizeram. Também quero que os leitores se lembrem de que nossos instintos quase sempre estão corretos. Quando algo parece estranho, não precisamos saber por quê. Apenas precisamos confiar nesse sentimento.

A filosofia de Meg evolui ao longo do livro, da punição à restituição. Por que foi importante retratar esse crescimento?
Todos os personagens precisam de crescimento, até mesmo os vigaristas! Não acredito que os vigaristas do mundo real sejam como Meg. No entanto, não vejo Meg como uma vigarista de verdade. Ela é uma vigilante, exigindo sua própria marca de justiça num mundo onde muitas pessoas têm a capacidade de se eximir. É essa qualidade, eu acho, que nos permite torcer por ela.

A maior decepção de Meg é a transitoriedade de suas amizades. Como você acha que lidaria com uma vida nômade e secreta como a dela?
Eu sou uma pessoa caseira por essência, então me mudar a cada poucos anos seria muito difícil para mim. Gosto da minha rotina e dos meus arranjos, apesar de admitir que uma parte disso seria emocionante — se mudar e reinventar a si mesmo por completo, quantas vezes forem necessárias, até acertar. Mas eu seria péssima em guardar segredos. Tenho certeza de que, bem cedo, eu deixaria algo escapar e seria o fim do jogo.

AGRADECIMENTOS

Publicar um livro requer uma equipe de pessoas talentosas e inteligentes, e tenho a sorte de ter uma das melhores equipes comigo. Dominique Raccah, editora extraordinária, tudo o que você faz pelos autores e leitores é um presente ao mundo, e sou eternamente grata por sua paixão e dedicação. Shana Drehs, o seu olho aguçado para edição tornou meus livros muito melhores. Não consigo pensar em uma parceira melhor para trazer Meg e Kat à vida. Obrigada pelas muitas conversas no Zoom, nas quais planejávamos como enganar as pessoas.

Minha agente, Mollie Glick, é absolutamente a maior apoiadora ao meu lado. Obrigada por sempre cuidar de mim — nossas conversas matinais ao telefone são umas das minhas coisas favoritas. Toda a equipe da CAA (Creative Artists Agency) — Kate Childs, Lola Bellier, Emily Westcott, Gabrielle Fetters —, obrigada por estarem sempre a apenas um telefonema ou e-mail de distância. Um ENORME agradecimento às minhas agentes de cinema, Berni Barta e Jiah Shin, pelo entusiasmo e pelas habilidades afiadas de negociação. Estou animada para ver o que vem a seguir!

Obrigada à equipe de marketing e publicidade da Sourcebooks — Valerie Pierce, Molly Waxman, Cristina Arreola, Lizzie Lewandowski, Caitlin Lawler, Ashlyn Keil e Madeleine Brown — pelo esforço para espalhar o meu nome pelo país. E um obrigada à formidável equipe de vendas — Chris Bauerle, Sean Murray, Brian Grogan e Margaret Coffee —, sua visão e seu talento colocam meus livros nas mãos dos livreiros e leitores. A equipe criativa de Michelle Mayhall, Kelly Lawler e Heather VenHuizen fizeram este livro brilhar. Minha enorme gratidão também vai para Heather

Hall e sua equipe, pelo trabalho preciso para polir este livro em sua forma final. Sinto muito por todas as vírgulas.

Obrigada à minha publicitária estrela, Gretchen Koss. Tê-la comigo é como ter uma arma secreta de publicidade. Você não só é ótima no seu trabalho, mas também uma grande amiga. E um agradecimento especial à amiga de Gretchen, Annie Bayne, por estar disposta a ler tão rápido e oferecer um feedback tão importante.

Obrigada a Nancy Rawlinson, uma das melhores editoras de desenvolvimento que existe. Seu trabalho inicial neste livro me ajudou a ver as coisas com clareza, o que fez toda a diferença num cronograma tão apertado.

Obrigada à minha equipe estrangeira da ILA (Intercontinental Literary Agency), por vender meus livros em todo o mundo e por apoiar tanto o meu trabalho.

Obrigada à minha comunidade de escritores, que leu *As Mentiras que Conto* e ofereceu um feedback crucial: Liz Kay, Aimee Molloy, Kimmery Martin, Amy Mason Doan, Laura Dave, Kimberly McCreight, Amy Meyerson —, todas vocês deixaram sua marca neste livro, e ele se tornou melhor graças a vocês.

Confiei em muitos especialistas para me ajudar a escrever este livro. Obrigada à jornalista investigativa Jessica Luther, por me ajudar a desenvolver a carreira de Kat e garantir que eu usasse toda a terminologia correta. Um agradecimento especial a Claudia Gomez, por me orientar sobre a parte bancária dos nomes fantasias. Obrigada a Todd Kusserow por sua ajuda com os nomes fantasias, bem como por responder às minhas perguntas aleatórias sobre detetives de fraude, crimes de colarinho branco e detalhes do departamento de polícia em geral. Um enorme obrigada a Allison Gold, por todo o conhecimento imobiliário e por ler uma versão inicial para garantir que eu não errasse. E, finalmente, obrigada a Juliet Kingsbury, por sua ajuda de última hora em estabelecer algumas regras e regulamentos importantes do nome fantasia. Quaisquer erros/desvios de como as coisas realmente funcionam na Califórnia são meus.

Obrigada aos muitos livreiros que têm sido tão integrais na venda dos meus livros! Um agradecimento especial para minhas duas livrarias locais — Diesel Brentwood e {Pages}: A Bookstore —, sua dedicação é muito importante. Obrigada a Pamela Klinger-Horn, da Valley Bookseller, pelo seu apoio inicial (e um agradecimento especial a Joan Klinger, por seu olho afiado e comentários espirituosos em *post-it*). Um enorme agradecimento à Sparta Books, em Nova Jersey, por seu apoio e sua paixão pelos meus livros!

Obrigada a Carol Fitzgerald do *The Book Reporter* — seu apoio e amizade significam muito para mim.

Para todos os influenciadores de livros no Facebook e no Instagram... Há muitos para nomear todos, mas o importante trabalho que fazem para apoiar os autores é incomparável. Estou muito honrada por viver dentro do seu universo e interagir com vocês diariamente.

Obrigada a todos os clubes de livro e leitores que me procuraram — falar com vocês é a maior alegria deste trabalho. Obrigada também ao vencedor do sorteio do Festival de Leitura do Sudoeste da Flórida, Guy Cincinelli, por emprestar seu nome para um dos meus personagens.

À minha família — mãe, Bob, Alex e Ben —, sem vocês essa jornada não seria tão divertida. Amo vocês.

SOBRE A AUTORA

Julie Clark é autora best-seller do *New York Times* por *The Ones We Choose* e *The Last Flight*, que também foi best-seller internacional #1 e foi traduzido para mais de vinte idiomas. Ela vive em Los Angeles com a família e um goldendoodle, que é péssimo em controlar seus impulsos.

Este livro foi impresso nas oficinas gráficas da Editora Vozes Ltda.,
Rua Frei Luís, 100 – Petrópolis, RJ.